SCRATCHES

Roman
Georg Vetten

Impressum

© Georg Vetten

Erstveröffentlichung: Juli 2018
Amazon

„SCRATCHES"

Layout, Satz: Georg Vetten
Umschlaggestaltung: Georg Vetten © Shutterstock,
Autorenfoto: Elke Vetten

Autor und Verlag haben dieses Buch sorgfältig geprüft. Für eventuelle Fehler kann dennoch keine Gewähr übernommen werden. Alle Rechte vorbehalten. Das Werk ist urheberrechtlich geschützt. Jede Verwertung außerhalb der gesetzlich geregelten Fälle muss vom Autor schriftlich genehmigt werden.
Dieser Roman ist rein fiktiv. Ähnlichkeiten mit lebenden oder verstorbenen Personen sind rein zufällig und nicht gewollt!

Für Paul, 55, markiert jeder Kratzer auf den Alben seiner Lieblingsbands, eine Etappe seines Lebens. Der erste Kuss. Die Party, die aus dem Ruder lief. Das erste Mal. Der Tag, an dem die >Hippiezöpfe< fielen. Die Stunde, als die Sex Pistols elektrisierten. Rebellion und Phasen der Euphorie.

Aber auch schmerzhafte Erinnerungen: Der Tod des besten Freundes. Abschiedsschmerz. Trauer. Trennung. Enttäuschte Liebe: Bitter Sweet!

Dabei, so stellt der Romanheld fest, gibt es die unterschiedlichsten Scratches: Das Lagerfeuerknistern, der brutale, tiefe Kratzer, der die Platte springen lässt. Ein leises Rauschen oder ein Knacken im Hintergrund.

Paul, Lehrer für Erdkunde und Sport, lebt alleine. Die Musik ist sein Leben. Zuhause, vor seinem Plattenspieler, rauschen die Bilder seiner Jugend an ihm vorbei. Die Kratzer auf dem Vinyl markieren den Soundtrack seines Lebens.

Pauls Tage als Single verlaufen in ruhigen Bahnen. Er hat sich mit den Dingen arrangiert. Bis sein Leben eines Tages eine unerwartete Wendung nimmt!

»SCRATCHES« streift die gesellschaftlichen Umbrüche, Modeströmungen und Lebensstile der letzten fünf Jahrzehnte.

INHALT

Prolog

1. Psychedelisch

2017: Paul im Hier und Jetzt

2. Der erste Kratzer

3. Der absichtliche Kratzer

4. Die erste Platte

2017: Paul im Hier und Jetzt

5. Der erste Kuss

2017: Paul im Hier und Jetzt

6. Das erste Mal

7. Underground

2017: Paul im Hier und Jetzt

8. Raub

2017: Paul im Hier und Jetzt

9. - 11. Vandalismus

12. Wild und frei!

2017: Paul im Hier und Jetzt

13. Frust und Reflexion

2017: Paul im Hier und Jetzt

14. - 16. Ein neues Leben

17. Bodo

18. Ibiza

2017: Paul im Hier und Jetzt

19. - 20. Rastafari

21. The Whip

22. - 23. Wembley

2018: Paul im Hier und Jetzt

24. Fly Away

24. Emma

2018: Paul im Hier und Jetzt

Epilog

Aus urheberrechtlichen Gründen dürfen die gescratchten Zeilen leider nicht zitiert werden, obwohl diese in ihrer Ursprungsform Botschaft und tieferen Sinn in die Geschichten trugen.

Sei es drum: **SCRATCHES!** funktioniert in der jetzt vorliegenden Fassung umso brillanter. Die Lyrics der gescratchten Songs finden sich im Netz.

Begleitender Soundtrack zum Roman:
Spotify-Playlists! Auf der Facebook-Seite »Signale« führen Links zur *Compilation >SCRATCHES<*, zu den Samplern *>MARIE LOVE I. - III.<* sowie zu weiteren, Roman begleitenden Soundtracks!

PROLOG

SCRATCHES

Es war immer die Musik. Und es wird auf ewig die Musik bleiben, die dich schweben, dich fliegen lässt. Die dich in den Himmel hebt. Die dich leicht macht und wegträgt in deine Traumwelt.

Es war immer die Musik. Und es wird auf ewig die Musik bleiben und du weißt, du brauchst den letzten Atemzug nicht zu fürchten, denn da ist Musik: »Music« – und jeder meiner Generation weiß, wie die Zeile von *John Miles* Welthit über die erste und letzte Liebe weitergeht.

Musik ist da. Jederzeit und überall:

Du hüpfst, du tanzt, du groovst, du pogst, du hippst und hopst, du wiegst dich in den Hüften, du schmiegst dich in sie ein. Du und dein Körper.

Du bist in einer Zeit aufgewachsen, in der Musik eine zentrale Bedeutung einnahm. Sie war ein Sprachrohr. Ein Aufruf zum Aufbruch. Eine Botschaft. Eine Erweckung, der Generationen folgten. Die gesellschaftliche und politische Veränderung herbeiführte und ganze Modeströmungen lostrat. Jedem, der ihr folgte, wurde ein Kodex mit an die Hand gegeben. Musik war befreiend. Dem Stream, der die Verhaltensmuster in den Grundfesten erschütterte, folgten ganze Generationen:

Blues, Jazz, Soul, Rock, Funk, Punk, New Wave, Neue Deutscher Welle. Jede Epoche mit dem dazugehörigen Lebensgefühl. Mit einer eigenen Art, sich zu bewegen, zu kleiden, zu tanzen. Mit einer eigenen Sprache und unverwechselbaren Erkennungszeichen: Mode. Schmuck.

Modeschmuck.

Musik spiegelt die Klaviatur unseres Gefühlslebens, weckt und kanalisiert unsere Emotionen. Es kann der kitschige Popsong sein, den du am Morgen hörst. Der dich den ganzen Tag über schweben lässt. Auf den du sehnsüchtig wartest, bis er erneut im Radio gespielt wird und dir eine neue Dosis verpasst. Ein Song, der dich euphorisiert, der die Schmetterlinge im Bauch aufsteigen lässt. Ein Song, der dir verspricht: Alles wird gut!

Und da ist der »Blues«: Ein Song, der dir Tränen in die Augen treibt. Der dich hemmungslos losheulen lässt – einem Blitz gleich, wie aus dem Nichts. Der Song, der die Wunden aufreißt. Die Erinnerungen an Schmerz, an Trennung, an Abschied, Trauer, Tod und Enttäuschung. Elend, das sich schwer auf deine Schultern und über dein Gemüt legt. Du hörst sie vor Verzweiflung schreien, die verlorenen Seelen, den geschundenen Planeten.

Die aufputschenden Songs hingegen, besitzen die Stärke, Asphalt zu sprengen. Setzen Kraft und Aufbegehren frei. Zum Aufbruch aufrufend – nonkonform und gegen das Establishment gerichtet. Befreiend, anarchisch, kraftvoll und kompromisslos – der Gesellschaft den Spiegel vorhaltend.

Doch eines eint die Musik: Das Bedürfnis nach Gemeinsamkeit, nach Tanz, nach Sound, nach Berührung, nach

Liebe, nach Sex, nach Glück ...

Vielleicht teilt der Leser emotionale Momente mit Paul. Sein Soundtrack dazu aber wird individuell sein. Denn jeder verbindet mit ganz speziellen Songs, ganz bestimmte Erlebnisse seines Lebens – fest eingebrannt, tief eintätowiert in die eigene DNA.

SCRATCHES

- 1 -
PSYCHEDELISCH

Es ist, zum verrückt werden. Ich habe das Regal nun schon zwei Mal von links nach rechts durchsucht. Dabei habe ich meines Wissens jede einzelne Platte in der Hand gehalten. Sollte das gute Stück tatsächlich in der Kiste gelandet sein, die ich vor einem Monat auf den Dachboden geschleppt habe? Hatte ich sie etwa verliehen? *Nein sicher nicht*, beantworte ich mir die eigene Frage. Wenn dem so wäre, hätte ich dies im schwarzen Clairefontaine unter »*verliehen*« festgehalten. *Sicher!* Also letzte Hoffnung Speicher. Doch wie um Himmelswillen hatte ich eine der wichtigsten Episoden meines Lebens überhaupt aus dem Plattenregal entfernen können? Ich konnte es nicht fassen!

Mit zittrigen Fingern durchwühle ich die vollgestopfte Küchenschublade, bis ich endlich fündig werde: Triumphierend hebe ich die Stabtaschenlampe in die Höhe; der Saft aus den Batterien würde ausreichen, um die dunkle Ecke des Dachbodens auszuleuchten. Wenig später erklimme ich die knarzenden Stufen. Mein Herz schlägt schnell. In Vorfreude! Es folgen bange Minuten, als ich die Kartons mit fliegenden Fingern durchsuche.

»Ja«, entfährt es mir, als ich die weiße Hülle der Doppel-LP endlich an meine Brust drücke. *Genesis:* »The

Lamb lies down On Broadway«. Das letzte Album mit Peter Gabriels begnadeter Stimme. Veröffentlicht im November 1974.

Fünf Minuten später schmeiße ich mich in den Sessel und studiere das Cover mit verliebtem Blick. Ich bin musikverrückt, war ich schon immer. Und es ist nicht so, als hätte ich mich dem Fortschritt verschlossen. Nein, ich besitze eine CD-Auswahl, an der sich so mancher Recordstore erfreuen würde. Meine I-Tunes- und Spotify-Alben bringen Partys in Schwung. Sie konkurrieren – je nach Stimmung – mit einer Unmenge von Kassetten (in der Mehrzahl Mix-Tapes und *John Peel* Mitschnitte) oder eben einer guten Platte.

Das sinnliche Erlebnis beim Hören einer LP ist mit nichts vergleichbar. Dagegen ist das Saugen eines Songs aus dem Netz, ein emotionaler Offenbarungseid.

Vinyl: Es folgt eine geradezu heilige Zeremonie. Ich halte das Cover in der Hand und studiere das Artwork. Die Texte lassen sich tatsächlich ohne Lupe lesen. All das schenkt mir einen wunderbar klaren und reinen Moment. Doch dann: das Auspacken. Das vorsichtige Halten der Platte zwischen den Handinnenflächen. Noch einmal lesen: Wo ist die A-, wo die B-Seite. Wo Seite 1? Wo Seite 2? Vorsichtig auf den Plattenteller legen. Das Tuch aufsetzen, den Staub entfernen. Den Arm langsam vom Sockel heben. Die Nadel behutsam auf die Platte herablassen. Das erste Knistern, der erste Ton. Zurücklehnen und genießen. Der volle Klang nimmt mich auf, in seinen warmen Kokon. Dieser eigene Sound, die leisen Nebengeräusche einer Platte, machen den Hörgenuss unerreichbar. Prima, dass sich in den letzten Jahren so etwas wie ein vorsichtiges Comeback des Vinyls abzuzeichnen scheint. Bei dieser Platte hat sich jedoch ein ganz eigenes Nebengeräusch eingeschlichen. Es ist das leise Rauschen, hervorgerufen durch die Nassreinigung, die Ende der 70er ein Must für jeden Plattenliebhaber war. Das ganze funktionierte folgendermaßen: Man legte einen zweiten Arm auf die Platte. Dieser Arm, bestehend aus einer durchsichtigen Plastikröhre (gefüllt mit einer Reinigungsflüssigkeit), pendelte auf einem Sockel. Am Ende der Röhre befand sich ein kreisrunder Schwamm, der auf der Platte auflag, sich ihrer Umdrehung anpasste und für einen permanenten Feuchtigkeitsfilm sorgte. Ich lausche dem leisen Rauschen, hervorgerufen durch den Flüssigkeitsrückstand, und drehe den Sound hoch. Laut! Ich bin niemandem Rechenschaft schuldig!

Ich lebe alleine. Ich bin alleine – und ich habe mich damit arrangiert. Ich war verheiratet. Das Ende meiner Ehe traf mich Anfang der 90er. Marie hatte sich in einen Kollegen verliebt. Fatalerweise unterrichteten wir an der gleichen Gesamtschule – Marie, der Kollege und ich. Ich nahm unsere Trennung zum Anlass, die Schule zu wechseln. Seitdem unterrichte ich meine Fächer Geografie und Sport an einem betuchten Gymnasium. Rückblickend muss ich sagen, eine goldrichtige Entscheidung. Mein Leben besteht aus Schule, Sport, Musik und meiner Liebe zur Baleareninsel Ibiza, wo es mich mehrmals im Jahr hin verschlägt. Doch zurück zu Marie. Die Ehe mit ihr war keine verlorene Zeit, schenkte sie mir doch das Wichtigste meines Lebens: Janis. Eine Tochter, wie man sie sich als Vater wünscht. Zu David Bowies Tod überraschte sie mich mit »Black Star« auf Vinyl. *Bowies* 25. und letztes Studioalbum erschien am 8. Januar 2016, seinem 69 Geburtstag. Zwei Tage nach Erscheinung des Albums verstarb er.

Ich schweife ab, das geht mir immer so, wenn ich mich mit Musik beschäftige. Sorry! Zurück zu Janis: Mein Engel ist jetzt 29 Jahre alt. Leider sehe ich sie selten. Sie arbeitet als Ärztin im Sudan.

Nach der Trennung von Marie tat ich mich schwer. Ende der 90er unternahm ich zwar noch einmal einen ernsthaften Versuch, doch es kam etwas dazwischen – dazu vielleicht später ... *Wisch die Gedanken beiseite*, murmle ich halblaut, als die ersten Töne von »The Carpet Crawlers« erklingen. Ich weiß, wann der Kratzer einsetzt:
SCRATCH!

16 oder 17 muss ich damals gewesen sein. Die ›Penne‹ erlebten wir als Martyrium. Das Einzige, was ich aus dieser Zeit mitnehme, ist die Liebe zur Literatur. Wir lasen »Lord Of The Flies« von *William Golding*, »The Cat-

cher in the Rye« von *J. D. Salinger*, »A Clockwork orange« (*Anthony Burgess*), »Macbeth« (*Shakespeare*) und später, unter dem Schultisch, *Charles Bukowski*. Es war meine Zeit mit *Pink Floyd* und *Genesis*. In den coolen Kreisen, in denen ich mich bewegte, hörte man *Yes, Emerson Lake & Palmer, Gong, Mike Oldfield* (»Tubular Bells«) oder *Jethro Tull*. Selbstverständlich besaß ich auch Platten von Bands wie *Queen, Supertramp, The Who, Deep Purple, Led Zeppelin, Rod Stewart, Faces, David Bowie, Roxy Music und den Stones - doch meine gesamte Weltanschauung sog ich aus dem psychedelischen Sound von Pink Floyd* und *Genesis:* Das war eine Glaubensfrage. Eine Zeitenwende.

Denn keine sechs Monate zuvor hatte ich bei Oberstufenpartys auf dem Turnhallenboden kniend mitgefeiert. Den Kopf in Ekstase wippend und die Haare wild hin und her schmeißend, grölten wir zu »Smoke on the Water« von *Deep Purple* und »Locomotive Breath« von *Jethro Tull*. Oder wir tanzten zu »(I Can't Get No) Satisfaction« von den *Rolling Stones* lauthals johlend im Kreis. Zu »Dreamer« von Supertramp, versuchten wir, einen Tanzschritt hinzubekommen. Wir flippten zu »Gamma Ray« von *Birthcontrol* oder zu »Black Betty« von *Ram Jam*. Rasteten bei »Don't Let Me Be Misunderstood« (*Santa Esmeralda*) vollends aus und schwebten bei »Fly like an Eagel« von der *Steve Miller Band*. Doch wenn gegen Ende der >Disco< mit »I'm Not in Love« von *10CC* oder »Kiss

And Say goodbye« (*The Manhattans*) die Kuschelstunde eingeläutet wurde, rückten Musikgeschmack und Stolz in die zweite Reihe.

Ein halbes Jahr später verabscheute ich jedweden Ansatz von Chartmusik. Das aufkommende Discofieber (»Saturday Night Fever« mit *John Travolta*) spien wir an. Aus dem Radio pumpten »Lady Bump« von *Penny Mclean* oder »Daddy Cool« von *Boney M*. *Status Quo* dudelten »Rockin` All Over the World«, *Thin Lizzy* »The Boys Are Back in Town« – und *Harpo* säuselte »Movie Star«. *Abba* trällerten »Mamma Mia«, **Richard Claydermann** sülzte in die Tastatur, *Jürgen Drews* besang das Bett im Kornfeld und die halbe Republik summte: »Im Wagen vor mir fährt ein junges Mädchen ...« Von *Henry Valentino* & *Uschi*.

Währenddessen wurden unsere Haare länger. Süße Patschuliwolken umgaben uns. Möglichst abgefuckt herumlaufen war angesagt: zerrissene Jeans, Strickpullover und Latzhosen, das obligatorische Palästinensertuch, Parker, Cowboystiefel und Teppichtaschen für die Schulbücher. Das Ziel: Distanzierung von den Spießern – mit allen zur Verfügung stehenden Mitteln. Wir stritten mit Eltern, mit Lehrern, mit der halben Welt. Die Zeit verging mit Büffeln, Musik hören, Kicken, Kino, Schule schwänzen und Abhängen im Stadtpark. Und natürlich mit schmachtenden Blicken für die Hippiemädchen in ihren Indiakleidern. Da die sich allerdings für alles andere zu begeistern schienen, als für Gleichaltrige, von Akne befallene Mofafahrer, konzentrierten wir uns voll und ganz auf die Musik. *»Atom Heart Mother«* schießt es mir durch den Kopf, und ich weiß nicht weshalb. Noch heute besitze ich eine komplette *Pink Floyd* Sammlung: **Sammler sammeln!**

Ich könnte mich jetzt über Alben wie »Relics«, »Ummagumma«, »Meddle«, »The Dark Side of The Moon« (»Money«) oder »Animals« ergießen – genauso wie es mich dazu drängt, über *Genesis* »Wind & Wuthering«, »Foxtrot«, »Nursery Cryme«, »Trespass« oder »A Trick of the Tail« zu schreiben; doch das würde den Rahmen sprengen und gehört hier nicht hin.

Der musikalische Geschmack wurde jedenfalls zur Glaubensfrage. Er wurde stärker als die Anziehungskraft der Mädels: Wenn mir eine Elvie mit vielversprechendem Lächeln verriet, sie möge *Cat Stevens*, zog ich die Stirn kraus. Und wenn Anjas mir gestanden, dass sie *Abba* mochten, nahm ich auf der Stelle Reißaus.

-

Ich besuchte meinen Schulfreund Erich. Erich war eine Klasse über mir und zwei Jahre älter als ich. Ich bewunderte ihn. Er besaß eine eigene Bude und hatte bereits die ein oder andere - mehr oder weniger - ernsthafte Beziehung geführt. Erich war mein Vorbild: Seine Unabhängigkeit vom Elternhaus. Die Tatsache, niemandem

Rechenschaft ablegen zu müssen. Die Art und Weise, wie locker und frei er sein Leben anging. Der federnde Hippiegang. Der leicht arrogante Zug um seine Lippen. Seine Intelligenz und seine Plattensammlung – all das schien mir erstrebenswert. Zwei hintereinanderliegende Zimmer, Klo und Dusche auf dem Flur. Die Küche bestand aus zwei transportablen Kochplatten und einem klapprigen Kühlschrank. In einer Eingebung hatte Erich das Sperrmüllmobiliar komplett in Pink gepinselt.

»Einen Tee mit Maracujageschmack?«

Erich holte den pfeifenden Wasserkocher von der rot glühenden Herdplatte und goss Wasser in die bauchige Teekanne. Jeder, der etwas auf sich hielt, besaß zu dieser Zeit ein Teeservice mit Teeschalen. Zumeist in erdigen Farben gehalten und mit fantasievollen Mustern bedruckt. Erich zauberte ein gebatiktes Tuch aus einer betagten Truhe und dekorierte es über die als Couchtisch dienende Apfelsinenkiste. Im Anschluss drapierte er Tee-Stövchen, Kerzenständer, Lavalampe, Räucherstäbchen, Tassen, Aschenbecher und Bong in einem geschmackvollen Arrangement. Wir ließen uns auf dem Flokatiteppich nieder, den Rücken an die Couch gelehnt.

Erich fischte eine kleine Blechdose mit Shit aus dem dunkelbraunen Setzkasten, der sich über dem Bett befand. Der Wandkasten selbst beherbergte alle möglichen Utensilien: Muscheln, abgerissene Knöpfe, Nippesfiguren, getrocknete Rosenblätter, Teelichter und Glasmurmeln.

Erich deutete mit einem verschwörerischen Blick auf den Bong und schob dabei die langen glatten Haare hinter die Ohren. Ich winkte dankend ab und warf einen Blick auf das Poster an der gegenüberliegenden Wand. Ja, Erichs Ähnlichkeit mit *David Gilmour*, war unzweifelhaft.

»Echt nicht?«

»Nee. Der haut mich um. Ich dreh mir Einen. Okay?«

»Mach.«

Ich drehte mir ein wenig Gras in die Zigarette und nahm nach dem ersten Zug einen tiefen Schluck Tee. Ich hustete, der kleine Spliff war vollkommen ausreichend. Ich hatte Respekt vor diesen Bongs. Einmal wäre ich fast aus dem Latschen gekippt, seitdem nahm ich Abstand; die Dröhnung war mir zu heftig.

Erich und ich, wir verquatschten den gesamten Nachmittag, den Abend und die Nacht. Wir redeten über dies und das: Über die >Penne<, sadistische Pauker, scheiß Lerninhalte, über den FC, über die Neue aus der Parallelklasse und die scharfe Französischreferendarin mit den langen Beinen. In der Hauptsache jedoch redeten wir über Musik – und wir hörten sie:

Wir begannen ein wenig - wie soll ich sagen - pompös? Mit einem Sound, der im Grunde genommen nicht zu unseren favorisierten zählte, aber für sich unschlagbar war: *Queen* mit Sänger *Freddy Mercury* und dem unvergessenen Album »A Night at the Opera«. »Bohemian

Rhapsody« hörten wir mehrmals. Unmittelbar darauf, veröffentlichte die Band auf dem Album »News of The Work« Hymnen wie »We Will Rock You« und »We Are The Champions«. Das weiße Album blieb für mich jedoch mein persönliches *Queen*-Highlight. Es ist verrückt, welche Dinge jahrzehntelang im Gedächtnis haften bleiben. Die Musik ist für mich dabei so etwas wie der synaptische Brückenbauer. Jedenfalls erinnere ich mich noch an jede Platte, die wir an diesem Tag hörten. Nach *Queen* >zappten< wir uns ein wenig durch zwei Alben von *Neil Young* (»After The Gold Rush« und »Harvest«), durch einige *Bob Dylan* Songs (»Desire«), durch *Jethro Tulls*, »Livin In The Past« und »Aqualung«. Am frühen Abend drehten wir auf: Wir wippten zu *Frank Zappas* »Over-Nite Sensation« und den *Rolling Stones* (»Exile On Main St.«) zu *Gong* (»Floating Anarchy«) sowie zu *Grobschnitt* (»Solar Music - LIVE«).

    Nach der dritten Kanne Tee wechselten wir auf einen ruhigeren Sound, bevor wir in unsere psychedelische Welt abtauchten. Ja, wir hatten's drauf. Wir wussten, wie unsere musikalische Dramaturgie aufgebaut werden wollte, wie man einen kompletten Tag mit geilem Sound aufzieht: von *Santana* (»Moonflower«) über *Derek and the Dominos* (»Layla and Other Assorted Love Songs«) hin zu *Eric Claptons* »Slowhand«. Daraufhin folgte eine Überraschung. Erich hatte am vergangenen Tag, eine mir bis dahin unbekannte Scheibe ausgeliehen: »Tales of

Mystery And Imagination«. Die Band hieß *The Alan Parsons Project*. Das Album schlug mich auf der Stelle in den Bann. Ein komplettes Werk, das auf Geschichten von *Edgar Alan Poe* basierte. »The Fall Of The Houses of Usher« (15:02) hörten wir gleich zwei Mal hintereinander.

Es war bereits dunkel, als wir die Kerzen anzündeten und »Shine On You Crazy Diamond« ertönte. Wir hörten das Album »Whish You Were Here« vom Anfang bis zum Ende durch, bevor wir von *Pink Floyd* auf *Genesis* switchten. Ich hatte »The Lamb lies down On Broadway« mitgebracht und zog die erste Scheibe der Doppel-LP behutsam aus der Schutzhülle. Durch eine elegante Drehung aus den Handgelenken schwang ich sie sachte zwischen die offenen Handflächen. Ich warf ihr einen dankbaren Blick zu, ob der friedlichen Momente, die sie mir gleich schenken würde. Einen Wimpernschlag später setzte ich die Nadel vorsichtig auf die Platte und öffnete ein Bier.

»Das ist ein Sound.«

»Ja«, antwortete ich und schloss die Augen.

Als 25 Minuten später die letzten Töne von »The Grand Parade of Lifeless Packaging« verstummten, erhob ich mich mit einem breiten Lächeln, um die Platte zu drehen. Während ich mir eine Zigarette rollte, erklangen die ersten Töne von »Back in N.Y.C.«.

»Hier willst'e auch?«

Ich hatte die Augen wieder geschlossen und öffnete sie,

als mich Erich ansprach. Doch was ich nun sah, ließ mir das Blut in den Adern gefrieren. Mit einmal war ich hellwach. Ich konnte es nicht fassen und starrte Erich ungläubig und verängstigt an.

»Was ist los mit dir? Du schaust mich an, als würdest du einen Geist erblicken«, grinste Erich fragend.

»Bist du verrückt geworden? Das ist gefährlich, das Zeug!« Mein Körper signalisierte höchste Alarmbereitschaft.

»Ach was ...!«

»Willst du drauf gehen?«

Erich hatte sich den Arm mit einem der bunten Halstücher abgebunden, die man damals trug. Vor ihm lagen Löffel, Spritze und H. Erich hielt den Löffel über die Flamme und zog Augenblicke später die Spritze auf.

»Wenn du das machst Erich, bin ich durch die Tür«, drohte ich mit zusammengebissenen Zähnen. »Lass es sein«, bettelte ich mit Tränen in den Augen. »Du weißt, das dich das umbringt. Wie lange läuft das schon?« Voller Entsetzen schüttelte ich den Kopf.

»Ne ganze Weile. So schlimm kann es nicht sein, wenn du nie etwas bemerkt hast«, knurrte Erich.

Natürlich war mir aufgefallen, dass Erich einiges an Gewicht verloren hatte. Dass er immer seltener in der Schule auftauchte und dunkle Ränder unter den Augen trug. Doch im übelsten Albtraum hätte es nicht schlimmer kommen können!

»Du hängst an der Nadel, Erich!«

»Quatsch! Ich setz mir nur ab und an nen Schuss. Das ist alles.«

»Erich ... ich ...«

»Hör auf, mich missionieren zu wollen.« Diese dämliche Bemerkung brachte mich vollends aus der Fassung. Ich sprang auf, stieß mit den Knien gegen die Apfelsinenkiste und beförderte Teekanne und Stövchen zu Boden. Dann ließ ich eine wahre Tirade von Warnungen und dunklen Szenarien auf Erich einprasseln, während im Hintergrund »Counting Out Time« lief.

»Wenn du das machst, bin ich durch die Tür.«

Ich hatte einen Heidenschiss. Allein die Vorstellung, dass jemand sich freiwillig ein kaltes Stück Nadel in die Vene rammt, ließ mir die Angst in die Knochen fahren.

»Du kommst nie mehr davon los! Niemals im Leben! Du begehst Selbstmord.« Ich beschwor Erich: »Lass es sein. Bitte!«

Als bei »Carpet Crawlers« die Nadelspitze in die Vene seines linken Armes eindrang, zuckte ich in Panik zurück und stieß gegen den Plattenspieler: **SCRATCH!**

Es setzte den Kratzer. Deutlich und tief. Ich pflückte die Platte vom Teller, packte in Panik meine Sachen zusammen und verschwand, während Erich in sich zusammen sank.

Noch am Tag danach, war ich zutiefst erschüttert. Ja,

selbst die Woche darauf, fühlte ich mich wie paralysiert. Ich machte einen Bogen um Erich, wenn ich ihn zufällig von Weitem im Park sah oder am anderen Ende des Schulhofs erblickte. Wie soll ich das Gefühl beschreiben? Ich war traurig. Ich fühlte mich ausgeschossen und hilflos. Ich mochte Erich. Doch er würde in kürzester Zeit zum Junky werden. Die Abwärtsspirale war vorprogrammiert. Die Chance, dass er den Kampf gegen das weiße Gift in den Griff bekommen würde, tendierte gegen Null. Er würde sein Leben verpfuschen. Er würde sterben. Das war meine feste Überzeugung. Ich redete mit niemandem über meine Entdeckung, und versuchte mit meinem inneren Chaos selbst klarzukommen.

Die kommende Klausurphase lenkte mich ab. Ich konzentrierte mich darauf, meine Defizite, auszubügeln. Zudem hatte ich ein Auge auf Sabine geworfen. Sie lenkte meine Gedanken in ganz andere Bahnen (dazu vielleicht später). Jedenfalls verlor ich Erich für einige Wochen aus den Augen.

Doch dann! Ich erinnere mich wie heute daran – die Nachricht traf mich wie ein Schlag! Ich heulte mir die Augen aus dem Kopf. Erich hatte sich den *goldenen Schuss* gesetzt!!! Ich erging mich in Vorwürfen.

Weshalb war ich nicht hartnäckig gewesen? Weshalb hatte ich ihn nicht missionieren können? *Du hast es gar nicht erst versucht,* erging ich mich damals in Selbstvorwürfen. *Du hast dich nicht um deinen Freund gekümmert!*

Du hast ihn alleine gelassen mit der todbringenden Gefahr! Ich weiß nicht, ob Erich heute auf mich herabsieht, um sich daran zu erfreuen, dass ich unser Album höre. Während der Kratzer nach wie vor **SCRATCH!** an immer der gleichen Stelle einsetzt! Es wäre mir ein großer Trost. Denn dieser Song, dieser Kratzer wird mich auf ewig mit meinem Freund Erich verbinden - egal, wo immer er nun sein mag - ganz gleich, was kommen wird.

Erich sollte übrigens nicht das letzte Todesopfer meiner Jahrgangsstufe gewesen sein. Mitte der 70er überschwemmte Heroin das gesamte Land.

Damals schüttete ich Bodo (zu ihm später mehr) mein schweres Herz aus. *Setz dich an die Kiste, trommel dir den Blues von der Seele. Such dir ne Band,* fiel seine Antwort kurz und knapp aus. *Scheiß Zeug,* brummte er und vertiefte sich in die neueste Ausgabe der Fachzeitschrift *Drum & Bass.*

Eine Woche später (Bodo hatte einen Monatslohn im Drumcenter gelassen), lüftete er nach der Unterrichtsstunde eine Decke, die eine Reihe von Trommeln und Becken freigab. *Das ist für dich. Alter Kram. Aber okay. Ist komplett,* bemerkte er knapp. Mir liefen die Augen über. So kam ich zu meinem ersten Schlagzeug.

Drei weitere Wochen vergingen, bevor Kai und ich die

Band aus der Taufe hoben. In dieser Zeit verabschiedete ich mich vom psychedelischen Bombastrock. Wir orientierten uns an einfach gestrickten Rocksongs und spielten Cover wie »My Generation« (*The Who*) oder »Paint it Black« von den *Stones* im Kohlenkeller von Kais Eltern. Wir hörten jede Menge Reggae, Blues und brettharten Rock. Wir hörten die *Doors, Clapton, Zappa*, die *Stones* und *Bob Dylan*. Wir verschlangen einfach alles, was uns an Platten zwischen die Finger kam und versuchten, unsere Lieblingssongs zu covern.

Nebenbei entstanden die ersten eigenen Songs. Ich stellte fest: Leidensdruck erzeugt Kreativität. Die Haare wurden länger und wir cool. Der erste Auftritt fand in einer Drogenberatungsstelle statt. Der Erfolg war kolossal.

Ob der Groupies, auf die ich hoffte, legte ich mir ein Zündapp Moped mit durchgehender Sitzbank zu. Ich träumte von der Freundin, die hinter mir saß und ihre Arme um meinen Brustkorb schlang.

Paul im Hier und Jetzt

20 • 17

Ich seufze beim Gedanken an Erich: *Die Dinge liegen weit zurück. Du hast gelernt, damit umzugehen.* Ja, mittlerweile dominieren die friedlichen Gedanken an diese Zeit und an meinen alten Freund Erich. Die Angst ist einem dankbaren Gefühl gewichen. Merkwürdig, wie im Nachhinein die Dinge im verklärten Licht erscheinen.

Die 70er waren ganz schön schräg: Überdimensionale Koteletten, Bart und Langhaarfrisuren waren angesagt. Modebeispiel (variierbar): Grünes Sakko, pinkes Hemd, darüber gelber Pullunder und rote Krawatte, eine orangene Schlaghose und weiße Stiefeletten (alternativ Holzclogs oder Plateauschuhe) – derart gekleidet war man ausgehbereit. Schwer angesagt beim weiblichen Geschlecht: bunte Hotpants und schrille Miniröcke. Farblich greller *Slime* (mit dem man sich gegenseitig bewarf), »Schulmädchenreport«, »Wir Kinder vom Bahnhof Zoo«, »Car Wash« (*Rose Royce*) und *Insterburg & Co* (»Ich liebte ein Mädchen«) – auch das waren die 70er.

Politisch beginnen sie mit Willi Brands Kniefall von Warschau und der Trennung der Beatles. 1972 wird die deutsche Fußballnationalmannschaft Europameister und 1974 Fußballweltmeister im eigenen Land. 1973 kommt es zur Ölkrise und den ersten autofreien Sonntagen auf deutschen Straßen. 1975 endet der 20-jährige Vietnamkrieg, nachdem bis zu 5. Millionen Menschen ihr Leben ließen. Am 3. Juli stirbt Jim Morrison (*The Doors*) mit 27 Jahren. Ihm folgt am 16. August Elvis Presley. Jimmy Hendrix verstirbt am 18. September im Alter von 27 Jahren, gefolgt von Janis Joplin, am 4. Oktober – auch sie wird nur 27 Jahre alt. Sid Vicious von den *Sex Pistols* stirbt 1979 mit 22 Jahren. Und um den traurigen Reigen zu komplettieren: Brian Jones, Gitarrist der *Rolling Stones* verstarb bereits im Juli 1969 im Alter von 27. Jahren.

Die 70er: »Der weiße Hai« lässt uns im Kino gruseln, mit »Apokalypse Now« (*Dennis Hopper, Martin Sheen, Robert Duvall*) mausert sich ein Antikriegsfilm zum Kinokassenschlager und »Der Pate« (*Al Pacino, Marlon Brando, Robert DeNiro*) elektrisiert über alle Grenzen hinweg.

Doch die 70er sind auch geprägt von Naturkatastrophen: schwerste Erdbeben in China, Nord-Chile, Peru, Iran, Nicaragua, Montenegro und der Türkei. Überschwemmungen in Indien, Guatemala und Spanien. Ein Zyklon trifft Bangladesch (300.000 Menschen sterben), ein verheerender Wirbelsturm tobt über Honduras. 1978 sterben 17 Menschen im Winterchaos von Norddeutschland, 216 lassen ihr Leben bei einer Gasexplosion auf einem Campingplatz in Tarragona (Spanien). Ein >Super Outbreak< mit 148 Wirbelstürmen tobt über die USA und bringt 315 Todesopfer.

Neben Naturkatastrophen und unfassbar vielen Flugzeugabstürzen bricht der Terror über die westliche Welt hinein: Am 5. September 1972, kommt es bei den Olympischen Spielen in München zu einem Terroranschlag durch die palästinensische Terrororganisation »Schwarzer September« auf die israelische Delegation. 11 israelische Sportler sterben, fünf Terroristen und ein Polizist.

1977 entführt die RAF Arbeitgeberpräsident Hanns Martin Schleyer in Köln. Wenig später wird die Lufthansamaschine >Landshut< durch palästinensische Terroristen nach Mogadischu (Somalia) entführt, um die Freilassung von RAF-Terroristen der ersten Stunde zu erpressen. Bundeskanzler Helmut Schmidt erfüllt die Forderungen nicht. Wenig später lässt er die Maschine durch die GSG 9 stürmen – der auslösende Moment für den kollektiven Suizid der RAF-Spitze in der *>Todesnacht von Stammheim<*, die wiederum die Ermordung von Schleyer nach sich zieht.

Die Bilder aus dieser Zeit haben sich fest in mein Gedächtnis eingebrannt. Ich seufzte und schüttle den Kopf. So hat wohl jedes Jahrzehnt seine Katastrophen, Kriege und Auseinandersetzungen. *Gut, dass es die Liebe gibt, die Musik, die Kunst, die Literatur. Das Leben ist schön!*

Ich schütte mir ein Glas Rotwein nach. Der Stapel unkorrigierter Klassenarbeiten gähnt vom Wohnzimmertisch herüber. *Heute nicht mehr,* äffe ich und zeige meinem schlechten Gewissen den Stinkefinger. *Morgen musst du erst zur vierten Stunde ran. Entspann dich!* Ich gehorche meiner inneren Stimme und trete auf den Westbalkon. Die Kacheln zu meinen Füßen sind noch warm. Vom Mittag bis zum Sonnenuntergang liegt der kleine Garten Eden in der Sonne. Ich lasse mich auf den Teakstuhl fallen, der von einer stattlichen Hanfpalme beschirmt wird, und lege die Füße über das Geländer.

Ich kann mich glücklich schätzen, vor vielen Jahren diese Zweizimmerwohnung gekauft zu habe. Mitten in der Stadt gelegen und unweit des großen Parks, wäre sie heute unbezahlbar. Das Rauschen der Stadt dringt an meine Ohren. In zweihundert Meter Entfernung kommt die Straßenbahn quietschend zum Stehen. Augenblicke später ergießt sich ein ganzer Schwall fröhlich plappernder Jugendlicher auf den Gehweg. Ich könnte wetten, dass sich Schüler von mir darunter befinden.

Die Straße, in der ich wohne, ist so etwas wie die Einflugschneise zu einer der Partymeilen der Stadt. Im Grunde genommen ist hier jeden Tag etwas los. Gegenüber in der Dönerbude wetzen meine Nachbarn Mehmet und Tayfun die Messer. Das >Yakamoz< ist gut besucht. Das feiernde Volk braucht eine Grundlage, bevor die Deckel in den Kneipen und Klubs rund geschrieben werden.

Heiner, der Kioskbesitzer im Erdgeschoss meines Hauses, hat ebenfalls alle Hände voll zu tun. Unter meinem Balkon (ich wohne im fünften Stock) hat sich eine fröhliche Traube gebildet. Ich höre das Klirren der Flaschen beim Anstoßen – und dann: *Prost! Salute! Sherife! Jamas! Zivjeli! Sante! Salud! ChinChin! Saude! Zum Wohl!* Ich liebe das Multikulti dieser Stadt. Das Flair, das dann entsteht, wenn sich unterschiedliche Kulturen gegenseitig bereichern: In der Art zu leben, zu kochen, zu essen, zu denken, zu trinken, zu feiern. Die Stadt lebt von kulturellen Gegensätzen, von unterschiedlichen Musikstilen und Modetrends. Selbst die Art sich zu schminken, die Haare zu tragen und zu flirten, unterscheidet sich.

Mir ist durchaus bewusst, dass es Städte, Stadtteile und Regionen in diesem Land gibt, wo all das auf dem Hintergrund von Entfremdung thematisiert wird. Wo es tatsächlich zu massiven Problemen kommt: Kriminalität, Diskriminierung, Abschottung, Verelendung, Armut, sexuelle Übergriffe – und keine Basis der Verständigung. *Vielleicht lebst du hier tatsächlich in einer friedlichen Enklave der Aufklärung.* Fachhochschulen und Universität liegen nur einen Steinwurf entfernt, bekannte Musiker und erfolgreiche Schriftsteller zählen zu deinen Nachbarn. Von daher ist dieser Kiez wahrscheinlich nicht repräsentativ. Doch ich möchte daran glauben, dass sich diese Art des aufeinander Zugehens, des gemeinsamen Lebens mitten in Europa durchsetzen wird: Die jungen Menschen zu meinen Füßen sind die Zukunft dieses Landes.

Ich lehne mich genüsslich zurück, drehe mir einen Grasjoint und schaue dem bunten Treiben auf dem mit Platanen bestandenen Boulevard zu. Im Geäst, unmittelbar vor meinem Balkon, hat ein Amselpaar ein Nest gebaut. Stundenlang habe ich hier gesessen und die Eltern dabei beobachtet, wie sie die Schnäbel der laut schreienden Nesthocker stopften. Die drei jungen Amseln wuchsen blitzschnell. Vor zwei Wochen sind sie aufgeflogen und haben das Nest verlassen. Ab und an sehe ich noch eine von ihnen. Ich werde im Winter - falls notwendig - ein Vogelhaus aufstellen. Ist das spießig? *Und wenn schon*, brumme ich und erhebe mich aus meinem Stuhl. Mir ist nach etwas Süßem – nach Schokolade. Kurzentschlossen nehme ich die Stufen ins Erdgeschoss und decke mich in Heiners Kiosk mit meiner Lieblingssorte Mandelrahm ein. Im Hintergrund wabern *Underworld*.

»Ich schreib's an«, grinst er, nachdem ich eine gefühlte Stunde vor der Schokoladenauslage verbracht habe. »Beim nächsten Mal lässt du mich ziehen. Okay!?«

Ich nicke ihm dankbar und grinsend zu. Heiners Kiosk ist eine Bank. *Du lebst hier im Schlaraffenland,* geht es mir durch den Kopf, als ich die Stufen zu meiner Wohnung nehme. Heiner führt alles, was man zum Leben braucht: Vom Klopapier über frische Tomaten und Käse bis hin zum

Rasierschaum und edelstem Gin.

Es ist eine laue Sommernacht, und so zieht es mich nach kürzester Zeit erneut auf den Balkon. Mir ist danach noch ein paar Seiten zu lesen, doch bald schon schweifen meine Gedanken ab.

SCRATCHES

- 2 -

DER ERSTE KRATZER

Manchmal bleibt es wohl für immer das Geheimnis der Platte, wann und wie ihr ein Kratzer zugefügt wurde.

Die ersten kleinen Ausflüge, die mein Herz regelmäßig höher schlagen ließen, waren die mit meinem Großvater. Ich erinnere mich, in jungen Jahren häufig bei meinen Großeltern übernachtet zu haben. Und ich liebte diese Ausflüge von der Großstadt aufs Land.

Doch zurück zu den Abenteuerexpeditionen mit meinem Großvater: Die Straße hoch, eine Bundesstraße querend und dann bergab auf einen Schotterweg. Nach fünfhundert Metern lag sie vor uns, die Müllkippe.

Es war nicht die wirtschaftliche Not, die meinen Großvater mit dem Bollerwagen Richtung Müllhalde trieb. Es war, sagen wir, eher ein Sammlertrieb, der ihn dort nach Altmetallen Ausschau halten ließ. Und so war ich bereits mit vier Jahren in der Lage zwischen Kupfer, Zink, Eisen, Blei oder Messing zu unterscheiden. Unsere Ausbeute wurde in der Scheune gehortet und später zum Kilopreis an einen Schrotthändler verkauft.

Wenn ich heute, 50 Jahre später, darüber nachdenke, war der Sammlertrieb meines Großvaters mit Sicherheit den Entbehrungen aus zwei Weltkriegen geschuldet. Jahrgang 1899 bedeutete für die damalige Generation, ihr

Leben für zwei sinnlose Weltkriege aufs Spiel zu setzen. Mein Großvater sprach im Übrigen nicht viel über diese Zeit. Ich erinnere mich jedoch, dass er mir auf bohrendes Nachfragen einmal antwortete, er habe in keinem der Kriege einen Menschen erschossen.

Wenn wir uns aufmachten, mein Großvater und ich, hockte ich bei der Hinfahrt im Leiterwagen. Bei der Rückfahrt hingegen zogen wir die schwere Fuhre gemeinsam und mit vereinten Kräften den Berg hoch. Dazwischen lag das Reich des Moders, der Gefahr, des Gestanks, des Verbotenen (meine Mutter betrachtete die Ausflüge mit Skepsis). Ich erinnere mich, dass der angrenzende Hof von einer italienischen Großfamilie bewohnt wurde. Deren wild streunende Hunde jagten mir regelmäßig einen riesigen Schrecken ein, wenn sie kläffend und knurrend auf mich zu rannten. Doch mein Großvater, stark wie ein Baum, war mein Schutzschild und Freund. Sobald er sein bedrohliches Organ anhob, verzogen sich die Köter.

Es trieb mich im Übrigen auch später, als ich mich endlich alleine auf den Weg machte, immer wieder in diese Gegend. Denn rückseitig der Müllkippe hatte sich ein überschaubarer, gänzlich von Algen zugewucherter Teich gebildet, in dem ich Molchen und Kaulquappen für das heimische Aquarium hinterher setzte. Heute mag ich mir nicht ausmalen, mit welchen Substanzen der Müllkippe das Wasser durchsetzt gewesen sein muss. Einen Steinwurf entfernt, wusch ich mir nach getaner >Fischfängerarbeit< jedenfalls regelmäßig die Hände im klaren(?) Wasser des Flusses.

Doch zurück zur Müllkippe (heute befindet sich an dieser Stelle ein Fußballfeld), zum Altmetall und all den anderen Schätzen, die es zu entdecken galt. Mein Großvater und ich durchwühlten im scharfen Gestank des Müllbergs denselben mit langen Stangen – und zwar bei jedem Wetter. Natürlich befand sich auf dieser Kippe nicht nur Metall, sondern auch Haushaltsmüll jeglicher Art: vom Kühlschrank über den Lampenschirm bis hin zur Zahnbürste, vom weggeworfenen Spielzeug bis hin zur Unterhose ... und noch viel, viel ekelhafterer Wohlstandsmüll.

Es regnete an besagtem Tag, es war kalt. Es muss Frühjahr oder Spätherbst gewesen sein. Ich wühlte mit aller Vorsicht durch den Müll, Obacht gebend, mir nicht die Finger an Glasscherben oder scharfkantigen Büchsen zu schneiden. Dabei hatte ich einen kritischen Blick auf die dackelgroßen Ratten gerichtet, die sich unweit über irgendwelchen Unrat hermachten.

Es war ein durchnässter und halb aufgerissener Karton, der mir ins Auge fiel und meine Neugierde weckte. Er stak aus einer Ansammlung Altpapier hervor. Ich bahnte mir einen Weg, indem ich unter lautem Stöhnen einen Küchentisch zur Seite hievte, und ging wenig später in die

Hocke. Meine Augen quollen über. Da hatte jemand einen Karton mit Langspielplatten entsorgt – mit und ohne Cover. Ich wunderte mich über das Gewicht der Platten, die um einiges schwerer in der Hand wogen, als die Schallplatten meiner Eltern aus Polyvinylchlorid. Aufgeregt hatte ich meinem Großvater signalisiert, dass es einen Schatz zu bergen galt. Und so zogen wir wenige Stunden später, den bis oben hin beladenen Bollerwagen nach Hause.

Die kommenden Stunden gingen mit dem Säubern der schweren Schellackplatten drauf. Und dann spielte ich sie ab. Oft war nicht mehr als ein Rauschen, Knistern und Mahlen aus den Platten herauszuholen. Und ich wusste nicht, liegt es an der Nadel, die tanzend über das Schellack hüpfte oder wahlweise über die komplette Platte rutschte, ohne ihr einen Ton zu entlocken, oder am Material der Tonträger selbst. Ich erinnere, dass ich mit den meisten Interpreten nicht Ansatzweise etwas anfangen konnte. Doch dann entdeckte ich einen Song, der zu mir durchdrang, der mir ins Ohr ging:

»Oh m*EIN PAP*a« von *Lys Assia*.
Die Nadel sprang immer wieder: **SCRATCH!**

Doch die Lust am Song, konnte er mir nicht nehmen!
Ich erinnere, dass ich in diesen Jahren meinen Vater mit den Zeilen des Songs foppte, wann immer ihm ein alltägliches Missgeschick widerfuhr:

»Oh mein Papa ...«
Erst viele Jahre später wurde mir die Aussage des Songs bewusst. Sie versetzte mich in traurige Stimmung.

Mein Großvater und ich teilten uns übrigens die Einnahmen aus dem Verkauf des Altmetalls *brüderlich*. Mein Sparschwein quoll über. Ich war mit Sicherheit zu jener Zeit der reichste Fünfjährige der westlichen Hemisphäre.

Später - Jahre waren vergangen und der Schrottplatz längst Geschichte - verbrachte mein Großvater viele Stunden des Tages in seinem abgewetzten Sessel. Den alten Plattenspieler mit der heruntergedudelten Nadel zu seiner Rechten, hörte er zerkratzte Platten (»Ich weiß nicht, was soll es bedeuten« von *Heinrich Heine*), sang lauthals mit und schämte sich nicht der Tränen, die sein wunderschönes Gesicht benetzten.

Ich habe übrigens keine Erinnerung daran, wo und wann »Oh mein Papa« verloren ging. Natürlich passte die Platte irgendwann nicht mehr in die Zeit. Sehr wahrscheinlich habe ich sie später ungeachtet in den Müll zurückbefördert. Rückblickend eine Schande! Natürlich könnte ich mir den Song heute bei I-Tunes oder Spotify herunterladen – doch das wäre nicht das Gleiche, falls ihr wisst, was ich meine.

SCRATCHES

- 3 -

DER ABSICHTLICHE KRATZER

Ich muss vier oder fünf alt gewesen sein, als ich mich das erste und letzte Mal an einer Platte vergriff. Die deutschen Charts wurden von *Peter Alexander, Udo Jürgens, Roy Black, Engelbert, Eric Silvester* und *Dorothe* (»Wärst du doch in Düsseldorf geblieben«) dominiert. Ein Anachronismus zum Sound, der über den großen Teich schwappte: »Woodstock«! »The Summer of Love!« *The Doors, Otis Redding, The Jimi Hendrix Experience.* Okay, der Vollständigkeit halber: *Tom Jones* schaffte es ab und an auf die vorderen Plätze, und von den *Beatles* den *Rolling Stones* und den *Beach Boys* hatte Deutschland auch schon gehört. Doch im Großen und Ganzen definierte sich deutscher Sound über Volksmusik und Schlager.

Ganz weit vorne zwitscherte dabei ein holländisches Kind: *Heintje!* Alle schienen ihn zu lieben. Meine Mutter trällerte ihn ohne Unterlass: »Ich bau dir ein Schloss«, »Oma so lieb«, »Mamatschi«, »Liebe Sonne lach doch wieder«, »Heidschi, Bumbeidschi«!

Was soll ich sagen, irgendwann summte ich solch einen Ohrwurm mit und prompt ward ich entdeckt: *Paul mit der glockenklaren Stimme!* Wo immer ich von nun an auftauchte, bei Geburtstagsfesten, Weihnachten, Ostern oder Namenstagen – überall und jederzeit wurde ich dazu genötigt loszuträllern. Selbstverständlich war mir das peinlich. Ich lief rot an und schaute zu Boden. Und wenn am Ende des Liedes die Zuhörer begeistert applaudierten, manchen Damen gar die Tränen in die Augen stiegen, biss ich mir unbeholfen in den Handrücken. Doch selbstverständlich hatte ich mir nach solchen *Auftritten* eine Belohnung verdient: Von Tante Karla gab es in der Regel eine Tafel Schokolade. Oma Berta backte Pfannkuchen. Tante Henriette hortete Pralinen. Onkel Lutz nahm mich sogar einmal zum FC, und meine Mutter kochte Schokoladenpudding. Ich fühlte mich wie ein dressierter Affe!

Die Krönung war mein wöchentlicher Auftritt in der Metzgerei. Bei jedem Einkauf, also etwa zwei bis drei Mal pro Woche, durfte ich der Tante hinter der Theke »Mama« von *Heintje* vorträllern:

»Mama ...«

Der frenetische Applaus der Hausfrauen war mir gewiss. Und zur Belohnung gab's von der Fleischfachverkäuferin mit den Monstertitten eine fette Scheibe Fleischwurst. Immer! Ja, der kleine Paul hatte seine feste Fangemeinde. Zum Glück gab es damals noch keine Kindercastingshows, in die man mich hätte verfrachten können.

Eines Tages hatte ich die Faxen dicke. Ich hatte zur Belohnung wieder ein besonders fettes Stück Wurst in die Hand gedrückt, bekommen. Die dicke Berta hatte mir wie immer einen saftigen Kuss auf die Wange gedrückt. Und die alte Vogelscheuche, nur in schwarz gekleidet und ständig den Rosenkranz betend, drückte mich wie gewohnt feste an sich. Mein Kopf reichte ihr gerade bis zur Hüfte – sie roch streng!

Den gesamten Weg nachhause, bekam ich den Gestank nicht aus der Nase. Wir wurde übel. Ich schmiss die Wurst in die Gosse. Wütend. Aufgebracht. Entsetzt! Mir war klar, dass es so nicht weitergehen konnte. Die anderen Kinder aus dem Viertel hänselten mich bereits:

»Achtung, da kommt Heintje. Der stinkt nach Wurst und alten Frauen!«

Zuhause angekommen, verschwand ich als erstes im Bad. Ich wusch mir die unzähligen Küsse und den verwaschenen Lippenstift aus dem Gesicht. Dann putzte ich mir die Zähne. Freiwillig – am Nachmittag! Ich war alleine und ergriff meine Chance.

»Mama«.

Ich fischte die Single aus dem Hi-Fi-Möbel meiner Eltern und warf ihr einen entschiedenen Blick zu. Dann setze ich das Obstmesser an und hinterließ einen tiefen Kratzer. Seit diesem Zeitpunkt spielte die Single:

SCRATCH!
»M**AM**a«

Das war die Schlüsselszene zu meiner Verweigerungshaltung. Ich stellte mich stur. Ich ließ niemanden mehr an mich ran. *Das ist die Trotzphase,* hörte ich sie in meinem Rücken munkeln. *Eine besonders ausgeprägte. Vielleicht sollten wir mit ihm zum Arzt gehen?* Wenig später wurde ich eingeschult. *Ich muss lernen, ich habe Halsweh, ich glaube, ich komme in den Stimmbruch. Nein, ich will nicht in den Kinderchor eintreten, ich will Bundesligastürmer werden.* Immer wieder fand ich gute Ausreden, meine Lippen zusammenzukneifen.

Jahre später sollte ich meine Leidenschaft fürs Singen (wieder)entdecken – doch dazu vielleicht später.

Ich setzte seit diesem Akt der Selbstbefreiung, übrigens keinen Fuß mehr in die Metzgerei. Bis heute plagt mich eine Fleischwurstallergie.

- 4 -

DIE ERSTE PLATTE

Die Jahre vergingen mit Büffeln. Mit trostlosen Bundesjugendspielen. Mit Bauschmerzen vor Klassenarbeiten. Mit der Angst vor *Blauen Briefen*, Zeugniskonferenzen und dem Ärger zu Hause, die diese nach sich zogen. Die Jahre vergingen mit Pickel ausdrücken und der verzweifelten Suche nach Orientierung und Identität, mit den ersten Schamhaaren, stinkenden Socken und auf Hochtouren arbeitenden Drüsen. Aus heutiger Sicht war ich ein waschechter Preteen. Es war noch nicht solange her, da hatte ich Lucky-Luke-Hefte, Panini-Alben, Rollschuhe und Matchbox-Bahn auf den Speicher verbannt.

Stattdessen besorgten meine Freunde und ich uns nun *Das Neue Wochenend, Schlüsselloch* oder *Praline* – und wir holten alles aus uns heraus. Mehrmals am Tag: Vor der Schule, während der Schule, nach der Schule, vor dem Abendessen, nach dem Abendessen, vor dem Gute-Nacht-Gebet, nach dem Gute-Nacht-Gebet ...

Am Wochenende spielten wir mit der Familie Gesellschaftsspiele oder mit Freunden Quartetts. Es war die Zeit, in der man unter der Bettdecke mit der Taschenlampe las. Die *Epoche*, in der man die farblosen Kachelspiegel der 50er-Jahre in Bad und Küche mit bunten *Prilblumen* überklebte.

In den 70ern schrieb man übrigens noch Liebesbriefe: Bei meinem ersten Diskothekenbesuch in einem belgischen Seebad lernte ich Sandra kennen. Das heißt, wir tanzten zusammen auf »Let's All Chant« (*Michael Zager Band*) und »One for you, one for me« (*La Bionada*). Wir *unterhielten* uns 20 Minuten. Diese kurze Begegnung genügte uns jedoch, eine sechsjährige Brieffreundschaft zu pflegen. Ich erhielt jede Woche ein buntes Kuvert, ich schrieb jede Woche einen Brief. Auf diese Weise schickten wir über die Jahre kiloweise Papier von Stadt zu Stadt – gesehen haben wir uns übrigen nie wieder! Heute sendet man Kurznachrichten und Emojis – und irgendwann gehen sie im Daten-Dschungel verloren. So nicht die Briefe. Haltet mich für meschugge, aber ich konnte mich bis heute nicht von ihnen trennen.

Im Alter von 12 Jahren hatte ich meinen Eltern endlich die Einwilligung abgerungen, in den Fußballklub eintreten zu dürfen. Wobei ich im Gegenzug hoch und heilig versprechen musste, mich in Mathe, Englisch und Deutsch zu steigern.

Daraufhin ging es bergauf mit meinem Selbstbewusstsein. Ich powerte mich aus und brachte meine überschüssige Energie auf den Ascheplatz. Mein Hormonhaushalt regulierte sich auf ein erträgliches Maß. Drei Mal pro Woche fuhr ich mit meinem knallgelben Bonanzarad zehn Kilometer zum Training hin, und zehn Kilometer zurück – bei Wind und Wetter, bei Hagel und Donner.

Und ein weiteres, einschneidende Erlebnis, half mir, Selbstbewusstsein zu tanken: Zu Ostern wurde mir die erste Jeans geschenkt. Ich konnte mich gar nicht satt im Spiegel daran sehen: Ein Jeansanzug von Jingler-Jeans, ein Jeansanzug von *C&A*. Ihr lacht? Ihr hättet sehen sollen, wie sie mir saß, diese Jeans – dann hättet ihr Grund zum Johlen gehabt!

Musik spielte eine zunehmend zentrale Rolle in meinem Leben. Und während meine Eltern *Bernd Clüver* (»Der Junge mit der Mundharmonika«), *Freddy Breck* (»Bianca«), *Tony Marshall, Vicky Leandros und Rex Guildo* (»Fiesta Mexicana«) hörten. Oder meinetwegen auch *Cindy & Bert* (»Aber am Abend da spielt der Zigeuner«), *Katja Ebstein* (»Ein Indiojunge aus Peru«), *Michael Holm* oder *Chris Roberts* huldigten. Und selbstverständlich auch *Bata Illic, Jürgen Marcus, Costa Cordalis* und *Heino* lauschten, kam für uns nur englischsprachiger Sound infrage:

The Sweet (»Hell Raiser«), *Suzi Quatro* (»48 Crash«). Meinetwegen auch Schmus und Schmalz von *Gilbert O'Sullivan, Albert Hammond, David Cassidy*. Auch *Middle of The Road, Daniel Boone* (»Beautiful Sunday«) oder »Sugar Baby Love« von *The Rubbets* – Hauptsache nicht die Musik, die unsere Eltern hörten.

Schnell kristallisierte sich jedoch für mich noch ein anderer Sound heraus. Einer, der sich vom absolut kommerziellen Einheitsbrei abzuheben schien. Der von Sound, Attitüde und Aussage, die Generation unserer

Eltern verwirrte:

»Schools Out« von *Alice Cooper* war so eine Nummer. Wir pafften die ersten Zigaretten, tranken Cola und fanden uns cool (auch wenn es den Begriff damals noch nicht gab). Wir lungerten auf Spielplätzen und Parkbänken herum, kickten und reparierten unsere Fahrräder. Und wir hatten unsere Mutproben! Eine bestand darin, nach der Schule im *Woolworth* etwas mitgehen zu lassen: Kaugummi, Lakritz, eine *Bravo,* eine Schachtel Kippen, ein Feuerzeug, eine Single – eben alles, was man in einem unbeobachteten Moment, unter einer weiten Jacke verschwinden lassen konnte.

Mir war schlecht vor Angst, erwischt zu werden. Ich tat es ein Mal und nie wieder. Ich ergatterte eine Single. Meine erste Platte! Sinnbildlich für eine Abnabelung, denn mit diesem Song fühlte ich mich plötzlich schrecklich erwachsen. Ich hatte einen stoischen Groove gefunden, der mir gefiel:

»Lady in Black« von *Uriah Heep.*

Ich erinnere mich wie heute daran – es war die blöde Katze unseres Nachbarn. Ich lag mit geschlossen Augen auf dem Lammfell, das ich vor der Couch drapiert hatte und lauschte meinem Lied. Sie musste über den Balkon Zugang zu unserer Wohnung gefunden haben. Ich hatte sie jedenfalls nicht bemerkt, als sie auf leisen Pfoten in das Zimmer schlich. Ich schwöre, zum Herzinfarkt fehlte nicht viel, als sie auf den Plattenspieler sprang und die

Nadel im nächsten Moment mit einem üblen Geräusch über die schwarze Scheibe rutschte. Seitdem hat sie den Kratzer. Seit über 40 Jahren. Der Song hält das Erlebte aus dieser Zeit in mir wach:

SCRATCH!
»La**DY IN BLA**ck«

SCRATCHES

Paul im Hier und Jetzt

20 • 17

Pfeifend, ein Liedchen auf den Lippen, das ich soeben im Radio gehört habe, schmiere ich mir wie jeden Morgen drei Stullen und packe sie in die blaue Tupperdose. Ich fische zwei Äpfel aus der Obstschale und verstaue sie samt Stundenvorbereitung in meine braune Aktentasche. Es handelt sich dabei um einer dieser typisch unbehandelten Ledertaschen, wie sie Touristen in südlichen Ländern hinterhergeschmissen wird. Ich hatte meine vor mehr als 20 Jahren auf Ibizas Hippiemarkt *Punta Arabí* erstanden. Die Nähte der heute speckigen, dunkelbraunen Ledertasche wurden bereits mehrmals vom Schuster nachgenäht. Ich hänge an manchen Dingen!

Ich wechsle den Sender und gehe ins Bad, um mich zu rasieren. Ein kritischer Blick in den Spiegel verrät mir: Die Zeit ist ein Drecksack! Okay ich bin noch immer in Shape. Ich bin Sportlehrer, halte mich fit und wirke um einige Jahre jünger als Mitte 50. Das Tattoo am rechten Oberarm, ein Tribal, dass ich mir vor 20 Jahren auf Ibiza stechen ließ, verleiht mir den Stempel >nonkonform<. Zudem zieren silberne Siegelringe und Freundschaftsarmbändchen meine Finger und Handgelenke. So viele wie bei >Wolle< *Petry* (»Wahnsinn«) sind es zwar nicht, doch ich hebe mich durch solche Accessoires deutlich vom Lehrerkollegium ab. Ein weiterer kritischer Blick: Sollte ich es mit Botox versuchen? Ich strecke dem Spiegelbild die Zunge entgegen und murmel: *Alter, alles ist gut! Du hast genügend Dinge, an denen du dich erfreuen kannst. Man kann nicht jeden Tag im Job aufgehen. Du hast ein wunderbares Privatleben und du hast die Musik.*

Ich murre. Seit einigen Monaten kotzt mich dieser Paukerjob mehr und mehr an. Seit Jahren der gleiche Kampf. Schüler suchen Reibung, um sich zu emanzipieren: gut! Doch diese Extravaganzen, der selbstgefällige Habitus, die Disziplinlosigkeit lernfauler Schüler, denen der Arsch hinterhergetragen wird, bringt mich zunehmend auf die Palme. *Früher war alles viel einfacher: Bio, Mathe, Englisch – im Gegensatz zur heutigen Zeit, habt ihr das Abitur doch quasi hinterhergeschmissen bekommen ...*

Ganz ehrlich? Manchmal möchte ich den ganzen Dreck einfach hinschmeißen. Ich beobachte, wie sich mein Gesicht verfinstert. Doch dann taucht er schon wieder auf, dieser Song, den ich vor zehn Minuten noch auf den Lippen hatte: »Anywhere« von *Rita Ora*. Keine Ahnung, wer das ist. Doch das Liedchen zaubert mir auf Anhieb ein Lächeln ins Gesicht. So soll es sein. Ich wippe von einem Bein aufs andere, während ich mir Rasierwasser ins Gesicht spritze und singe laut mit.

Drei Stunden später. Der Klassenraum: Während ich hier sitze und die Schüler beobachte, wie sie tief gebeugt über ihre Leistungsklausuren grübeln, erinnerte ich mich an die Listening-Session der letzten Woche. »Oh mein Papa«: Ich hatte alte Fotos aus der Zeit hervorgeholt. Fotos, auf denen mein Großvater den Garten umgrub. Wo wir gemeinsam angelten und das Obst von den Bäumen holten.

Ich räuspere mich, damit die Bande weiß, dass ich Obacht gebe. Ich weiß, wer es drauf hat, wer Defizite mit sich schleppt, wer gerade spickt. Wer umkommt vor Ehrgeiz. Und wem das alles scheißegal ist.

Ich werfe einen Blick aus dem Fenster, als mir die Idee kommt, die alten Scheiben chronologisch durchzuhören – auf der Suche nach Spuren, nach Kratzern, die meinen Lebensweg geprägt haben: Nach dem Soundtrack meines Lebens. Wie war das mit dem ersten Kuss?

SCRATCHES

- 4 -

DER ERSTE KUSS

Mitte der 70er Jahre orientierte sich der allgemeine Musikgeschmack an Sendungen wie der »ZDF Hitparade« mit *Dieter Thomas Heck,* »Disco« mit *Ilja Richter* oder »Beat Club« und »Musikladen« mit *Uschi Nerke* und *Manfred Sexauer.*

Im Fernsehen dominierten Serien wie Kojak – *Einsatz in Manhattan, Männerwirtschaft, Die Waltons, Unsere kleine Farm, Starsky & Hutch* oder *Die Straßen von San Francisco.* Die Schule ging mir bereits zu dieser Zeit mächtig auf die Nerven. Bevor ich die Wohnung verließ, bearbeitete ich die hartnäckige Akne mit Clerasil und trank einen Zitronentee, der aus Instantkörnern aufgegossen wurde. Im Anschluss wurden die Hausaufgaben vor Schulbeginn im Bus oder in einer Schulhofecke abgepinnt. In den dicht bekritzelten Mäppchen befanden sich neben Geodreieck und Tintenkiller eng geschriebene Spickzettel. Ja, zu Lachen, gab es wenig. Es sei denn, wir äfften Otto Walkes und seine Otifanten nach:

Ich quälte mich durch die Tanzschule und verliebte mich in Erna. Ich verabscheute meine nassen Hände, wenn ich sie beim Foxtrott führte, und verfluchte die sich vor Schweiß auflösende Tinktur, die meine Pickel abdecken sollte. Ich schämte mich, wenn ich ihr auf die Füße trat. Und ich schämte mich, wenn ich mich zu Hause aufmachte, um die drei Häuserblocks entfernte Telefonzelle anzusteuern. Ich trat ein, schmiss 20 Pfennig in den Schlitz und wartete mit angehaltenem Atem. Sobald sie sich meldete, legte ich mit zittriger Hand wortlos auf. Ich liebte sie. Ich hoffte und litt drei Monate, bis ich schließlich entdeckte, dass sie mit Thomas im Park knutschte. Danach war es vorbei. Bereits damals war ich diesbezüglich konsequent. Fortan konzentrierte ich mich wieder aufs Kicken und legte mir ein Mofa zu, eine Herkules M2.

Mit dem ersten Kassettenrekorder, den sich mein Vater irgendwann zulegte, begann eine neue Ära. Am Wochenende saß ich vor seinem Sekretär und schnitt die Hitparade von Radio Luxemburg mit: samstags »Die großen Acht« und sonntags »Die Hitparade«. Neben BFBS oder kleinen Piratensendern, war dies der einzige empfangbare Sender in Nordrhein-Westfalen, der Popmusik spielte. Als ich genügend Material beisammen hatte, schmiss ich eine Party. Ich legte mir eine Lichtorgel[1] zu und mimte den DJ. Erna erschien ebenfalls. Alleine! Ein Zeichen? Leicht benebelt vom Eierlikör meiner Eltern, griff ich ihr - während »Emma« von *Hot Chocolate* lief - an die Brust. Die Quittung war eine schallende Ohrfeige!

[1] Eine Lichtorgel ist ein Beleuchtungsgerät, durch das Musik auf elektronischem Weg in rhythmische Lichteffekte umgesetzt wird. Lichtorgeln sind seit den 70er Jahren ein beliebtes Effektgerät in Diskotheken und bei Partys. Eine typische Partylichtorgel der 70er hatte drei Reflektor-Glühlampen, z. B. in Rot, Gelb und Blau, die dem Bass-Mitten- bzw. Höhenpegel folgten.

Fortwährend konzentrierte ich mich wieder aufs Fußballspielen. Und natürlich auf das Mitschneiden von Songs aus dem Radio. Mittlerweile besaß ich eine Vielzahl an Kassetten, die ich in einem dottergelben Kassettenkarussell archivierte.

An einem verregneten Wochenende zog Bodo in unser Haus. Es hatte ihn zum Studium von Bremen in unsere Stadt verschlagen. Er bewohnte das Dachgeschoss und hatte sich im Keller einen Proberaum für sein Schlagzeug hergerichtet. Bodo (oder der *Fischkopp*, wie ihn die anderen Hausbewohner nannten) war mittelgroß, trug einen Zappa-Bart und lange, blonde, zum Pferdeschwanz gebundene Haare. Im Sommer tauschte er seine schwarze Strickmütze gegen ein Piratenkopftuch.

Bodo war ständig auf Achse. Er spielte in unterschiedlichsten Bands. Er drehte ›Drum‹ und wurde im Haus eher kritisch beäugt. Meine Mutter unkte immer wieder mit ängstlicher Stimme: *Der raucht bestimmt auch Haschisch!* Trotzdem wurde Bodo für mich so etwas wie ein Ersatzbruder. Ich schaute bewundernd zu ihm auf. Er, der begehrte Studiodrummer, der mit national bekannten Acts auf Tour ging, brachte mich zum Schlagzeugspielen. Sein nordischer Slang, war meine Steilvorlage:

»*Bodo Ballermann*« nuschelte ich halb singend halb grunzend (wie Udo halt), während er mir geduldig Triolen an der Snare beibrachte.

Aus dir wird nie was, frotzelte er grinsend, wenn ich mal wieder aus dem Rhythmus kam. *Und du könntest dich auch mal wieder bewegen,* war meine passende Antwort, wenn ich mit den Drumsticks auf seinen Bauch deutete. *Dir würden ein paar Fitnesseinheiten gut tun. Ich nehme dich mit zum Training.* Und wie aus der Pistole geschossen, kam immer wieder die gleiche Antwort: *Die 120 Stufen hoch zu meiner Bude – und das mehrmals am Tag, reichen mir.*

Mit Anfang 14 fühlten wir uns schwer erwachsen. Wir hatten die ersten Biere gekippt, den ersten Rausch ausgeschlafen und rauchten die Selbstgedrehten aus >Drum<- oder >Samsung<-Tabak mittlerweile auf Lunge. Nach der Schule, während der Pausen oder in den Freistunden, trafen wir uns im Stadtpark. Zwei Gymnasien (davon ein reines Mädchengymnasium, das sogenannte Nonnenkloster), eine Berufs- und zwei Realschulen, begrenzten den Park in verschiedenen Himmelsrichtungen. Wer immer sich diese Flächenbebauung erdacht hatte, er besaß unseren vollen Respekt. Der mit uralten Platanen bestandene Park, in dessen Mitte ein riesiger Brunnen plätscherte, fungierte als Kontakthof. Mein bester Freund Kai hatte hier die Berufsschülerin Ulla kennengelernt: *Hey, die sind viel cooler, irgendwie erwachsener. Und viel weniger zickig und arrogant als die Untertertianerinnen von unserer Penne,* hatte Kai geschwärmt. Er versuchte mich, mit Ullas Freundin Agatha zu verkuppeln. Doch ich musste ihn enttäuschen. Rothaarige entsprachen überhaupt nicht meinem Typ. Stattdessen beschäftigte ich mich mit Musik: Ich besaß mittlerweile einen eigenen Plattenspieler. Es war die Glam-Rock-Zeit. Die Zeit der androgynen Typen mit Bands wie *Garry Glitter, Alice Cooper, Slade* oder *David Bowie* in der Rolle seiner Kunstfigur *Ziggy Stardust*. Ich beobachtete, wie die Mädels auf die Jungs abfuhren, die sich auf der Bühne in den Schritt fassten. Ich wollte auch so sein. Und so beobachtete ich mich Luftgitarre spielend vor dem Spiegel im Bad. Mit Schnute, ekstatischer Mimik oder verzerrter Fratze johlte ich »Get It On« und fühlte mich dabei wie *Marc Bolan*, Frontman der Band *T. Rex*.

Spiegel waren zu dieser Zeit im Übrigen ein ständiger Fixpunkt: Waren die Pickel leidlich abgedeckt? War der Flaum über der Oberlippe dichter geworden? War die Matte etwa schon wieder fettig? Musste ich sie waschen? Sprießten dort tatsächlich ein paar Stoppeln vorsichtig auf meinem Kinn? Tatsächlich! Derlei Entdeckungen wirkten euphorisierend!

Die Schwankungen zwischen >cool sein<, >Kind sein<, Verunsicherung und Hilflosigkeit, erinnere ich als extrem. Als coole Typen liefen wir zur Kinovorstellung von »The Rocky Horror Picture Show«. Verschämt schlichen wir in den gleichen dunklen Saal und hielten den Atem an, während sich vor unseren Augen *Billitis* ihren Liebesspielen hingab. *Werke* von *David Hammilton* wurden verschämt weggepackt. Man durfte nicht zugeben, dass *Gerry Raffertys* »Baker Street« irgendwie gefiel.

Den Krieg um den guten Geschmack, führten wir bereits sehr früh. Schließlich wollten wir nicht zu den Weicheiern gehören, die Lieder wie »Bye Bye Baby« von den *Bay City Rollers*, »Mississippi« (*Pussycat*), »Girls, Girls, Girls« (*Sailor*), »Schmidtchen Schleicher« (*Nico Haak*) oder Songs von *Smokie und Abba* mit summten. Dann lieber mit verzogener Fratze zu *Bachman Turner Overdrives* »You Ain't Seen Nothing Yet« mitwippend auf Autoskootern abhängen. Deutsche Musik ging übrigens gar nicht. Halt, stimmt nicht ganz – damals fand ich ihn schon cool: »...düdübendüppdüppdüpp...«: »Daumen im Wind«, »Alles klar auf der Andrea Doria«: *Udo Lindenberg*!

Katja: Ich fand sie unwiderstehlich. Ich schrieb ihr Liebesbriefchen, die während des Unterrichts durch die Bankreihen gereicht wurden. Während der Pausen suchte ich ihre Nähe, auch wenn Jungs und Mädchen in unterschiedlichen Ecken des Schulhofs zusammenfanden. Ich versuchte, mich mit ihr zu verabreden. Vergeblich. Ihre Freundinnen belächelten mich hinter vorgehaltener Hand.

»Bei der hast du null Chancen«, hatte mir mein bester Freund Kai immer wieder ins Gewissen geredet.

»Mit deinem Leiden wirst du noch enden wie der junge Werther«, hatte er orakelt. Ich kannte mich nicht aus mit

Goethe und winkte ab.

»Alles Quatsch! Sie ist ein Engel«, schwärmte ich. Sie trug ihre nahezu pechschwarzen Haare halblang. Der Kontrast zu ihren hellblauen Augen ließ meine Knie weich werden. Auf ihrer Stupsnase fanden sich versprenkelt einige Sommersprossen – und ihre Zahnlücke lachte ins Leben des kleinen Paul.

»Da musst'e schon'n Moped haben und fünf Jahre älter sein, dann landest'e bei der«, hatte Kai genervt.

Im Grunde meines Herzens ahnte ich, dass er Recht haben könnte. Doch ich war ein verdammter Dickkopf. Wollte es nicht wahrhaben. Mein Herz verriet mir, nie wieder im Leben so etwas Schönes begehren zu dürfen. Ja ich ging so weit, dass ich mir von morgens bis abends die Dröhnung »You're The First, The Last, My Everything« von *Barry White* gab. Oder viel grausiger: »Tornero« von *I Santo California*. Ich habe nie verstanden, um was es in diesem Song ging – doch er klang so schön traurig: Bitter Sweet!

Katja spielte Tennis. Und ich sehe sie heute noch vor mir, in ihren eng anliegenden Polohemden. Das wissende Lächeln, das ihre Lippen umspielte, brachte mich aus der Fassung, und wenn sie mir im Klassenzimmer einen verstohlenen Blick schenkte, war es gänzlich um mich geschehen.

An so manchem Nachmittag schwang ich mich auf

meine Herkules M2 (hört sich besser an als Mofa) und kurvte durch die Innenstadt an die Peripherie. Denn dort lebte Katja in einem schicken Reihenbungalow mit ihrem jüngeren Bruder, den Eltern und einem weißen Königspudel. Ich versteckte mich hinter einem Stromkasten und schaute stundenlang verliebt zu ihrem Fenster. Ab und an sah ich, dass der Vorhang sich bewegte. Manchmal glaubte ich, ihren Schatten zu erkennen. Mein Herz schlug schnell, beim Gedanken, dass sie durch die Tür auf die Straße treten könnte. Die peinliche Situation, *auf frischer Tat* von ihr ertappt zu werden, bereitete mir Bauchweh. Nein, ich wollte nur in ihrer Nähe sein, einen Blick erhaschen – dabei aber unter keinen Umständen entdeckt werden.

In unserer Klasse hatten sich kleine Gruppen gebildet, die ab und an etwas miteinander unternahmen. In der Regel waren dies reine Mädchen- oder Jungsgruppen. Selten war eine Clique durchmischt. Man ging ins Kino, kickte im Park oder hing gemeinsam im Freizeittreff ab.

Das Leben birgt Höhen und Tiefen, grinste ich altklug in mich hinein. Gestern noch hatte ich mich durch die Bundesjugendspiele gequält, zu sinnlosen Wettkämpfen genötigt. Am Ende hatte es zur obligatorischen Siegerurkunde gereicht (die quasi jeder Teilnehmer erhielt). Eine Ehrenurkunde hatte ich noch nie erkämpft.

Doch jetzt, einen Tag später, versprachen die kommenden Stunden, Lebenslust pur. Wir trafen uns an diesem Sommernachmittag zu zehnt, um gemeinsam die nahegelegene Kirmes unsicher zu machen. Mein Herz machte einen Satz, als ich sah, dass Katja zu der Mädchenclique stieß. Sie trug einen kurzen, roten Minirock und ein eng anliegendes, weißes T-Shirt. Die Temperaturen lagen bei 28 Grad.

»Jetzt mach dir mal nicht ins Hemd«, hatte Kai mir zugeflüstert.

»Sie schaut andauernd herüber. Hast du das auch bemerkt?«, fragte ich mit zittriger Stimme.

»Hmmm«, war alles, was Kai zu entlocken war.

»Auf dem Autoskooter hat sie mich drei Mal gerammt, ist das etwa nichts? Und hast du ihren Blick gesehen, als ich ihr und ihren Freundinnen eine Runde Zuckerwatte und Leckmuscheln kredenzt habe?«

»Du wirst es am Ende als Liebesbeweis auslegen, wenn sie dich vom Riesenrad stößt!«

»Paaaaahhhh...!«

Ich glaubte, mich nicht zu täuschen. Sie flirtete mit mir. Ja, sie hatte mir sogar aus der Ferne zugeprostet – mit einem wunderbaren Lächeln und einem - wie mir schien - verdächtigen Funkeln ihrer blauen Augen.

Irgendwann fiel die Entscheidung, zur Raupe zu wechseln. *Dort läuft der beste Sound,* hatte Kai für alle gesprochen.

Am Fahrgeschäft selbst herrschte eine Testosteron gesteuerte Atmosphäre. Jungs und Mädchen saßen Hühnern gleich, auf den Absperrgittern zur Rampe, musterten sich unverhohlen - oder mit verstohlenen Blicken - und wippten mit den Köpfen im Beat der Chartmusik. Die meisten Jungs, die hier herumlungerten, schienen älter als wir zu sein: größer, wilder, freier. Unsere Mädels jedoch schienen in ihr Beuteschema zu passen.

»Alle eine Runde! Los!«, schrie Kai und grinste übers ganze Gesicht. Kein Wunder, er hielt Ulla bei der Hand, die an der Losbude samt Freundin Agatha zu uns gestoßen war. Wenn ich Kai glauben durfte, hatten Ulla und er sich schon bis zum *heavy Petting* vorgearbeitet. *Schnapp dir ne Berufsschülerin!* Diesen wohlgemeinten Ratschlag durfte ich mir nahezu täglich anhören.

Ich beobachtete, wie Kai Ulla in eine Gondel zog und ihr dabei an den Hintern fasste. Lieber fahre ich alleine, als mit dieser kleinen untersetzten Rothaarigen, schoss es mir durch den Kopf, als der freie Zweisitzer vor meiner Nase hielt. Ich schaute mich um, von Agatha war glücklicherweise weit und breit nichts zu sehen.

Ich schwang mich auf den Sitz. Wenig später, just in dem Moment, als ich den Kopf gebeugt hatte und mir die Schuhe band, geriet meine Sitzfläche ins Wanken. Irgendjemand hatte MEINE Gondel bestiegen. Ich war nicht mehr alleine. Agatha, schoss es mir durch den Kopf. Langsam, wie in Zeitlupe, drehte ich mich über die Schulter – und dann traf mich der Schlag!!!

Ich konnte mein Glück kaum fassen. Es war Katja, die sich neben mir auf den Sitz fallen ließ. Was sollte ich tun? Meinen Arm um ihre Schultern legen, wenn sich das Fahrgeschäft in die Kurve legte? Die Raupe (für alle, die diese Attraktion nicht mehr kennen sollten) war ein Fahrgeschäft, das sich - ähnlich einem Twister - in einer Art Berg- und Talfahrt mit Tempo im Kreis drehte. In den hintereinander hängenden Gondeln fanden jeweils zwei Personen nebeneinander Platz. Der Clou bei der Raupe war allerdings das Verdeck, das sich irgendwann im Lauf der Fahrt über die Gondeln senkte, um sich ungefähr 60 Sekunden später wieder zu öffnen. Der ideale Platz, um ungestört von Blicken Fremder zu knutschen. Das wussten alle.

Als die Hupe ertönte und sich die Wagen langsam in Bewegung setzten, bemerkte ich Katjas eindringlichen Blick in meinem Nacken. Ich drehte mich zu ihr und lächelte ihr verschüchtert zu. Ich versank in ihren Augen, als die Raupe Fahrt aufnahm. Als ihre Haare im Fahrtwind wehten. Als sich unsere Hände am Haltebügel berührten. Als sich ihre Schulter, getrieben durch die Fliehkraft, gegen meine schob. Als ihre betörend nackten Beine und ihr Oberkörper folgten, und meine linke Körperhälfte geradezu elektrisierten. Als all dies geschah, strahlte ich sie an. Und Katja lachte zurück! Sie schmiss den Kopf in den Nacken und schrie lauthals auf, als die Raupe das Tempo erhöhte. Aus den Boxen dröhnte »Hot Love« von T.

Rex.

Spitze Schreie und hysterisches Jauchzen erfüllten das Fahrgeschäft.

Ich wippte mit und jauchzte nun meinerseits. Just in dem Moment senkte sich das Verdeck auf uns herab. Es wurde dunkel – und dann, ohne Vorwarnung, löste sie ihre Hände vom Haltebügel. Die Fliehkräfte trieben sie in meine Arme. Sekunden später presste sie ihren Mund auf meinen. Unsere Lippen öffneten sich. Reflexartig. Durfte ich das tun, was nun passierte? Was wie automatisch, wie ferngesteuert über mich kam. Doch ich spürte - feucht und warm - dass Katja zum gleichen Reflex getrieben wurde. Meine Zunge schob sich vor und berührte ihre. Ich dachte, mich trifft der Schlag, als sie mit ihrer Zunge nun weit hervorschoss. Sie schmatzte. Sie schmeckte nach Lakritz. Sekunden später, als das Verdeck sich wieder hob, verschwand die Zunge auf schmerzhafte Weise, lösten sich ihre Lippen von meinen, entfernte sich ihr Gesicht. Ich öffnete die Augen. Katja grinste mich an. Sie hielt sich nun wieder mit beiden Händen am Haltebügel fest, schmiss den Kopf in den Nacken und jauchzte lauthals los.

Wenige Augenblicke später war unsere Fahrt beendet. Ich taumelte aus der Gondel und sah zu, wie Katja lachend in einer Traube kichernder Mitschülerinnen verschwand. Ich schaute mich um, eingehüllt in diesem Kokon aus Glückshormonen. Benommen, wie ich war, schwebte ich wie auf Wolken und mit entrücktem Blick an den anderen Jungs vorbei. Ich puffte Kai, auf meinem Weg zum Kassenhaus in die Rippen, und hüpfte vor Freude in die Luft.

»Ich brauch die Platte«, kam ich ohne Umschweife auf den Punkt.

»Hääähhhh???«

»Na *Hot Love* von T. Rex!«

»Spinnst du?«

Ich schätzte den Kassierer auf Ende zwanzig (also schon echt alt!). Er saß auf engstem Raum zwischen Kasse, gestapelten Plastikchips (eine Fahrt ein Chip), wild verstreuten Singles und einem Plattenspieler. Mit wortloser Miene schob er einem kleinen Jungen, fünf Fahrchips zu. Seine Unterarme waren mit Tattoos übersät. Im Gegensatz zur heutigen Zeit ein Zeichen der schrägen Vögel, Kriminellen, Knastis, Matrosen. So sprach man jedenfalls in gut bürgerlichen Kreisen über die Hilfsarbeiter, die mit dem *fahrenden Volk* zogen. Er fixierte mich und grinste. Der abgebrochene Schneidezahn verlieh ihm einen brutalen Touch. Seine Muskeln flößten mir Respekt ein. Die Ringe und Armreifen ebenso. Das vor Dreck strotzende Hemd, bis zum Bauchnabel aufgeknöpft, gab dichtes Brusthaar frei. Er trug eine goldene Kette.

»Weshalb gehst'e nicht in den Plattenladen? Die haben ne ganze Kiste davon. Ist grade in der Hitparade, die Scheiße.«

»Ich will die«, betonte ich mit entschiedener Miene

und zeigte auf »Hot Love«, die sich lieblos auf einem Stapel hüllenloser Platten stapelte. Der Handlanger des Schaustellers grinste mich wissend an:

»So. So! Genau diese?«

»Ja!«

»Kostet 20 Mark.«

»Was?«

»Zwanni.«

»Im Laden krieg ich die für vier Mark fünfzig.«

»Dann geh doch in den Laden und mach den Weg frei, für die Anderen.«

»Und ihr bekommt Mengenrabatt. Ihr zahlt bestimmt nur zwei Mark dafür. Und die zahlst nicht du, sondern dein Boss.«

»Nerv nicht«, brummte er mit drohender Miene.

Ich kramte mein Portemonnaie hervor, durchwühlte meine Taschen und zählte durch. 16,10 mehr kam nicht zusammen. Es war alles, was mir für den Rest des Monats blieb – und wir hatten erst den Neunten.

»Gut!« In aller Seelenruhe steckte der Zocker die Platte in die Hülle, schaute sich kurz um, kassierte und schob mir die Single rüber.

Jetzt verzieh dich. Und denk an die Lümmeltüten«, grinste er.

Ich schaute mich um. Hinter mir hatte sich eine Schlange gebildet. Meine Altersgenossen hatten mitgehört und warfen mir neugierige Blicke zu. Während ich rot vor

Scham anlief, drückte ich »Hot Love« fest an meine Brust und machte mich aus dem Staub. Ich schaute mich um, konnte Katja jedoch nirgends entdecken. Kai zuckte mit den Schultern: *Keine Ahnung, wo sie ist!*

Für den kommenden Tag hatten wir uns mit der Clique im Freibad verabredet. Das berauschende Gefühl von Freiheit, sagen zu können, das ist meine Clique, erfasste mich in jenem Sommer zum ersten Mal.

Die Vögel zwitscherten in den Bäumen, als ich am frühen Morgen den Stadtbalkon betrat. Der Himmel war von einem fantastischen Blau. Mich überkam eine nie gekannte Vorfreude. Ich würde Katja wiedersehen. Hatte ich ihr auf der Raupe tatsächlich *>willst du mit mir gehen?<* ans Ohr geflüstert? Oder war es der Traum der letzten Nacht, der mir ein Schnippchen spielte? Ich spürte, die Schmetterlinge in meinem Bauch auffliegen, als ich in das Nutella-Brot mit einem Schluck Caro-Kaffee hinunterspülte.

Am Vorabend hatte ich meinen Vater, bekniet, mir den Kassettenrekorder fürs Schwimmbad auszuleihen. Schließlich hatte er brummend eingewilligt, mir als Gegenleistung aber den Deal abgerungen, an den beiden kommenden Samstagen, den roten Chrysler zu waschen! *Auch die Felgen und mit Polieren*, darauf hatte er bestanden.

Ich packte eine Tasche zusammen, während meine Mutter aus der Küche ihre Litanei herunterbetete:

Gib auf der Straße Acht. Zieh deinen Helm an. Vergiss nicht, dich einzucremen, leg dich nicht, in die pralle Sonne. Pass auf, wenn du vom 10-Meter-Turm springst, lass es am besten sein. Es lohnt nicht, vor Mädchen anzugeben. Trink genug, aber um Gotteswillen keinen Alkohol. Nimm dich in Acht vor den Schlägern aus dem Satellitenviertel. Steck dein Geld gut weg. Nicht, dass mir der Kassettenrekorder zu Schaden kommt. Zieh dir eine trockene Badehose über, wenn du aus dem Wasser kommst, ansonsten holst du dir wieder eine Blasenentzündung!

Eine Stunde später rollte ich die rot karierte Picknickdecke unter der alten Kastanie aus. Ich war früh dran, um diesen Platz zu ergattern. Von hier aus, unweit der Umkleiden und in Reichweite des Kiosk, bot sich ein perfekter Blick auf das Schwimmbecken und die Springtürme. Ich schlüpfte in meine >Mark Spitz<-Badehose *(amerikanischer Schwimmer, 9-facher Goldmedaillengewinner bei Olympischen Spielen)* und inspizierte meine silberne Adidas-Umhängetasche aus Kunstleder. Meine Mutter hatte mir folgende Tagesration eingepackt: Eine Thermoskanne mit Eistee, fünf Brote (doppelt belegt mit Schinken und Käse), drei Äpfel, zwei Bananen, eine Birne, eine Tupperdose mit Kirschen, fünf Trinkpäckchen *Sunkist* und ein Liter *Delial* Sonnencreme. Ich drapierte mein Badetuch (Motiv >Der weiße Hai<) und stellte mir vor, wie sich Katja später neben mir auf dem Handtuch ausstrecken würde.

Mit diesen Bildern im Kopf machte sich die erste Erektion des Tages bemerkbar.

Ich drehte mich auf den Bauch und kramte das Mixtape hervor, mit dem ich meine Geliebte umgarnen würde: »Stairway To Heaven« (*Led Zeppelin*), »House of The Rising Sun« (*The Animals),* »Hotel California« (*Eagles*) – Songs wie diese (>*soft*<) befanden sich auf der A-Seite. Seite B hingegen rockte mit *Alice Cooper, Slade, Deep Purple* und natürlich mit *T. Rex* und unserem Song »Hot Love«. Auf dem Weg zum Freibad hatte ich frische Batterien für den Rekorder besorgt (gefühlte zwei Kilo) und schob sie nun behutsam in das vorgesehene Fach. Alles sollte perfekt sein. Perfekt für den Tag, an dem ich meine Frage (erneut?) stellen würde: >*willst du mit mir gehen?<*

Als Kai und zwei, drei weitere Jungs auftauchten, kickten wir ein wenig mit dem 74er WM-Ball (Maskottchen *Tipp & Tap*). Ich befand mich im Ausnahmezustand und drosch die Bälle ein ums andere mal ins Blumenbeet. Meine Fieberkurve stieg minütlich an. Dann endlich entdeckte ich sie. Katja und ihre Freundinnen standen an der Kasse und winkten zu uns herüber.

Leider sollte der Tag einen anderen Verlauf nehmen, als ich ihn mir erträumt hatte. >*Unsere Clique*< separierte sich auf eigenartige Weise bei Ankunft der anderen in eine männliche, und eine weibliche Gruppe. Die Mädchen ließen sich unweit von uns an der Hecke nieder und gackerten, was das Zeug hielt. Katja trug einen gelben

Bikini. Sie sah atemberaubend aus. Als sie wenig später beim Federballspielen lachend in die Höhe hüpfte, entdeckte ich den zaghaften Flaum von Achselhaaren. Ein Anblick, der mich auf der Stelle elektrisierte. Logisch, dass ich den halben Tag auf dem Bauch lag. Ich kämpfte gegen Ameisen und Wespen, während ich von meinem Shark-Handtuch in meiner *Mark The Shark* Badehose zur Musik wippte und ihr schmachtende Blicke zuwarf.

Doch Katja versteckte sich giggelnd hinter einer *Bravo*. *Wie soll ich nur das Eis brechen?*, hatte ich Kai nach Rat befragt. *Kauf ihr'n Eis,* hatte er trocken geantwortet und erst gar nicht aufgeschaut, denn er war in einen »Perry Rhodan« Roman vertieft.

Also nahm ich all meinen Mut zusammen, stolzierte zur Eisbude und kaufte ein ›Dolomiti‹ von Langnese (10 Jahre später wäre es ein ›Flutschfinger‹ gewesen). Nach den richtigen Worten suchend, ließ ich mir ein wenig Zeit, sodass das Eis bereits zu schmelzen begann, als ich mit meinen verschmutzten Füßen auf ihr flauschiges Badehandtuch trat.

»Spinnst du?!«, schrie sie auf, als das Wassereis ihr auf Gesicht, Brust und Bauch tropfte.

Ich begann zu stottern. Katjas Freundinnen hielten sich vor Lachen den Bauch. Ich verstand und trottete zurück. Aus meinem Kassettenrekorder dröhnte »Hot Love«.

Was soll ich sagen. Katja und ich, wir haben uns nie

wieder geküsst. Ich erinnere mich an die Stunden des Schmerzes, der meine Brust schier zu sprengen schien. Was auch immer ich unternahm (und es waren peinliche Dinge darunter), ich konnte ihr Herz nicht entflammen. Sie zeigte mir die kalte Schulter. Wieder und wieder fragte ich mich, was ich wohl falsch gemacht hatte. Mochte sie kein >Dolomiti<? Der Kuss? Das mit der Zunge war okay, das wusste ich – von den anderen und aus der *Bravo*. Ich hatte ihr ein Briefchen zugesteckt: *Willst du mit mir gehen? Ja__ Nein__*. Mit ihrem *Nein* datierte ich den Tag unserer *Trennung*. Eine neue Zeitrechnung hatte begonnen. Ich fühlte, dass sich mein Leben von nun an ändern würde.

Am vierten Tag unserer *Trennung* stand ich nachmittags (wie so oft) Gitarre spielend vor dem Spiegel. »Hot Love« donnerte in ohrenbetäubender Lautstärke durch mein Jugendzimmer. Ich sang lauthals mit, Tränen traten mir in die Augen. Und just in dem Moment, als ich einen Ausfallschritt mit dem Tennisschläger im Arm zur Seite wagte, passierte es: Ich verlor das Gleichgewicht und donnerte gegen die Kommode, auf der ich eine Art Schrein errichtet hatte, mittig thronte der Plattenspieler. Es machte Rums und die Nadel kratze tief über die Single.

Seitdem - nachdenklich drehe ich das zerfetzte Cover in den Händen - bevor ich mir ein weiteres Glas Bordeaux nachgieße:

SCRATCH!
»H*OT LO*ve«!

>*Warum nicht?*<, grinse ich, hole die Single aus der Hülle und lege sie auf. Von der Straße ertönt ein laut hupender Bus, durch die offene Balkontür weht ein leichter Wind. Leise rauschen die Blätter der alten Platane.

Ein halbes Jahr später, verließ Katja die Schule. Ihr Vater hatte einen neuen Job gefunden. In Bayern. Ich habe Katja nie wieder gesehen.

Ich könnte nach ihr in den sozialen Netzwerken Ausschau halten, das ist heutzutage kein Problem. Doch wozu?

»Hot Love«

PS.: Ein Gedanke, der mir wichtig erscheint: Spezielle Songs verbinden bestimmte Momente, Ereignisse und Emotionen natürlich auch ohne Kratzer. So erinnere ich mich an den zweiten Kuss. Sie hieß Karin. Wir hörten »Bright Eyes« von *Art Garfunkel*. Natürlich steht die Single wohlbehütet zwischen den anderen Platten – Ehrensache! Ich entsorge schließlich auch keine Liebesbriefe oder geschenkte Mixtapes (die andere Art des Liebesbriefs).

Ich erinnere mich, dass ich sogar einmal eine Platte verschenkte. Zu einer Zeit (ich muss etwa 12 Jahre alt gewesen sein), in der ich aufgrund mangelnder Kohle kaum Platten besaß. Ich muss unsagbar verschossen gewesen sein, denn ich liebte diese Single: »Samba Pa Ti« von *Santana*. Sie hieß Marisa.

Was ich allerdings hinsichtlich der Schlüsselerlebnisse ohne Kratzer feststellte: Solcherlei Erlebnisse und Erinnerungen sind nicht annähernd so tief eingebrannt, wie die Emotionen, die Scratches in mir freisetzen – auch wenn die gescratchten Nummern nicht zwangsläufig die absoluten Lieblingssongs sein müssen.

Doch genau um diese soll es hier gehen. Schließlich geht es um die Meilensteine, die unser Leben markieren.

SCRATCHES

Paul im Hier und Jetzt

20 • 17

Der Klassenraum: Ich spüre zum wiederholten Male ihre Augen auf mir ruhen. Es gibt Mädels, die wollen Blicke. Sie fordern sie geradezu ein, und setzen dich damit unter Druck. Und über genauso ein Mädchen reden wir: Lizzy ist 22, Brasilianerin – mit ihrer Familie über Portugal nach Deutschland ausgewandert. Sie war sprachlich hinten dran. Drehte mehrere Ehrenrunden, bis sie den Anschluss fand.

Ihre Mitschüler sind 18, 19 Jahre alt. Ich stöhne innerlich auf. Sie ist genau mein Typ: Schwarze Haare, blaue Augen, unendlich lange Beine und eine betont frauliche Figur.

Hey, ich weiß, ihr müsst mir nicht erklären, dass ich Lehrer bin. Doch ich kann mir schlecht die Hände vor die Augen schlagen, wenn ich das Klassenzimmer betrete – oder was denkt ihr? Nun was soll ich sagen? Ihre Flirts werden langsam auffällig. Ich fühle mich, in die Enge getrieben. Einige Mitschüler scheinen den Braten bereits gerochen zu haben. Jimmy Meister wirft mir immer wieder böse Blicke zu. Er scheint bis über beide Ohren in Lizzy Lopez verknallt zu sein. Doch ich frage mich: Was will diese junge Frau, die es spielend auf den Playboy schaffen würde, von einem alten Sack wie dir? Okay ich fühle mich wie Mitte 30. Doch wem hilft das? Letzte Woche erst flüsterte sie ihrer Mitschülerin zu: *Der sieht noch richtig knackig aus.*

Muss ich erwähnen, dass sie - um es noch ein wenig komplizierter zu gestalten - auch meinen Sportkurs belegt? *Noch ein Jahr, dann ist es vorbei. Länger werde ich diese verliebten Blicke auch nicht mehr ertragen,* stöhne ich innerlich auf und schaue durch das Fenster in die still ruhende Parkanlage. *Draußen wartet das Leben auf dich,* schießt es mir durch den Kopf. *Und was machst du? Sitzt hier und spielst Lehrer!*

Gegen Abend mache ich einige Besorgungen und fahre im Anschluss in die Weinhandlung. Mein Lieblings-Bordeaux geht langsam zur Neige. Zwei Stunden später (der Wein hat geatmet) wühle ich mich - einen Joint zwischen den Lippen - durch die Plattensammlung.

Ich treffe mich an diesem Abend mit meinen besten Freunden. Kai kenne ich seit einer Ewigkeit. Wir kickten für den gleichen Klub, studierten zusammen und spielten in der gleichen Band. Wir hielten uns mit Kellnerjobs über Wasser und lebten zusammen in einer WG.

Ich bestelle eine Runde Bier und proste den alten Bandmitgliedern grinsend zu. Ritchi, unser Drummer, trägt das verbliebene Resthaar nach wie vor schulterlang. Und das Sparkassengestell (heute wieder hip), scheint nach wie vor mit seiner Höckernase verwachsen. Ritchi ließ sich irgendwann in den 90ern zum Grafikdesigner umschulen und zählt heute zu den Koryphäen seines Fachs.

Gil hingegen übernahm bereits Ende der 80er die Eisdiele seines Vaters. Außer Gil hatte es die gesamte Familie zurück nach Sizilien verschlagen. Gil, in seinen Zwanzigern Womanizer und Adonis schlechthin, ist ganz schön aus dem Leim gegangen. Sein Saxofon hat er seit Jahren nicht mehr angerührt. Trampas, unser ehemaliger Gitarrist, hochgewachsen und drahtig, trägt mittlerweile eine blank polierte Vollglatze. Jahrelang war er auf Arbeitssuche, machte etliche Umschulungen und arbeitet seit rund 10 Jahren als Altenpfleger.

Berufsmusiker ist niemand von uns geworden, auch wenn dies damals unser aller Traum war. Jahrelang arbeiteten wir am Durchbruch unserer Band. Leider sollte es niemals dazu kommen (doch dazu vielleicht später). Lediglich Andy schaffte es. Er spielte ein Jahr Keyboard in unserer Kombo und arbeitete in Folge als Studio- und Tourmusiker für bekannte Stars.

Doch selbst Andy (permanent On The Road), versucht keines unserer Treffen, zu verpassen. Bis auf ihn und mir, sind alle in festen Händen. Kai, der ebenso wie ich Lehrer wurde, hat zwei erwachsene Söhne. Ihn hatte es vor vielen Jahren gemeinsam mit seiner Jugendliebe Ulla an die Peripherie der Stadt verschlagen. Ritchi lebt seit nunmehr 20 Jahren mit einer Architektin zusammen, Gil mit einer 15 Jahren jüngeren Köchin – und Trampas ehelichte vor zwei Jahren seine Arbeitskollegin Biene.

Wir treffen uns - wie Jahrzehnte zuvor - in unserem

alten Wohnzimmer, dem *Blue Moon*. Das *Blue Moon*, ganz in Blau gehalten, ist im wahrsten Sinne des Wortes ein Relikt aus der New Wave- und Punk-Ära. Der Billardtisch befindet sich dort, wo er bereits vor 35 Jahren stand. Das Gleiche gilt im Übrigen für die beiden Flipper, die Theke und das DJ-Pult. Ich schaue mich in Ruhe um. Auch heute noch bietet der Laden eine Bühne für Indee-Bands. Sein guter Ruf eilt über die Grenzen Europas hinaus.

Das *Blue Moon* scheint deutlich verjüngt. Ich schätze das Durchschnittsalter auf 23 Jahre. Kai folgt meinen Blicken:

»Genauso alt wie wir damals.«

»Wir waren noch ein wenig jünger«, ergänzt Trampas und streicht dabei nachdenklich über seine Glatze.

»Und ihr erinnert euch sicher daran, wie wir uns über die alten Säcke am Tresen lustig gemacht haben«, grinst Gil.

»Mit dem Unterschied, dass die alten Säcke damals weniger Jahre auf dem Buckel hatten, als wir heute, hier und jetzt«, lacht Andy und bestellt eine weitere Runde.

Ich habe das Gefühl, mein halbes Leben in diesem Laden verbracht zu haben. Hier hatten wir unsere Träume von einer Musikerkarriere gesponnen, hier hatten wir gespielt, uns verliebt, getrennt, betrunken und gekifft. Und hier wurde uns täglich der neueste Sound vorgesetzt.

Das rhythmische Pumpen aus den Boxen, lässt uns auf unseren Barhockern mitwippen.

»Ich liebe ihn. Tight und taff«, schwärmt Andy, und meint damit *Eminem*. »Lose Yourself«, ist ne coole Nummer«, pflichte ich ihm bei.

»Sein neues Album »Revival«, ist auch nicht übel, hüstelt Kai und streicht über seinen Dreitagebart. Die weißen Stoppeln haben mittlerweile deutlich Oberhand gewonnen.

»Mir wäre eher nach gutem, alten Rock'n'Roll Punk. Ich frag die Kleine, ob sie was von den *Ramones*, spielen kann«, grinst Gil und dreht seinen massigen Körper Richtung DJ-Pult.

Es wird ein launischer Abend, wie immer, wenn wir zusammen finden. Die Themen sind schnell gefunden: Musik, Fußball und Frauen – und zwar in dieser Reihenfolge. Wir regen uns über die Beliebigkeit der Charts auf. Andy lamentiert über den Ausverkauf des Business und über die Tatsache, dass als Songwriter kaum mehr Geld zu verdienen sei, da das geistige Eigentum schlicht und ergreifend als Selbstbedienungsware ohne jegliche Gegenleistung konsumiert werde.

Natürlich diskutieren wir uns die Köpfe über unseren Klub heiß. Wir verfluchen die Fehleinkäufe der letzten Jahre, das scheinbar unfähige Management und diesen rückgratlosen Trainer ohne offensichtlichen Plan. Trotzdem wollen wir wieder ins Stadion gehen, in die Kurve. Alle zusammen. Schließlich befinden wir uns - in der zugegebenermaßen noch jungen Saison - nach wie vor in drei Wettbewerben.

Irgendwann kommt das Thema *Junggesellen* auf den Tisch. Und wenig später werden Andy und ich mit Ratschlägen nur so überhäuft. Die Tipps gehen von: *Seid froh, dass ihr unabhängig seid* bis hin zur Panikmache: *Wollt ihr einsam sterben?*

»Ich hab doch euch«, grinse ich und schmeiße der DJane einen Handkuss zu, als sie »Walk On The Wild Side« von Lou Reed auflegt.

»Im Ernst«, orakelt Gil. »So langsam wird's Zeit, für euch.«

»Hätte ich vielleicht auf deine Schwester Maria warten sollen?«, frage ich ein wenig sarkastisch nach.

Gil macht *Paaaaahhhhh* und ich weiß, dass ich ihn mit dieser Frage aus dem Rennen der Kritiker und wohlwollenden Ratgeber genommen habe.

»Was ist denn mit dieser Schülerin, mit dieser Brasilianerin?«, fragt Ritchi mit einmal neugierig nach.

Ich schwöre, ich bereue es bitter, dass ich den Jungs vor gut einem Jahr mein Herz ausschüttete. Seitdem kommt Lizzys Geschichte regelmäßig auf die Tapete.

»Jungs das ist albern. Hört auf. So'n Quatsch«, setze ich mich zur Wehr. »Eine 22-jährige Schülerin. Spinnt ihr?«

»Na, nach dem Abi ist alles möglich«, grinst Gil.

»Ihr habt Vorstellungen!« Kai springt mir zur Seite.

»Das ist eine Frage der Professionalität, der Ethik, der

Verantwortung. Das spricht sich rund wie ein Lauffeuer. So oder so. Ehemalige oder nicht!«
»Und außerdem will ich nichts von ihr«, ergänze ich und nippe dabei energisch an meinem Bier.
»Hmmm ... ob wir das tatsächlich glauben sollen?«, fragt Tramps grinsend nach.
»Ehrlich, wir kennen dich. Es wundert uns. Du bist doch kein Kostverächter,Paul!«
»Brasilianerin. 22«, lächelt Ritchi.

Brasilianerin. 22. Schwarze Haare. Blaue Augen. Unendlich lange Beine. Betont frauliche Figur. Süße Grübchen in Kinn und Wangen. Und Lippen ... Mit letzter Kraft reiße ich mich aus meinen Fantasien, die mit mir durchzugehen drohen, und bestelle eine letzte Runde Bier.

Gegen 1:30 Uhr verabschieden wir uns unter ausgiebigem Schulterklopfen. Wir vertragen nicht mehr so viel wie vor 30 Jahren. Der Zahn der Zeit, nagt auch an uns. Vor allen Dingen am Tag danach, zeigt sich die Fratze des Alters erbarmungslos. Heute beklage ich nach solchen Nächten ein, zwei Tage lang meinen Kater. Früher habe ich milde über die Nachwehen eines Gelages hinweggelächelt.

Ich winke Mehmet zu, der auf der gegenüberliegenden Seite die Rollladen seines Dönerladens herunterlässt, als ich die Haustür aufschließe. In Heiners Kiosk brennt noch Licht. Keine Ahnung, was er noch treibt. Ich schleppe mich die knarzenden Holzstufen zu meiner Wohnung hoch und werfe beim Eintreten einen Blick auf die Uhr. Das Zifferblatt zeigt kurz nach zwei.

Ich fühle mich zu aufgewühlt und zu wach, um mich ins Bett zu schmeißen. Stattdessen öffne ich eine Flasche Wein und suche beruhigende Musik – sphärisch und psychedelisch. Ich erwische das Album »More« von *Pink Floyd* und setze die Nadel langsam und behutsam auf. Sekunden später tauchen sie wie auf Knopfdruck auf, die Bilder aus diesen Tagen – die Emotionen, nach wie vor frisch. Meine Erinnerungen gehen zurück in die Zeit, und ich gedenke meines verstorbenen Freunds Erich, der sich damals in den 70ern, den goldenen Schuss setzte.

Diese eingangs bereits geschilderte Etappe, markiert Scratch Nummer 5 – und somit nehme ich euch während meiner nächtlichen Reise auf direkten Weg mit, zu Scratch No.6.

- 6 -

DAS ERSTE MAL

Ich werfe einen Blick auf die Uhr und murmele: *Morgen ist frei.* Ich schiebe das Album »More« in die Hülle zurück, drehe mir eine Zigarette, stöbere in meiner Plattensammlung und krame ein altes Fotoalbum hervor.

Beim Anblick der Abifotos, muss ich unwillkürlich grinsen. Jeder, der etwas auf sich hielt, ließ sich eine Matte wachsen, um die Spießer (Eltern, Lehrer, konservative Mitschüler, sämtliche alten Säcke ab 30) zu provozieren. Ich trug meine schwarzen Haare gelockt und schulterlang, gerne auch mit Stirnband. *Nein, ich gehe nicht zum Friseur – auch anlässlich des Abis nicht. Nein, ich werde keinen Anzug und auch keine Krawatte tragen. Oberlippen- und Kinnbart bleiben! Basta,* hatte ich meinen Eltern erklärt. Ich war unabhängig, ich war frei – so fühlte ich mich jedenfalls. Und ich war einer der ersten, der einen Walkman besaß. Der Sony TPS-L2, war mein ganzer Stolz. Ende der 70er Jahre tickte die Welt noch anders.

Unmittelbar nach dem Abi machten wir uns zum ersten Mal auf, in die große, weite Welt. Wir waren zu zehnt, allesamt frisch gebackene Abiturienten. Mit drei relativ betuchten Karren rollten wir als Fahranfänger Richtung

Spanien. Ich erinnere mich, dass Kai einen babyblauen VW-Variant fuhr, Peter einen schwarzen Opel-Kadett und Martin einen roten Ford Escort, einen so genannten Knochen.

Unser Ziel hieß Ibiza. Dort sollte unser neues Leben beginnen. Wir waren euphorisch, aufgedreht und unberechenbar.

Unseren ersten längeren Zwischenstopp legten wir an der Costa Brava in Lloret de Mar ein. Wir taumelten durch die Diskotheken und schossen uns wahlweise mit Lumumba oder Whisky-Cola ab. Ich habe wenig Erinnerung an die drei Nächte, die wir auf dem Campingplatz hausten. Nur so viel: Peter hatte es in der zweiten Nacht geschafft eine ganze Horde Däninnen zu uns ans Lagerfeuer zu lotsen. Es ging hoch her. Wir schlugen uns wie die Affen auf die Brust. Auch die Geräusche, die wir machten, mögen ähnlich geklungen haben. Die blonden Göttinnen gähnten.

Als Kai jedoch die Gitarre hervorholte und Songs von *Cat Stevens* zum Besten gab (»Morning has broken«) und wir alle gemeinsam sangen, wurden die Mädchen weich wie Wachs.

Im Laufe der Nacht verzogen sich einige Jungs in weiblicher Begleitung ans unbeleuchtete Ende des Strands oder in eines der dunklen Zelte. Wahlweise legten sie auch gleich direkt auf einer der Luftmatratzen los, die in Sichtweite des Feuers drapiert wurden.

Am nächsten Morgen fand ich mich am herunter gebrannten Lagerfeuer wieder. Mein Kopf lag an der Brust einer schnarchenden Dänin. *Nein wir hatten keinen Sex,* erzählte sie mir später. *Du hast so lange über Che Guevara gefaselt, bis du eingeschlafen bist ...* Muss ich erwähnen, dass ich noch Jungfrau war und ich mir am liebsten die Ohren zugehalten hätte, bei all den heißen Szenenbeschreibungen, die ich mir in den kommenden Tagen immer und immer wieder en Détail von meinen Freunden anhören durfte? Die nächste Station in der Provinz Alicante hieß Calp. Ich erinnere mich, dass wir wie die Idioten den kilometerlangen Sandstrand auf der Suche nach *Traumfrauen* abgrasten und uns dabei einen gehörigen Sonnenbrand holten.

Wir organisierten eine Party und ruinierten den schneeweißen Bungalow mit Lumumbaflecken. Zwei Fensterscheiben gingen zu Bruch, eine Tür und ein Lattenrost. Einige der weiblichen Partygäste zeigten sich beeindruckt von unserer Ungestümtheit, die sich mit authentischer Inbrunst paarte, wenn wir Gitarre spielend »The Boxer« von *Simon and Garfunkel* summten oder »Hotel California« von den *Eagles* zum Besten gaben. Die weiblichen Gäste zeigten ihre Bewunderung auf ihre Weise. Vor mir jedoch, sank keine auf die Knie.

Am kommenden Morgen machte uns der Besitzer des Bungalows die Hölle heiß. Wir blechten eine Unsumme für die zerstörten Gegenstände. Von einer Anzeige würde er absehen, wenn wir zudem noch den gesamten Bungalow streichen würden – und zwar von innen und von außen! Es war Hochsommer, gefühlte 45 Grad heiß. Der Schweiß lief uns in Strömen über die Körper, während wir den Mädchen auf der Straße zuwinkten, die in knappen Bikinis zum Strand stolzierten. Drei Tage später schmissen wir die leeren Farbeimer in die Ecke. Wir hatten Blasen an den Händen und fühlten uns vor aller Welt (den Mädels in den Bikinis) zutiefst gedemütigt. Keine Frage, es bedurfte einer Gegenreaktion, wir **mussten** *die Sau rauskehren*, um wieder cool dazustehen ...

In der gleichen Nacht überschlugen wir uns mit Martins rotem Ford Escort auf dem Heimweg von einer Diskothek. Als auch der Letzte von uns das Wrack schließlich taumelnd und unverletzt verlassen hatte, waren wir auf der Stelle ernüchtert. Sämtliche Schutzengel der westlichen Hemisphäre hatten offensichtlich ihre schützenden Hände über uns gehalten. Irgendwie brachten wir die Karre zum Bungalow zurück.

Ich habe keine Erinnerung mehr daran, mit wie vielen Leuten wir schließlich in dieser stilvollen Bude weiter feierten. Ich weiß, es befanden sich etliche Mädchen darunter: Österreicherinnen, Holländer- und Belgierinnen. Ich erwachte am kommenden Morgen eingerollt im Gemüsebeet des Nachbargrundstücks. Weit und breit keine Menschenseele zu sehen. Paul war nach wie vor Jungfrau!

Gegen Mittag fanden wir auf der Terrasse zusammen und begutachteten den schrottreifen Ford. Nach ausgiebiger Untersuchung entfernten wir die Türen (ließen sich nicht mehr schließen) und die wie eine Ziehharmonika verzogene Motorhaube. Die Lache unter dem Kofferraum zeugte von einem aufgeschlitzten Tank. Und so improvisierten wir kurzerhand eine Benzinleitung, die den Vergaser aus einem Zehnliterkanister speiste, der sich auf dem Beifahrersitz befand: voilá! In den kommenden beiden Tagen cruisten wir mit der zerbeulten Karre ohne Türen, Motorhaube und Frontscheibe durch den Urlaubsort und fühlten uns unsterblich. Bald versammelte sich eine ehrfürchtige Gemeinde (Bikinimädchen) und huldigte der verwegenen Bande (wobei man mich übersah), bis die Polizei das gute Stück schließlich stilllegte. Peter, Kai und ich deuteten dies als Zeichen, besser einen Ortswechsel vorzunehmen, während der Rest der Bande eher einen Arm gegeben hätte, als dieses verheißungsvolle Partynest zu verlassen.

Wir setzten unsere Reise also zu dritt in Kais babyblauem VW-Variant fort. Am kommenden Tag erreichten wir Barcelona. Und dort schafften wir - kaum zu glauben - sogar ein wenig Kultur (Sagrada Família, Montserrat, Gaudí), bevor wir mit der Fähre nach Ibiza übersetzten.

Party, here we come! Wir fanden ein kleines Appartement in San Antoni de Portmany. Stimmung und Lebensgefühl auf Ibiza atmeten zu jener Zeit grenzenlose Freiheit – aus jeder Pore! Die Hippiekultur war gerade dabei, ihren

Zenit zu überschreiten. Angesagt aber waren sie nach wie vor, die nächtlichen Lagerfeuer am Strand. Gechillte Strandpartys mit Ukulele, Bongotrommeln, mit Rotwein, Shit, mit Love & Peace Songs und freier Liebe. Die Outfits bestachen durch ihre Lässigkeit: Weite, bunte Klamotten, Baggy-Shirts und -Hosen, Jesuslatschen, Espandrillas, Stirnbänder und Piratenkopftücher.

Den Großteil der Urlauber aber zog es in die berühmt berüchtigten Szeneläden, in die großen Klubs. Nahezu jede Nacht feierten wir in einer der Diskotheken. Das *KU*, in der Nähe von San Rafael an der C-731 gelegen, die Sant Antonio mit Ibiza Stadt verbindet, zählte dabei zu unseren absoluten Favoriten. Die damals größte Outdoor Diskothek der Welt, war um einen riesigen Olympic Size Pool erbaut. VIPs gaben sich die Klinke in die Hand, Mädels tanzten im Bikini und aus dem überdimensionalen Soundsystem pumpten die Bässe bis in die frühen Morgenstunden.

Selbstverständlich ließen wir uns ebenso regelmäßig im *Amnesia* blicken, zumal der Laden ebenfalls in der Nähe San Rafaels lag. Künstler wie Bob Marley oder David Bowie spielten live. Seltener besuchten wir das *Pacha* in Ibiza Stadt, denn San Antonio selbst rühmte sich nicht ohne Grund, des pulsierendsten Nachtlebens auf der Insel. Unzählige Klubs, Bars und Cafés hatten sich am langgestreckten natürlichen Hafen in der Bucht von Bahía de Sant Antoni niedergelassen. Und je bunter sich die Szeneläden voneinander abhoben, desto unterschiedlicher schwappte der Sound durch die geöffneten Fensterläden auf die Gehwege.

Earth Wind and Fire, *Fleetwood Mac* (»Rumours«), *Brian Ferry* und *Roxy Music* (»Let's Stick Together«) oder *Stevie Wonder* verbreiteten ein beschwingtes Sommerfeeling.

Einige Bars spielten von morgens bis abends »The Wall« (*Pink Floyd*) oder *Frank Zappas* Alben »Joe's Garage« und »Sheik Yerbouti« mit dem legendären Song »Bobby Brown«.

Wiederum andere zeigten durch die heraushängende Zunge, was gespielt wurde: *The Rolling Stones!* Es gab ein winziges Café, das ausschließlich *Rod Stewart* spielte und eine Bar mit 10 Sitzplätzen in der von morgens bis abends *David Bowie, The Doors* oder *Bob Dylan* liefen.

In der Nähe des Huevo de Colón eröffnete ein Soulclub nach dem anderen. Je nach Schwerpunkt und Crossoveranteil von Disco und Funk, gestalteten sich die Playlists: *James Brown* (»Sex Maschine«), *Marvin Gaye* (»Sexual Healing«), *Hot Chocolate* (»You sexy Thing«), *Gloria Gaynor* (»I Will Survive«), *The Temptations* (»Papa Was A Rollin' Stone«), *Kool & The Gang* (»Get down On It«), *Barry White* (»You'Re the First, the Last, My Everything«), *Aretha Franklin* (»I Say a Little Prayer«), *Dianna Ross* (»Upside Down«) oder George McCrae (»Rock You Baby«). Und wer kam zu dieser Zeit schon an »Saturday Night Fever« mit

John Travolta und den *Bee Gees* vorbei? Ohrwürmern wie »Stayin' Alive«, »Night Fever«, »How Deep Is Your Love«, »If I Can't Have You« oder »You Should Be Dancing« konnte sich kaum jemand entziehen.

Mir hatte es *The Whip*, ein abgerockter Laden Ecke Carrer de la Mar angetan. Im vorderen Teil befand sich eine neongrell erleuchtete Bar mit in Dunkelrot gehaltenen Wänden. Der rückwärtige Teil setzte sich aus drei hintereinandergelegenen Räumen zusammen, von denen einer als Disko fungierte. Die Einrichtung, eher karg, bestand aus umgestülpten Fässern, als Stehtische in den Ecken drapiert, und einer Handvoll abgerockter Barhocker. Der Sound, der dort gespielt wurde, ließ mich allerdings aufhorchen: *The Police* mit den Alben »Outlandos d'Amour« *und* »Regatta de blanc« mit zahlreichen Hits wie »Roxanne«, »So Lonely«, »Can't Stand Losing You«, »Message in A Bottle«, Madness (»Night Boat On Cairo«) oder Blondie »Heart of Glass«. Doch das richtige Aha-Erlebnis bescherten mir Bands wie *The Cure* (»Boys Don't Cry«), *The Clash* (»London Calling«) oder *The Sex Pistols* (»Anarchy in The U.K.«). So kam es zu meiner ersten Berührung mit Punk, nicht wissend, welchen Einfluss dieser Sound später auf mich haben sollte!

Zumeist trafen wir uns am Pier, um uns mit Pommes und Burgern zu stärken, bevor wir in die nahe gelegenen Klubs abtauchten. Auf der Promenade, die vom Hafen zu den Stränden S'Arenal und Es Pouet führte, verkauften fliegende Händler (zumeist Afrikaner) modischen und esoterischen Krimskrams. Straßenmusiker fühlten sich wie *Bob Dylan, Jimi Hendrix* oder *Joan Baez* und Dealer boten flüsternd ihre Waren feil: *Du wolle Haschisch?*

In der dritten Woche legten wir eine dringend benötigte Feierpause ein und erkundeten mit unserem babyblauen Variant das Hinterland. Am vierten Tag unserer Rundreise entdeckten wir den Hippy Markt *Punta Arabí* in Santa Eulalia. Der Markt lag auf dem Plateau einer Klippe inmitten eines dichten Pinienwaldes. Die Zufahrtsstraße endete an einem größeren Gehöft, mit einer Reihe angrenzender Gebäude; sämtlich in Weiß getüncht. Von dort gelangte man schließlich über einen kurzen Schotterweg, der auf halber Strecke in einen festgetretenen Waldweg überging, zum Markt.

Die Hippies in ihren bunten Hemden, Kleidern und runden John-Lennon-Sonnenbrillen, boten ein friedliches Bild. Die Auswahl an Waren schien unerschöpflich. Zum einen wurden Lederwaren feil geboten: Taschen, Gürtel, Jacken, Stiefel. Zum anderen Stoffe aller Art: Umhäkelte Tischdecken, Bettüberwürfe, Kissenbezüge und bunte Stoffballen. Jeder zweite Stand schien auf Schmuck spezialisiert zu sein: Eine riesige Auswahl an Halsketten, Ringen, Armbänder, Ohrringen und Fußkettchen – aus Silber, an Perlen aufgereiht oder schlicht aus Leder, wurden auf den, mit bunten Tüchern abgetackerten Tapeziertischen, aufgereiht. Selbstverständlich durften die

Händler nicht fehlen, die mit handgeschnitzten Elefanten, Pfeifen und Flöten, Bongos, Sonnenbrillen, *Zippo*-Feuerzeugen, Gitarren und Brustbeuteln dealten. Einige boten ihren Hauströdel feil. Andere verkauften Secondhandplatten und irgendwelche Bootleg-Alben. Profis präsentierten ihre Töpferwaren: Hausgegenstände, Krüge, Schüsseln, Vasen, Tassen und Teller. Künstler standen vor ihren Staffeln, pinselten surreale Szenen und verkauften zeitgleich Poster von Sonnenuntergängen über *La Mola,* kiffenden Bob Marleys und roten Stones-Zungen. Und erst die Klamottenstände, mit der neuesten Ibizamode: Weite Hemden und Hosen, kurze Miniröcke, bunte Hippiekleider, gewebte Teppichtaschen, schreiend grelle Stirnbänder, Sandalen, Cowboystiefel und bunt gefärbte Mokassins mit Perlenbesatz. Es roch nach frisch aufgebrühtem Kaffee, nach gebratener Chorizo und gegrilltem Lamm. Und über allem waberte eine süße, friedliche Rauchwolke.

Spanisch, Englisch, Italienisch, Französisch, skandinavisch, Deutsch ... das laute Stimmengewirr konkurrierte mit scheppernden Reggae-Klängen: Entspannter Sound von *Third World,* von *Burning Spear, Inner Circle* – und natürlich von *Bob Marley & The Wailers* wechselten mit aktuellen Reggae-Hits wie »Dreadlocks Holidays« (*10 CC*) oder »Don't Look Back« *von Peter Tosh und Mick Jagger.*

Ich hatte genug von meinen eng anliegenden T-Shirts und schaute mich nach einem der weiten, luftigen Ibiza-

Hemden ohne Kragen und mit tief ausgeschnittener Knopfleiste, um.

Ich erblickte nicht weniger als 20 Stände mit Secondhand-Ware bestehend aus schweren Leder- und Jeansjacken, Hosen, T-Shirts, Ponchos, Hüten, Westen, Röcken, Anzugjacken, Krawatten, Federboas ... und tatsächlich auch Hemden, die mich allerdings in keiner Weise ansprachen. Ganz am Ende der zweiten Verkaufsreihe fiel mir schließlich ein Stand ins Auge, der schneeweiße Ware anbot – darunter auch die weit ausgeschnittenen, luftigen Hemden.

»Steht dir gut«. Ich schaute auf. Wasserblaue Augen strahlten mich an. Ich schätzte sie auf Anfang 20, also in meinem Alter. Sie sprach Deutsch.

»Kann ich dir empfehlen«, grinste sie und schmiss ihre halblangen, blonden Haare in den Nacken. Mir fielen die Sommersprossen auf ihrer hübschen Stupsnase auf. Ihr Teint schimmerte sonnenverwöhnt. Es machte den Anschein, als würde sie sich bereits seit Monaten unter der Sonne aufhalten.

»Ich muss los. Mein Onkel bedient dich weiter.«

Ich schaute ihr hinterher. Die sehr kurz abgeschnittene Jeans betonte ihr knackiges Hinterteil.

Ihr Onkel begrüßte mich mit einer Auswahl an Hemden über der Armbeuge und grinste mich an. Der Stoff zwischen meinen Fingern fühlte sich gut an – kühl und leicht. Noch während ich prüfte, warf ich einen Blick über die

Schulter und bedauerte, dass meine *Erscheinung* verschwunden schien: *Schade! Sehr schade,* schoss es mir durch den Kopf und erwarb drei neue Hemden.

Wir stolperten ins *Whip.* Der hintere Bereich lag wie immer im Halbdunkel des Schwarzlichts. Lediglich ein paar Figuren drückten sich in den Ecken herum und setzten halbleere Bierflaschen an die Lippen. Die Atmosphäre hatte etwas Deprimierendes und doch fühlte ich mich irgendwie beschwingt – gut drauf, wie auch immer. Vielleicht lag es am Gras? Vielleicht auch am spritzigen Sangria, an der Hitze des Tages, an der angenehmen Kühle des Abends, an der Unbeschwertheit der Zeit? An La Luna? Am Sternenzelt, in das wir allabendlich staunten? An diesem vielversprechenden Augenaufschlag vom Hippiemarkt? Am Salz, das meine Haut auf angenehme Weise spannte? Am Sand in den Haaren? An der täglichen Freiheit, sich gehen zu lassen, in die Sonne zu blinzeln und Musik zu hören?

Mit einmal dröhnte er aus den Boxen – ein Sound, eine Stimme, in die ich mich auf Anhieb verliebte. Wie konnte es angehen, dass mir diese Perle bis jetzt verborgen geblieben war? Die Jungs waren dabei, den Laden zu verlassen (»Zu langweilig!«), doch für mich gab's kein Halten mehr:

»*Brass in Pocket*«

Ich schwebte auf die Tanzfläche. Mein Körper zuckte im Beat. Ich umarmte den Song. Die Hook trieb mir vor Freude Tränen in die Augen – und als ich sie wieder öffnete, befand ich mich mit einmal nicht mehr alleine auf der Tanzfläche. Nein, ich befand mich in Gesellschaft. Strahlend tanzte sie mich an. So leicht. So federleicht. So warm – und so direkt und offen. Meine Erscheinung vom Hippiemarkt in *Punta Arabí* grinste mich an. Von diesem Augenblick an war klar, dass die Nacht mich noch reich beschenken würde. Ich fasste sie bei den Händen und tanzte mit ihr im Kreis.

»Wie heißt du«? Meine Lippen berührten ihr Ohr.

»Maja. Und du?«

»Paul«.

»Wie schön Paul, dass wir uns hier wiedersehen.«

»Ja!«

Aus den Augenwinkeln beobachtete ich, wie Kai mit dem DJ sprach, als die letzten Takte verklangen. Im nächsten Moment wurde der Song von vorne gespielt.

»Ich liebe ihre Stimme«. Bei diesen Worten berührten Majas Lippen meine Wange. Ich fühlte mich, wie vom Blitz getroffen!

»Wer ist das? Noch nie gehört – leider«!

»Echt? Eine super Scheibe. Gerade erst veröffentlicht. *The Pretenders* – Titel des Albums und Name der Band. Die Sängerin heißt *Chrissi Hyndes*, der Song *Brass In Pocket*.«

»Wow!« Ich strahlte sie an und die Zeit schien still zustehen, als der DJ den Song tatsächlich zum dritten Mal spielte. Ich nahm ihre Hände und sang lauthals mit:

»*Brass in Pocket*«

»Das ist ein Wahnsinnsalbum. Jede Nummer, ein Hit! Warte, ich frage, ob er *Kid* spielt.«

Ich staunte Maja hinterher. Wieder trug sie eine knapp abgeschnittene Jeans als Minishorts; ihre Schenkel gebräunt uns straff im Schwarzlicht der Bar. Wenig später stand sie vor mir und zog eine Schnute:

»Er hat nur die Single. Das Album kennt er nicht. So ein Ignorant!«

»Schade!«

»Ja.« Maja stockte: »Hört sich das jetzt doof an, wenn ich sage, dass ich das komplette Album zuhause habe?«

»Weshalb?« Ich räusperte mich und stieß mit ihr an.

»Interessiert es dich?«

»Klar«, antwortete ich mit belegter Stimme.

»Dann lass uns los!« Ihr Augenaufschlag versprach mehr, als sie mich bei der Hand nahm.

Die Ferienwohnung des Onkels lag auf einer niedrigen Klippe unmittelbar oberhalb des Strands. Ich beobachtete, wie sich Maja nach den Platten bückte und bewunderte ihre Hinteransicht. *Mein Gott!* Mir wurde leicht schummrig, als sie sich umdrehte. Sie grinste mich vielsagend an, ließ die Platte aus der Hülle gleiten und legte sie vorsichtig auf den Teller. Wenig später erklangen die ersten Takte von »Precious«.

»Magst du auch ein Bier?«

»Klar!«

Während Maja den Kühlschrank geräuschvoll nach den passenden Flaschen durchsuchte, studierte ich das weiße Plattencover mit dem Foto der Band.

»Prost!«

»Prost«, antwortete ich. »Maja hast du etwas dagegen, wenn ich das Album aufnehme?« Ich deutete auf die Kompaktanlage.

»Gerne. Ich habe allerdings keine Leerkassette.«

Ich grinste und zauberte ein leeres 90-Minuten-Tape aus meinem Jeansbeutel hervor.

»Ich bin immer auf alle Eventualitäten vorbereitet«, grinste ich.

»So, so.« Maja zog eine Augenbraue hoch und warf mir einen nicht zu deutenden Blick zu.

Ich schritt zur Kompaktanlage, die im modernen Stil - ganz in Weiß - gehalten war und sich von den üblichen Anlagen auf angenehme Weise abhob. Kompaktanlagen, in denen Plattenspieler, Radioteil und Kassettenrekorder nicht gestapelt, sondern nebeneinander in einer Truhe angeordnet waren, kannte ich bislang nur als klassisch furnierte Eichenholztruhe. Als Möbel, das sich harmonisch in das vertraute Bild der Eichenholzwohnzimmerschrankwand unserer Eltern einschmiegte.

Anders hier. Majas Onkel schien offensichtlich einen modernen Geschmack zu haben. Das gefiel mir. An der Wand hing ein Poster von Che Guevara. Ich öffnete das Kassettenfach, schob die Kassette ein und drückte Augenblicke später die rote Recordtaste und die Abspieltaste zeitgleich, um die Aufnahme zu starten. All das tat ich wie ferngesteuert, während mir die Bedeutung des Gesagten bewusst wurde: *Ich bin immer auf alle Eventualitäten vorbereitet.* Diesen Satz konnte man durchaus anders auslegen. Am Ende hielt sie mich für einen Aufschneider – zumal ich dämlich gegrinst hatte, als die Worte wie selbstverständlich meine Lippen verließen. Ich drehte mich langsam und mit einem beklemmenden Gefühl zu ihr um, und war erleichtert, als ihr Lächeln mir meine Unsicherheit nahm.

»Hast du Hunger?«

»Hmmmm«, antworte ich, während ich mit ihr anstieß und die Flasche an die Lippen setze.

Wir lehnten am Tresen, der die Küche vom Wohnbereich separierte. Ich beobachtete, wie Maja Brot, Tomaten und Käse aufschnitt und mit schwarzen Oliven dekorierte. Die nächsten Minuten vergingen, ohne dass wir ein Wort sprachen, bis wir unseren Heißhunger gestillt hatten. Wir waren in der Zwischenzeit zu Wein übergegangen, ich hatte einen Grasjoint gebaut und Maja die Platteseite gewechselt. Alles schien perfekt. Andererseits hatte ich mich selten so unsicher gefühlt.

»Was ist los?« Maja suchte meinen Blick, während sie sich eine Traube zwischen die Lippen steckte. Im Hintergrund liefen die letzten Takte von »Private Life«. Offensichtlich hatte sie meine Verlegenheit bemerkt. War ich gar einsilbig geworden? Manchmal - wenn ich geraucht hatte - fiel es mir schwer, die Dinge einzuordnen. Doch im nächsten Moment holte mich Maja wieder zurück:

»Komm«, lächelte sie und nahm mich bei den Händen, als die ersten Takte von »Brass in Pocket« erklangen. Einen Augenblick später tanzten und hüpften wir exakt genauso ausgelassen durch das Apartment, wie zwei Stunden zuvor in *The Whip*. Ich strahlte sie an:

»Du bist toll«, entfuhr es mir.

»Du auch«, grinste Maja. Ihre Augen strahlten. Die Grübchen ihrer Wangen taten es ihnen gleich. Ihre blonden Haare flogen bei jeder Pirouette durch die Luft. Sie trug ein weißes Hemd. Eines von diesen, die ihr Onkel auf dem Markt in Punta Arabí verkaufte. Ihre Brüste drückten sich durch den Stoff. Als die letzten Takte von »Mistery Achievement« - und damit das letzte Stück auf Seite 2 verklungen war - hielt Maja strahlend meine Hände.

»Wollen wir zum Strand? Hast du Lust zu schwimmen?« Sie überfiel mich im wahrsten Sinne des Wortes. Was hatte dieser Vorschlag zu bedeuten? Ich hatte mir den Verlauf des Abends anders ausgemalt. Vor meinem geistigen Auge, sah ich uns knutschend auf der Couch liegen, meine Hand an ihrer Brust.

»Klar. Gerne. Prima Vorschlag«, antworte ich stattdessen und klatschte unternehmungslustig in die Hände: »Dann also los!«

Fünf Minuten später schlenderten wir zum Strand Caló des Moro. Ab und an berührten sich unsere Hände, für Sekunden hielten meine Finger ihre. Dann liefen wir wieder nebeneinander her und unterhielten uns über Musik, Ibiza, den Hippimarkt und die Preise im *Amnesia*. Ich fühlte den wilden Tanz der Schmetterlinge tief in meinem Bauch – und ich hatte das Gefühl, er nahm minütlich zu.

Unmittelbar nachdem wir den einsamen Abschnitt des Strands erreicht hatten, rollte Maja ein überdimensionales, Badetuch aus. In Rot.

Ich entkorkte die Weinflasche, streifte meine Jeans-Sneaker von den Füßen, und legte das gerade mitgeschnittene Album »Pretenders« in den Walkman ein. Aus dem integrierten Lautsprecher erklang »Up The Neck«.

Zurückgelehnt und Ellbogen aufgestützt, staunte ich in den sternenklaren Himmel. Aus der Ferne waberten die nächtlichen Geräusche der Stadt herüber. Der Mond spiegelte sich auf dem Wasser des Mittelmeers und die Wellen plätscherten leise zu unseren Füßen.

»Wollen wir«? Maja grinste, drehte mir im gleichen Moment den Rücken zu und lief Richtung Wasser.

»Hey!«

»Komm!«, rief sie mit über die Schulter gedrehtem Kopf, während ein Kleidungsstück nach dem anderen auf dem Weg zum Wasser in den Sand fiel. Augenblicke später hüpfte sie nackt durch die seichte Dünung des dunklen Meeres.

Was soll ich sagen? Ich war kein guter Schwimmer, und in der Dunkelheit ins schwarze Wasser zu springen, nötigte mir Respekt ab. Verdammter >Weißer Hai<, schoss es mir durch den Kopf. Ich hatte mir diesen 70er-Kino-Trash einfach viel zu oft reingezogen. Nicht übertrieben: Ich hatte bleibende Schäden davongetragen!

»Komm schon! Das Wasser ist super!« Und dann machte es Klick. Ich schmiss meine Ängste über Bord, schälte mich in Nullkommanichts aus den Klamotten und lief ihr hinterher. Der Sand war weich und nach wie vor angenehm warm. Ich sprang ins Wasser und tauchte ab, um meine Erregung zu verbergen. Nach drei vier Schwimmstößen war ich auf ihrer Höhe.

»Leg dich auch auf den Rücken. Das ist ein Wahnsinnssternenhimmel.«

Genau das wollte ich jedoch vermeiden. Was sollte sie von mir denken, wenn sich dieser Segelmast vor ihren Augen in den nächtlichen Himmel Ibizas erhob?

»Schau, siehst du die Milchstraße? Und dort hinten sind der kleine und der große Wagen.«

»Wahnsinn!«

»Welches Sternzeichen bist du?«

»Schütze«, antwortete ich, während das Wasser meinen Körper umschmeichelte. Ab und an berührten sich unsere Schultern. Die Stromschläge unter Wasser hätten ein seismisches Beben auslösen können.

»Das passt, ich bin Widder«, antwortete Maja lachend und nahm dabei prustend meine Hand in ihre.

Wir sahen uns in die Augen. Und dann passierte es wie von selbst. Wie auf Kommando bewegten wir uns aufeinander zu. Unser Körper rückten zusammen. Ich fühlte ihre Nacktheit. Ihre Brust, die sich an meine drückte. *Shit*, ging es mir durch den Kopf. Spätestens jetzt konnte ich meinen Ständer nicht mehr vor ihr verstecken. Doch der unmittelbar folgende Glücksmoment während unserer ersten, innigen Umarmung, fegte all meine Bedenken beiseite. Ich spürte ihre Hände in meinen Haaren, ihre Lippen an meinen Wangen, ihre Schenkel an meinen. Wortlos wateten wir aus dem Wasser und liefen kichernd und bibbernd durch den Sand, bevor wir uns aufs Handtuch schmissen. Aus dem Minilautsprecher des Walkmans erklang »Stop Your Sobbing«.

»Mir ist kalt, wärm mich.« Maja bibberte theatralisch und streckte die Arme nach mir aus.

Dieser Aufforderung kam ich nur all zu gerne nach. Im gleichen Atemzug umarmte ich sie. Unsere vom kalten Wasser gespannte Haut, unsere erregten Körper schmiegten sich ineinander. Ihr Keuchen an meinem Ohr brachte mich fast um den Verstand. Das, was meine Hände ertasteten, erregte mich mehr und mehr.

»Es ist okay. Du brauchst nicht aufzupassen«, hauchte sie mir ans Ohr. Maja bog mir ihr Becken entgegen – und dann passierte es: Einen Moment später, als ich wie selbstverständlich in sie hineinglitt, war meine Jungfräulichkeit Geschichte. Doch - *VERDAMMT* - es dauerte wiederum nur Sekunden, bis ich mich in ihr ergoss! Im Hintergrund lief »Brass in Pocket«. *Scheiße! Scheiße! Scheiße,* schoss es mir durch den Kopf. Dies war zwar meine erste Erfahrung, es brauchte nicht allzu viel Fantasie, um zu ermessen, dass Maja nicht annähernd auf ihre Kosten gekommen war.

»Komm«, hauchte sie mit heiserer Stimme und zeigte mir, wo und wie sie gerne berührt wurde – mit den Händen, mit der Zunge, mit den Lippen. Ich war erstaunt, wie weich und warm und saftig und salzig sie schmeckte. Maja offenbarte sich als gute Lehrerin!

Beim zweiten Mal schaffte ich es, mich länger zurückzuhalten. Ich spürte, wie Majas Erregung sich minütlich steigerte. Und wie auf Knopfdruck erweckte ihre Ekstase auch meine Leidenschaft aufs Neue.

»Weißt du, was ich mit meinem Freund in Frankfurt immer mache?«

Sie hat einen Freund? Sie hat einen Freund! schoss es mir durch den Kopf. *Egal!*

Maja lächelte mir zu. Beruhigend – und dann lustvoll!

»Na das«, hauchte sie und senkte ihren Kopf über meinen Schoss.
Und so schaukelten wir uns ein weiteres Mal hoch.
»Was?«, hatte sie erstaunt gefragt, als wir im Morgengrauen den Strand Hand in Hand verließen. »Du warst noch Jungfrau?«
»Hmmm...«, hatte ich ein wenig verlegen geantwortet.
»Stark! Dann habe ich dich ja eben entjungfert«, grinste sie und kniff mir dabei lachend in den Hintern.

Was soll ich sagen, Maja und ich verloren uns drei Tage später aus den Augen. Doch das Leben ging weiter, Maja hatte den Knoten bei mir gelöst. In der Folge, pendelte ich mit den Jungs zwischen Ibiza und der Nachbarinsel Formentera hin und her. Eine Überfahrt mit der *Joven Dolores* zum Hafen La Savina auf Formentera kostete so gut wie nichts. Nahezu sechs Wochen verbrachten wir auf diese Art und pendelten zwischen relaxtem Hippieleben (Formentera: *Piratabus, Blue Bar, Fonda Pepe*) und Partygroove (Ibiza: *Ku, Amnesia, Pacha*) – und es bot sich nahezu täglich die Möglichkeit, das durch Maja Erlernte in die Praxis umzusetzen.

Ich kehrte als Mann aus diesem Abi-Urlaub zurück. Erfahren! Erwachsen! Mit breiter Brust. In meinen Tagträumen tauchte ich häufig ab, zu »Brass in Pocket« und zu Maja. Doch Wochen später, nachdem ich die Kleinbildfilme zum Entwickeln gebracht hatte, und endlich die

Abzüge in den Händen hielt, stellte sich ein noch stärkeres Gefühl ein: Sehnsuchtsvoll betrachtete ich das einzige Foto, das ich von Maja besaß: Sie räkelte sich auf eben jenem roten Badetuch am Strand. Sie trug kein Bikinioberteil (wenn nicht FKK so war zu jener Zeit zumindest oben ohne *Pflicht*). Das Foto musste am nächsten Tag entstanden sein. Sie lächelte schelmisch in die Kamera.

Zu gerne hätte ich Kontakt mit ihr aufgenommen. Einfach so. Doch wir hatten keine Adressen getauscht. Hatten uns aus den Augen verloren. Vielleicht hatte sie sich absichtlich rar gemacht? Möglicherweise war sie frühzeitig abgereist? Sie hatte ihren Freund erwähnt. Mir schwirrte der Satz durch den Kopf: *Willst du wissen, was ich immer bei meinem Freund mache?* Unmittelbar stellten sich die Bilder vor meinem inneren Auge scharf.

Kurzzeitig spielte ich mit dem Gedanken eine Suchanzeige in einem dieser Stadtmagazine unter »Wiedersehen« zu schalten. Doch ich kannte nicht einmal ihren Nachnamen. Sie hatte von einem Freund in Frankfurt gesprochen. Hieß das, dass auch sie dort wohnte? Vielleicht kam sie aus Mainz, Offenbach oder Wiesbaden – unter Umständen aber auch aus Koblenz oder Mannheim? Möglicherweise wohnte sie aber auch in Köln, Düsseldorf oder Dortmund und führte eine Fernbeziehung mit ihrem Freund? Mir wurde klar, dass es zu viele Unbekannte bei dieser Suchanfrage gab und begrub die fixe Idee.

Heutzutage würde sich das Auffinden einer verlorengegangenen Person einfacher gestalten: Sehr wahrscheinlich hätte man Handynummern ausgetauscht, hätte gesimst, WhatsApp geschrieben. At least ließen sich die sozialen Netzwerke durchstöbern. Die Chance auf Facebook oder Instagram fündig zu werden, war hoch.

Etwa 10 Jahre später sah ich *The Pretenders* live! Ich war hin und weg von der Band, von *Chrissi Hyndes* Stimme, von ihrer Aura – von der gefühlvollen und zeitgleich kraftvollen Performance. Beseelt und wie auf einer Wolke schwebend, hörte ich mich in jener Nacht durch das aktuelle Album »Packed«. Widmete mich, anschließend dem 1982 erschienen »Learning To Crawl«, bevor ich mich langsam aber sicher an »Pretenders« heranwagte. Als mit »Precious« die erste Nummer des Albums ertönte, schlug mein Herz einen Schlag schneller – und es beschleunigte den Takt, Song für Song, bis auf Seite 2 schließlich »Brass In Pocket« erklang. Mit einmal befand ich mich wieder auf der Tanzfläche dieser kleinen Diskothek. Am nächtlichen Strand. Ich hielt Majas Hände. Sie strahlte mich an. Bevor die letzten Takte verklangen, wusste ich, dass ich den Song noch einmal hören musste – wieder und wieder, wenn es denn so sein sollte.

Vorsichtig hob ich den Tonarm mit dem Zeigefinger meiner rechten Hand an und setzte ihn langsam wieder auf die Leerrille. Ich lauschte mit geschlossenen Augen, während sich in mir der unbeirrte Wunsch seinen Weg bahnte, das Foto von Maja noch einmal in der Hand zu halten. Mit heißem Herzen griff ich im nächsten Moment zum Fotoalbum, das sich auf dem obersten Regalbrett befand. Vielleicht hatte ich zu viel getrunken, vielleicht war ich müde, benebelt vom Gras, vielleicht waren meine Hände zu feucht ... Jedenfalls entglitt mir das Fotoalbum, als ich es über die Kante des Regalbretts schob und sauste auf den Plattenspieler herab. Das Krachen der Nadel auf der Platte ließ mir das Blut in den Adern gefrieren: *Oh No!*

SCRATCH!
»BrasS IN POCKEt«

Ich stöhne auf und gieße den Rest der Rotweinflasche ins Glas. Bei irgendeinem Umzug ist das Urlaubsalbum abhandengekommen. Glaubt mir, ich habe überall gesucht: Keller, Dachboden, jede Kiste und jeden Schrank, habe ich durchstöbert. Die Negative hatte ich bereits ein Jahr nach Entstehen der Aufnahmen unabsichtlich in den Müll geschmissen. In Peters und Kais Urlaubsalben fand sich leider kein Bild von uns, von Maja und mir. Denn damals knipste man seine Fotos noch mit Bedacht (auf einem Rollfilm befanden sich wahlweise 12, 24 oder 36 Bilder), die Motive wollten wohl ausgewählt sein.

Heutzutage würden sich wahrscheinlich zehn Selfies und 100 durch *gute* Freunde geschossenen *Paparazzi-*

Strand-Knutschfotos auf irgendwelchen Festplatten wiederfinden. *Schade*, murmele ich halblaut zu mir selbst. *Sehr schade!* Ich schließe die Augen. Gleich kommt die Stelle. Und jedes Mal, wenn der Song erklingt, jedes Mal wenn der Scratch an genau dieser Stelle an meinen Synapsen zerrt ...

»*BrasS IN POCKEt*«

... dann sehe ich Majas Bild in aller Klarheit vor mir: Halbnackt räkelnd auf dem roten Badetuch am Strand, ein schelmisches Lächeln auf den Lippen. Doch ich sehe und spüre weitaus mehr.

Ich fühle ihre Lippen, den salzigen Geschmack – und ich halte zum ersten Mal ihre Hände, auf dieser verlassenen Tanzfläche Mitten im Herzen Ibizas.

»Brass in Pocket« wird für mich, auf ewig unser Soundtrack bleiben, Maja!

- 7 -

UNDERGROUND

Ich hatte mich an der Uni fürs Lehramt eingeschrieben und spielte mittlerweile in der vierten Bandformation (Kai, als Bassist, war immer mit dabei).

Wieder einmal war es Bodo, der meinem Leben eine entscheidende Wendung gab. *Du hast eine begnadete Stimme, mit einer ganz eigenen Klangfarbe.* Bei unseren Auftritten sang ich als Schlagzeuger immer zwei bis drei Nummern – und ich muss sagen, ich fühlte mich gut dabei. *Du klingst wie Jim Morrison,* hatte mir eine übergewichtige Studienkollegin eines der schönsten Komplimente des Sommers gemacht.

Bodo: *Ich will damit sagen, probier's aus. Du weißt selbst, dass du hinter dem Schlagzeug nur Durchschnitt bist.* Ich nahm mir seine Worte zu Herzen und wechselte an den Bühnenrand. Ich entdeckte die Rampensau in mir und lebte sie aus.

Ich organisierte mich in der Studentenorganisation Asta, ließ das Studium schleifen und konzentrierte mich auf meine Band. Ich entdeckte den Texter in mir (in jenen Tagen schlug man noch im Brockhaus statt bei Google nach), und ließ mich auf angenehme Weise durchs Leben treiben. Das Fernsehen lullte uns zu dieser Zeit mit amerikanischem Kulturgut ein: *Dallas, Baywatch, Der*

Denver Clan, Falcon Crest, Golden Girls, oder *Remington Steel.* Und natürlich fühlten wir uns durch *Miami Vice* besser unterhalten als durch deutsche Serien wie *Die Schwarzwaldklinik, Der Landarzt* oder *Die Guldenburgs.*

Der VHS-Rekorder brachte uns schließlich gänzlich aus dem Häuschen, ermöglichte er doch das Aufnehmen des Lieblingsfilms, um ihn später (jederzeit) wieder ansehen zu können. Eine Sensation, ähnlich der Atari-Spielkonsole oder des ersten Mobiltelefons (5 Kilogramm Gewicht, C-Netz).

Die mitlaufende Masse trug die kultkrause Minipli, gefestigt durch *Drei Wetter Taft* und polsterte die Jacken mit Schulterpolstern aus, während man im Kino bei »Flash Dance« oder »Grease« schmachtete. Man hörte Madonna »Like A Virgin«, *Duran Duran* (»Notorious«) oder Mainstream-Rock aus Amiland: *Bon Jovi* (»Runaway«), *Bryan Adams* (»Summer of 69«), *Bob Seger* (»Old Time Rock and Roll«) oder *Bruce Springsteen* (»Born To Run«) – oder noch schlimmer: *Foreigner, Saga* und *Peter Frampton.* Und über all dies hielt uns übrigens Ingolf Lücks »Formel 1« auf dem Laufenden.

Das Revolutionärste für das deutsche Durchschnitts-Ohr war das Aufkommen der Neuen Deutschen Welle (NDW) mit Hits wie »Major Tom« (*Peter Schilling*), »Der Kommissar« (*Falco*), »Ich will Spaß« (*Markus*) oder »99 Luftballons« (*Nena*). Natürlich gab es auch kredibilen Sound und interessante Strömungen in dieser Zeit, die auch mich beeinflussten, doch dazu später.

Zu jener Zeit amorphte eine Vielzahl an Musikstilen, an denen sich die unterschiedlichsten Subkulturen ausrichteten. Dabei existierten die aberwitzigsten Crossover-Erscheinungen. Hier die Markantesten:

Da waren zum einen die Ökos und Müslis, Erkennungszeichen weiße Friedenstaube auf blauem Grund, *Atomkraft-* und *Baum-Ab-Nein-Danke!*-Aufkleber auf Ente oder Kasten-R4. Man trug blaue oder weiße Latzhosen und Overalls. Weite, selbst gestrickte Pullover, ausgebeulte T-Shirts, lange bunte Röcke und Indiakleider, galten als hip. Die Haare flatterten mindestens schulterlang, wenn möglich rasta-like verfilzt. In der Hauptsache hörte man *angeturnten* Sound:

Einfachen, psychedelischen (Kraut)Rock und Protestlieder von holländischen, deutschen und österreichischen Barden – oder Reggae. Ausdruckstanz war angesagt!

Die Popper hingegen kultivieren Tolle und Dauerwelle! Immer frisch gestylt! Man gab sich konform und unpolitisch (ähnlich den Tedds der 60er). *Sehen und gesehen werden ist des Poppers Glück auf Erden*, hieß der allgemein gültige Spruch. Der Konsumstil des Poppers (oder New Romatics) war anspruchsvoll. Allein aufgrund dieser Tatsache glaubte man, sich von den Spießern abgrenzen zu können. Transportmittel war die Vespa. Man hörte *Spandau Ballet* (»True«), *Roxy Music* (»Jealous Guy«), *ABC* (»The Lexicon of Love«). Der Popper rauchte Dunhill und benutzte Düfte von Cartier oder Lagerfeld. Er trug Karottenhosen, Polohemden, Lederkrawatten, Cashmere Pullover mit V-Ausschnitt und Rautenmuster und an den Füßen Slipper mit Bömmelchen und Burlington-Socken. Die weibliche Version: Frisch geschminkte Mädchen, lange, edle Röcke, Blusen und Stöckelschuhe.

Die Punks hingegen liefen so abgerockt als möglich durchs Leben: Nach oben gegelte Stachelfrisur, zerrissene Klamotten, Lederjacken mit aufgesprayten »A«-Zeichen, Totenköpfen und Stahlnieten. Piercingringe durch Lippen gezogen, durch Nasenflügel, durch Zungen, durch Augenbrauen – Loch an Loch, die Ohrmuscheln getackert. Nicht selten trug Punk eine Ratte auf der Schulter spazieren und wurde dabei von einem Rudel abgemagerter Köter flankiert.

Punkmusik hatte sich aus Glam- und Garagenrock entwickelt. *The Stooges* mit *Iggy Pop*, der später »Godfather des Punk« genannt werden sollte, hatte ebenso den Weg zum Punk geebnet wie *Lou Reed* mit *Velvet Underground*, *Blondie, Alan Vega (Suicide), New York Dolls* oder nach Aussagen der späteren Punk-Band *Buzzcocks* auch die deutsche Band *Can*. Den Durchbruch erfuhr Punk in seiner anarchistischsten Form allerdings erst mit den *Sexpistols* und ihrem Jahrhundertalbum »Never Mind The Bollocks, Here's The Sex Pistols«. Es folgten Bands wie *Generatin X, The Clash* oder die Rock'n'Roll Punks *Ramones*. Der *Tanzschritt Pogo* hatte es uns angetan: Man sprang exstatisch in die Höhe, um sich gegenseitig anzurempeln, anzubumpen, anzuspringen – und dabei möglichst auf den Beinen zu bleiben. Je voller die Tanzfläche, desto größer der Spaß!

Die New-Waver hingegen kleideten sich zumeist ganz in Schwarz. Man trug sogenannte Pikes (Winkelpicker) an den Füßen und schminkte die Augen mit Kajal, bevor man die Wohnung im langem schwarzen Mantel oder in schwarzer Lederjacke verließ. *The Cure* mit Robert Smith oder *The Sisters of Mercy* zählten mit ihrem psychedelischen New-Wave-Punk zu den Galionsfiguren dieser Szene.

Natürlich existierte damals bereits die Szene der Rocker und Heavy Metall-Fans, der *harten* Jungs und Mädels. Sie rasten zu den Festivals – egal ob auf Yamaha, Suzuki, BMW, Honda oder Harley Davidson: Hauptsache schnell und laut. Jeans- oder Lederkutte, Totenkopfhalstuch, Stiefel, >Bölkstoff< und ohrenbetäubende Ghettoblaster bei jedem Open Air zur Hand: *AC/DC, Iron Maiden, Judas Priest, ZZ Top, Guns and Roses, Whitesnake, Metallica* waren und sind ihre Helden.

Und leider gehören auch sie dazu, um die Aufzählung zu komplettieren: Die Skins! Army-Klamotten, Springerstiefel, Glatze, Hitlergruß. Bands wie die *Bösen Onkelz, Vortex, Die Alliierten* gehör(t)en dazu. Skins und Hools, Rechtsextreme, jederzeit bereit, mit aller Brutalität auf Schwächere einzuprügeln.

Nicht zu vergessen die Linken, die Marxisten – die Querdenker, die sich aus den Gruppen der Ökos, Künstler und Punks zusammensetzen. Doch dazu vielleicht später.

Wir, meine Band und ich, bewegten uns damals schon zwischen allen Fronten. Will sagen, wir hatten gerade begonnen Musik zu machen, und holten uns unsere Inspiration, quer durch die Bank.

Wir würden an diesem Abend unser Programm zum letzten Mal durchspielen, bevor wir es am kommenden Wochenende Live auf die Bühne brachten. Der Proberaum (Underground, drei Stockwerke unter der Erde) empfing uns mit seinem ureigenen Geruch nach abgestandenem Rauch, schalem Bier und Körperausdünstungen. Die Wände mit alten Sperrmüllteppichen abgehangen, um den Schall ein wenig zu schlucken, waren mit Portrais von Lou Reed, Jim Morrison und Ian Curtis gepinnt. Die einzige Beleuchtung des Raumes rieselte aus einer Ampel – lediglich die gelbe und die rote Birne funktionierten noch. In einer Ecke türmte sich das Leergut, in der anderen technische Ersatzteile.

Es war kalt. Ich zündete die beiden Gasflaschen und rieb mir die Hände am erglühenden Aufsatz. Dabei warf in einen kritischen Blick Richtung Entfeuchter. Einmal im Monat schleppten wir eine 50-Liter-Wanne 45 Treppenstufen Richtung Ausgang, um sie in der Gosse zu entleeren. Ja, diese Bude war feucht, sie stank nach Schimmel. Der Steinboden war übersät mit Zigarettenkippen und der Teppich, der sich unter dem Schlagzeug befand, war gespickt mit Brandlöchern. Doch trotz alledem fühlten wir uns hier zu Hause. Das war unser Reich. Hier lag unsere Freiheit! Es fühlte sich richtig an, vor dem Mikrofon und am Bühnenrand auszurasten. Ja, ich hatte es drauf, den Funkenflug zu entfachen – authentisch, mein Inneres nach Außen gekehrt. Ich beobachtete die Jungs, wie sie sich auf die Probe vorbereiteten. Wir waren eine eingeschworene Gemeinschaft. Ritchi, unser neuer Drummer, stimmte zunächst die Hängetoms, spannte dann die Snare und bröselte wenig später einen riesigen Joint auf der Standtom. Andy modulierte einen Sound auf seinem Keyboard, Tom zog eine neue Gitarrenseite auf und Kai sortierte eine Reihe von Effektgeräten zu seinen Füßen. Zu meiner Rechten befand sich ein Sperrmüllregal auf dem sich Kassettenrekorder und Plattenspieler befanden. Wir schnitten nahezu jede Probe mit, damit wir uns auch am Folgetag und mit nüchternem Kopf an unsere genialen Geistesblitze während irgendwelcher Sessions erinnern konnten.

Unser Programm bestand zu Dreiviertel aus eigenen Nummern. Daneben coverten wir in eigenwilliger Interpretation: »Like A Rolling Stone« von *Bob Dylan* (heute noch einer meiner Lieblingssongs), »All Along The Watchtower« von *Jimi Hendrix*, »Sheena Is A Punk Rocker« (*The Ramones*) und neuerdings eine Nummer von den

Doors.

Ich legte die Platte noch einmal auf, wollte den Song noch einmal hören, bevor wir ihn gleich coverten: »Riders On The Storm« von *The Doors*. Ich liebte *Jim Morrisons* Stimme – und ich fühlte mich geschmeichelt, wenn man ihn in meiner Stimme entdeckte. Ich für meinen Teil wollte mich da allerdings nicht festlegen. Ich hörte sowohl *Jim Morrison* durch, als auch *Lou Reed, Tom Waits, Mark E. Smith* von *The Fall* oder *Ian Curtis* (*Joy Division*).

Ich legte den Text auf den Notenständer, setzte die Nadel vorsichtig auf die Platte und lauschte den ersten Tönen. »Hey Paul........«

S C R A T C H! ....

Es war Kai, der mit seinem Basshals gegen das Regalbrett donnerte, als er sich zu mir umdrehte.

»Shit!«, schrie ich.

»Shit!«, schrie er.

Seitdem ist er drin, ist er drauf, der Kratzer:

»Ride**RS ON THE STO**rm«

Paul im Hier und Jetzt

20 • 17

»Riders On The Storm« gehört bis heute zu meinen Lieblingssongs! Ich strecke mich. Wohlig. *Ein ganzer Tag für dich alleine. Ein kompletter Tag ohne Schule – ohne Stundenvorbereitungen, Korrektur von Hausarbeiten, Klausuren oder Tests.*

Ich springe in die Hose, ziehe mir einen Kapuzenpullover über und sprinte über die Straße zur Bäckerei. Ich winke Mehmet und Tayfun zu, die ihren Laden vorbereiten. In zwei Stunden öffnet das >Yakamoz<.

Nein, ich möchte keinen Latte Macciato im Becher, erkläre ich dem blondierten Schminkmädchen hinter der Theke.

Abba warum nisch? Ertönt wie immer die gleiche Frage. *Schmeckt sooo gutt Maaahnn!*

Ich mache nicht mit, bei dieser unnötigen Müllproduktion! Waaaaaas?

Ich habe ihr mehrmals versucht zu erklären, dass alleine in Deutschland rund 2,8 Milliarden *Coffee To Go* Becher samt Plastikdeckel pro Jahr verbraucht werden. Dass man damit einen 300.000 Kilometer hohen Turm bauen oder sieben Mal in Form einer Kette die Welt umrunden könnte. Dass die Ozeane am Plastik ersticken ...

Ich hätte gerne ein Croissant und ...

.... und ein Körnerbrötchen, ich weiß. Mein Schminkmädchen lacht aus mir unverständlichem Grund, mit weit aufgerissenem Mund. *Vielleicht wartete sie auf ein Kompliment für ihr neues Zungenpiercing*, schießt es mir durch den Kopf. Ich schätze sie auf Anfang zwanzig. Sie ist hübsch, mit ihren braunen Kulleraugen – und ich weiß, dass sie tierlieb ist. Ich nehme mir vor, Chantal (so ihr Name) beim nächsten Mal eine Broschüre über durch Plastik umgekommene Meeresbewohner in die Hand zu drücken. Vielleicht bekomme ich sie ja noch bekehrt!

Als ich auf die Straße trete, bläst ein frischer Wind. Ich werfe einen Blick gen Himmel. Dunkle Wolken türmen sich auf. Schätze, in der kommenden Stunde wird der erste kräftige Schauer fällig. Perfekt, um den ganzen Tag abzuhängen und Musik zu hören. Ich schlendere zu Heiners Kiosk, pflücke mir eine Tageszeitung vom Ständer und decke mich mit Rauchwaren ein.

Wenig später zünde ich die Gasflamme unter der Espressokanne.

Ich bin voller Vorfreude auf einen Tag mit meinen >All Time Favorites< und beginne, kleine Stapel mit LPs auf dem durchgetretenen Dielenboden zu verteilen: *The Beatles, The Rolling Stones, Pink Floyd, The Doors* mit *Jim Morisson, The Velvet Underground* mit *Lou Reed* und *John Cale, David Bowie, The Cure* mit *Robert Smith, The Fall* (*Mark E. Smith*), *The Smiths* (*Morrissey*), *Oasis* und die *Gallagher* Brüder, *The Strokes, Manu Chao* und *Coldplay*. Nach kurzer Überlegung ergänze ich um *The Pretenders, Iggy Pop* – und weil mir danach ist, um *Rod Stewart, Frank Zappa* und *Bob Marley* (»Babylon By Bus«) mit »Is his Love« und »Posotive Vibration«.

Ich zünde mir einen kleinen Spliff an und starte meinen musikalischen Tag mit den *Beatles*. Ich habe mir die Alben »Sgt. Pepper's Lonely Hearts Club Band« (»Lucy in the Sky with Diamonds«), »Revolver« und das »White Album« (»Back in the U.S.S.R«) zurechtgelegt.

Ich summe, in mich versunken und ganz bei der Musik. Wenig später *rocke* ich durch die Wohnung, singe lauthals mit und widme mich den Dingen, die schon lange liegen geblieben sind: Blumen gießen, Bücher sortieren, Staub wischen, Wäsche zusammenlegen. Ich stopfe die Waschmaschine voll und wechsle danach zur nächsten Band.

Ich bleibe in England: »Don't Believe The Truth«. Das 2005 erschienene Album meiner Lieblingsband *Oasis* höre ich mir komplett an. Auskopplungen wie »Lyla«, »Important of Being Idle« und »Let There Be Love« wurden zu Charterfolgen. Das sechste Studioalbum der Gallagher Brüder wurde damals durch die Fachpresse hoch gelobt.

Ich schüttle den Kopf. *»Damals« wurde Musik tatsächlich noch rezensiert. Unglaublich!*

Der Boden meines Wohnzimmers ähnelt mittlerweile einem Gesamtkunstwerk, bestehend aus Einzelkunstwerken auf 31 x 31,5 Zentimetern. Darunter das 1966 von Klaus Vormann gezeichnete Beatles-Cover »Revolver«.

Daneben: weißer Kühlschrank, Stehlampe und Hoover auf pinkem Hintergrund (»Three Imaginary Boys«, *The Cure*) – wahre Kunstwerke verpacken »Over-Nite Sensation« (*Frank Zappa*), »Nursery Cryme« und »Foxtrott« (*Genesis*), »Scary Monsters« (*David Bowie*), »Viva La Vida« (*Coldplay*), »Night of The Town« (*Rod Stewart*), »Dig Out Your Soul« (*Oasis*), »Brick by Brick« (*Iggy Pop*) oder Andy Warhols Banane (*The Velvet Underground*). Fotorealismus bei *Pink Floyd:* Industrielandschaft mit schwebendem Schwein (»Animals«) oder Kuh auf grüner Wiese (»Atom Heart Mother«) ... wilde Collagen (»Exile on Main St.«, *The Rolling Stones*) ... schreiende Farben »Esperanza« (*Manu Chao*), nackter Hintern/schwarzer Handschuh (»Is This It«, *The Strokes*) ... und so weiter ... und so weiter ... und so weiter!

Ich gieße mir einen weiteren Tee ein und studiere das Cover von »Sgt. Peppers's Lonely Hearts Club Band«, auf dem in einer Collage 70 Persönlichkeiten aus aller Welt vereint sind – darunter Einstein, Oscar Wilde und William S. Burroughs. John Lennons Idee, Hitler, Jesus und Elvis Presley mit in die Collage einzubauen, wurde aus Angst, eine Kontroverse auszulösen, verworfen. LSD-Papst Timothy Leary propagierte das Cover, das in Zusammenarbeit mit Art Director Robert Fraser und Pop-Art-Künstler Peter Blake entstand, als das Abbild der »neuen freien Menschen«.

Jedes Cover - mit und ohne Botschaft - ein Kunstwerk

für sich! Meine Bude lebt und schwebt in Musik und Farben und Kunst.

Ich hole mein Handy hervor, schieße ein Foto und lade es auf Facebook und Instagram hoch – keine Ahnung weshalb. Wahrscheinlich weil ich glücklich bin und es der Welt (meinen Freunden) mitteilen möchte. Vielleicht auch aus Sendungsbewusstsein: *Nehmt euch Zeit, für Musik!*

SCRATCHES

- 8 -
RAUB

SCRATCH!

»Ho*TSTUF*f«

An diesen Kratzer erinnere ich mich wie heute! Doch der Reihe nach: Anfang der 80er war das *Inter-Rail-Ticket* DIE Möglichkeit, für wenig Kohle *ferne* Länder zu bereisen. Das wurde mir spätestens klar, als ich mit geschultertem Rucksack den Zug nach Athen bestieg. Und es wurde immer deutlicher, je weiter sich die Waggons Richtung Süden, Richtung Balkanroute bewegten. Wer viel Glück besaß, fand einen Sitzplatz in den hoffnungslos überfüllten Zugabteilen. Die meisten schliefen in den Gängen, den Kopf auf alternativen Reiseführern gebettet. Andere hatten die Gepäcknetze für sich okkupiert. Von oben regnete es abgekaute Apfelkitschen, leere Bierdosen, faule Furze und manchmal benutzte Kondome. Selbst bei den reichlich stattfindenden Grenzkontrollen stiegen sie nicht aus ihren Netzen herab. Heute lassen sich derartige Zustände in den Zügen der Deutschen Bahn kaum mehr ermessen. Man stelle sich die Ausdünstungen und den Gestank vor! Den Zustand der *Toiletten*. Müßig zu erwähnen, dass jeder Dritte einen Hund mit sich führte. Die gesamte Fahrt verlief übrigens im Schneckentempo. Der Zug schien in den Balkanstaaten an jeder Milchkanne zu halten. Andauernd (meistens dann, wenn man gerade in irgendeiner Ecke eingenickt war) erschienen Grenzpolizisten und Zöllner in wechselnden Uniformen. Ich müsste lügen, würde ich schreiben, dass einem von ihnen ein freundliches Wort über die Lippen kam. Anmaßend wäre ein viel zu schwaches Adjektiv für ihr Auftreten. Angsteinflößend würde es eher treffen. Manchmal ergaben sich angenehme Gespräche unter den Reisenden. Hin und wieder ergatterte man einen vielsagenden Augenaufschlag. Um anzubandeln war dies allerdings definitiv der falsche Ort. Wer wollte seine(n) Zukünftige(n) schon mit vor Dreck strotzenden Klamotten, mit schmutzigen Händen und Beinen, zerzausten, fettigen Haaren, dauergähnend, übel riechend, übellaunig und übernächtigt kennenlernen?

In der Nachbetrachtung könnte man einen romantisierenden Blick zurückwerfen, denn wir waren jung und das Kreuz noch intakt. Doch selbst nach all den Jahren und beim besten Willen, finde ich keine positiven Aspekte. Mit Ausnahme der Tatsache, dass uns dieses miefende Teil auf Eisenrädern in den Süden rollte. Langsam!

In Piräus bestieg ich eine Fähre, die mich zu den Kykladeninseln bringen sollte. Hatte ich gesagt der Zug, der mich von Deutschland nach Athen brachte, war überfüllt?

Nun ich muss die Gewichtung relativieren, denn was wirklich überbucht bedeutet, davon bekam ich erst eine Ahnung, als ich mich auf eines der Decks quetschte. Meine erste Station hieß Naxos.

Als ich das Boot schließlich verließ, wurden sie endlich wahr, die Versprechen, die ich auswendig gelernt hatte. Ich wusste nun, wo und auf welcher Insel, die absoluten Geheimtipps zu finden waren: Die beschaulichsten Tavernen, die preiswertesten Unterkünfte, der schmackhafteste Fisch, die einsamste Bucht, die älteste Windmühle und die malerische Kapelle, auf dem höchsten Gipfel der Insel gelegen, und täglich mehrmals per Esels-Karawane zu erreichen.

Ich rollte meinen Schlafsack aus und chillte die ersten Tage am Strand von Agias Prokopios in meinem versandeten Bettzeug. In der nahegelegenen Taverne wusch ich mir morgens das Gesicht, putzte die Zähne, rasierte mich und kämmte mir die Haare. In den ersten Tagen holte ich mir einen veritablen Sonnenbrand und hielt mich ununterbrochen im Schatten der Taverne auf. Wenn ich heute daran denke, läuft mir noch immer das Wasser im Mund zusammen – wenngleich aus der Warte des Feinschmeckers alles dagegen spricht: Moussaka, Tsatsiki, Gyros, griechischer Bauernsalat mit Feta und Oliven, Retsina, Mavrodaphne und Ouzo! Von der Taverne aus bot sich ein imposanter Blick auf dieses unbeschreibliche Blau der Ägäis – bei permanent stahlblauem Himmel. Nahezu jeder Strandabschnitt war für FKK freigegeben! Die Aussicht hätte wahrlich übler sein können.

Nach einer Woche machte ich mich mit einer der Fähren zur Nachbarinsel Paros auf. Auch hier kontrastierte das Blau des Himmels und des Meeres mit der komplett in Weiß getünchten Architektur der kleinen Würfelhäuser, Gassen und Kapellen.

Am Strand von Naoussa rollte ich, wie viele andere auch, meinen Schlafsack aus. Der Rucksack diente als Kopfkissen, und der angrenzende Pinienwald als Schattenspender. Auch hier hatte sich oberhalb des Strands eine Taverne etabliert. Und im Grunde genommen funktionierte alles so, wie am Strand von Naxos: Die Nasszelle, Klo (ohne Brille), ein wackliges Waschbecken (schätze die Ursprungsfarbe war Weiß) und ein Schlauch im Außenbereich, dienten zirka 50 Sonnenanbetern als Bad. Allerdings unterschied sich diese Taverne in einem zentralen Punkt. Zwischen den Weintrauben, die in aller Pracht im Spalier des Vordachs reiften, hatte der Besitzer eine Reihe von *Bose*-Lautsprecher mit Drähten und Kordeln festgezurrt. Neben dem griechischen Repertoire existierte eine mehr als dürftige Auswahl an internationalen Künstlern. Stavros, so der Name des Besitzers, besaß eine Scheibe von *Rod Stewart*: »Foot Loose & Fancy Free« (»If Loving You Is Wrong«, »Hot Legs«) und eine von *Derek & The Dominos* (»Layla and other assorted love Songs«). Mehrmals am

Abend spielte er »Litte Wing« und »Layla«. Zugegeben, Eric Claptons Gitarrensoli konnten auch mich verzaubern – nach dem zehnten Ouzo zumindest. Klar vermisste ich meinen Indie-Sound. Und Stavros besaß nur einen Plattenspieler, kein Tapedeck! Als *Clapton*-Fan durfte natürlich »Slowhand« in seiner Sammlung nicht fehlen. Und so schallte nicht weniger als fünf Mal pro Abend »Wonderful Tonight« über die von einem Sternenmeer erleuchtete Ägäis. Das vierte Album, zu dem tatsächlich auch die zerfledderte Hülle existierte, war »Black an Blue« von den *Rolling Stones*. »Memory Motel«, »Fool To Cry«, »Melody« – ein Album dessen oberflächliche Kratzer sich einem Lagerfeuerknistern gleich, unter den Sound legten.

Ich hatte die charmante Wienerin, Luisa hieß sie, an diesem Abend zum Essen eingeladen. Mir gefiel ihr Slang, die Art, wie sie sich bewegte, den Kopf in den Nacken schmiss und dabei kehlig lachte. Und außerdem sah sie auch g'sund aus, falls ihr wisst, was ich sagen möchte. Ich meine, körperliche Geheimnisse voreinander existieren nicht, wenn man den halben Tag gemeinsam nackt am Strand verbringt, sich gegenseitig News aus Nachrichtenmagazinen vorliest oder Schach spielt.

Stavros hatte an diesem Abend Probleme in der Küche, weshalb er mich bat (ich war seit drei Wochen Dauergast), mich um die Musik zu kümmern. Ich grinste Luisa zu: *Da wechseln wir gleich mal die Platte*, und Luisa lächelte zurück. Sie sah umwerfend aus in ihrem roten Spaghetti-

träger-Top.
»Un d'nach könnte mer noch ma nackert ins Meer springa. Wasch meinst?«
»Wie sonst«, grinste ich, und griff ihr im Vorbeigehen beherzt an den Arsch.
»Mach du das mit der Platten, ich geh derweil aufs Klo«, mit diesen Worten wogte ihr prächtiger Hintern an mir vorüber.

Ich erhob mich. Ich wusste, wonach mir war. Und als die letzten Töne von »Nobody Knows You When You're Down And Out« verklungen waren, legte ich »Black and Blue« auf den Plattenteller. Ich setzte die Nadel auf die dritte Nummer der ersten Seite auf: »Cherry Oh Baby« war Reggae angehaucht. Nach den ersten Takten, war mir allerdings doch eher nach »Hot Stuff«. Und so hob ich den Arm des Plattenspielers und ließ die Nadel auf die erste Nummer herabsinken.

»Pauuuuuuuuuuuuuuuuuul!!!«

Luisa, die gerade aus der Nasszone zurückkehrte, deutete mit dem Zeigefinger der rechte Hand, und mit vor Entsetzen aufgerissenem Mund, auf unseren Tisch am Rand der Terrasse. Ich drehte mich ruckartig über die Schulter und dabei passierte es. Ich blieb mit dem Ellbogen am Arm des Plattenspielers hängen:

SCRATCH!
»HoT STUFf«

Ich konnte es nicht fassen. Verfolgung aufnehmen, war zwecklos. Sie hatten meinen Brustbeutel mit sämtlichen Papieren, Traveller Checks und Bargeld an sich gerissen. Und ihr könnt vielleicht ermessen, welchen Aufwand der Verlust der Papiere nach sich zog! Ganz abgesehen davon, dass ich keine Kohle mehr besaß! Das Schlimmste war jedoch der Verlust des Walkmans. Und so war ich in den beiden folgenden Wochen dazu verdammt, die gleichen Platten wieder und wieder anzuhören. Ich schnorrte mich durch und wartete auf meinen vorläufigen Reisepass und auf Geldtransfers.

Ich schwor, >*nie wieder Griechenland*<. Obwohl die Griechen im Grunde genommen keine Schuld trugen. *Das nächste Mal wieder Ibiza,* brummte ich. Und so sollte es kommen: Jahr für Jahr, Ibiza!

»Black and Blue«: Auch heute noch mag ich diese Platte. Sehr sogar! Doch sobald die ersten Töne von »Hot Stuff« erklingen, greife ich automatisch an meine Gesäßtasche und überprüfe, ob die Haustür verschlossen ist. Schade, diese Nummer hätte ein besseres Memory verdient.

SCRATCHES

- 9 bis 11 -

VANDALISMUS

Ich lebte zu jener Zeit im Studentenwohnheim: 20 Quadratmeter Freiheit! Tür an Tür mit Jurastudenten, Mathematikern, BWLern, Biologen, Soziologen, Chemikern, Volkswirtschaftlern – und so weiter, und so weiter (die Psychologiestudentinnen waren die Schärfsten). Jeden Abend stiegen ausgelassene Parties in irgendeinem der Zimmer – oder einfach auf den Fluren. Man fand schnell zueinander.

Ich hingegen hatte nichts mit einer meiner Kommilitoninnen, sondern mit einer 17-jährigen Gymnasiastin. Kai zufolge war sie zu jung für mich, hatte sie es faustdick hinter den Ohren und würde mich noch vor so manche Herausforderung stellen. Eine Ahnung davon bekam ich, als sie mich eines abends mit einer Freundin besuchte. Nach zwei Joints befanden wir uns bald mitten in einem wilden Dreier.

Ja, ich war regelrecht vernarrt in sie. Tanja konnte mich um den Finger wickeln. Keine Ahnung wie oft sie mich in jener Zeit hinterging. Immer wieder drangen *Gerüchte* an meine Ohren. Doch ich schob sie beiseite. Winkte ab, wenn Kai mir in den Ohren lag: *Sie setzt dir Hörner auf!* Offensichtlich war ich verblendet, wollte die Wahrheit nicht sehen. Im Gegenteil, ich verhalf ihr zu Alibis und deckte das Lügenkonstrukt, das sie ihren Eltern auftischte.

Als ich für ein verlängertes Wochenende einen alten Freund in Berlin besuchte, zeigte ich mich generös. Ich drückte ihr die Schlüssel zu meiner Studentenbude in die Hand: *Hier, dann hast du ein wenig Ruhe vor deinen Eltern. Hier ist nicht nur mein, sondern auch dein zu Hause. Wir gehören zusammen,* hatte ich ihr zum Abschied zugeflüstert.

Als ich vier Tage später - in Vorfreude Tanja wiederzusehen - die Wohnungstür aufschloss, traf mich der Schlag. Nein, es waren nicht die leeren Pizzakartons, die leeren Flaschen, Tabakbeutel und Zigarettenschachteln. Es war auch nicht das schmutzige Geschirr, das sich auf der Couch stapelte. Auch nicht die zerschmetterten Gläser, nicht die herausgerissene Schranktür, der zerstörte Toilettensitz, das vollgekotzte Waschbecken und das aus der Fassung herausgebrochene Rollo. Was meinem Herz einen Stich versetzte, waren die aus den Hüllen gerissenen Platten, die wild verstreut vor der Anlage auf dem Boden lagen. Es brach mir fast das Herz, als ich das *Patty Smith* Album »Easter« unter einen leeren Wodkaflasche hervorzog. Mit bloßem Auge ließ sich erkennen, dass die Platte etwas abbekommen hatte. Ich schaltete die Anlage ein und legte die Platte auf den Teller.

SCRATCH!
»Be*CAUSE THE NI*ght«

Ausgerechnet, stöhnte ich vor Entsetzen auf. Leider sollte dies nicht die einzige Platte sein, die zu Schaden gekommen war. *David Bowis* Album »Heroes« hatte es mit einem langen tiefen Kratzer genauso erwischt wie das Meisterwerk »Combat Rock« (»Should I Stay Or Should I Go«) von *The Clash* oder »Some Girls« (»Miss You«) von den *Stones*.

Besonders hart hatte es die deutschsprachige Fraktion getroffen: Die *Nina Hagen Band* (»TV Glotzer«) und auch das Album ihres Freund *Herman Brood* (»Shpritsz«). *The Spliff* (»Déjà Vu«), *Fehlfarben* (»Monarchy und Alltag« mit »Ein Jahr - Es geht voran«) – ja und auch (ich oute mich jetzt) *Nena's* erstes Album mit dem Kratzer auf »Nur geträumt«. Was mir jedoch schier das Herz zerriss, war das zerstörte Album »Warum geht es mir so dreckig« von *Ton Steine Scherben*. Ich hatte *Die Scherben* vor drei Monaten live gesehen – und ja, seitdem klang ich auch ein wenig wie *Rio Reiser*. In der Band drängte ich auf die erste Nummer mit deutschem Text.

Einschub: Auch Konzerte brennen sich in die DNA ein. In meiner existierten einige. Darunter auch besagtes Drei-Tage-Festival in einer besetzten Fabrikhalle mit *Can, The Unknown Case*s, Intermission, *Schroeder Roadshow, Bap, Die Toten Hosen.* Sowie der Berliner Fraktion mit den revolutionären Industriesounds der *Einstürzenden Neubauten* sowie *Die Ärzte* und eben *Ton Steine Scherben*.

Ich ließ meinen Blick schweifen und entdeckte zu meinem Entsetzen auch noch das, unter einer Pizzaschachtel begrabene und vor Fett triefende, weiße Kartoncover der Doppel-LP »Keine Macht für Niemand« (ebenfalls *Scherben*). Das Album war heil geblieben, bis auf:

SCRATCH!
»Keine Ma***CHT FÜR NIEM***and«

Als ich aber die LP »Warum geht es mir so dreckig« unter die Lupe nahm, brach es mir fast das Herz. »Macht kaputt was euch kaputt macht« war ruiniert. Die Platte sprang und krachte von Rille zu Rille:

»Ma**CH** kap***UTT WA***s euch ka***PUTT M***acht«

Ich beendete die *Beziehung* am folgenden Tag und wechselte nie wieder ein Wort mit Tanja.

PS: Natürlich besitze ich nach wie vor sämtliche oben genannte LPs. Und richtig, ich will nicht wissen, was aus Tanja wurde!!!

- 12 -
WILD UND FREI

»Wir reden über die Zeit, in der es keinen Computer, kein Handy und erst recht kein Internet gibt. Es existieren keine Mails, keine SMS, MMS, Bluetooth oder sonstige, unverzichtbaren Errungenschaften der Zivilisation. Geräte wie Discman, I-Pod, Mp3-Player oder Digicam müssen noch erfunden werden. Heute, keine 30 Jahre später – unvorstellbar!

Stattdessen gestalteten wir unsere eigenen Kassetten-Tapes – Freundschafts- und Liebeserklärungen, mit viel Liebe und Fantasie zusammengestellt. Video *hatte noch nicht den Radiostar gekillt* – nicht wirklich. Die Musik wurde noch von Hand gemacht – und sie hatte auch noch eine Bedeutung: Sie war unser Leben! Die 80er waren verdammt intensiv, schnell und gut!

Wie gesagt, viele der heutigen Errungenschaften waren noch nicht vorhanden. Es existierte kein Netz und folglich auch keine elektronischen Communitys. Und trotzdem fanden wir zusammen.

Wir konnten ohne Angst vor Aids und ohne Gummi ficken – wo und wann immer uns die Lust dazu überkam. Ist das etwa Nichts?

Die 80er sind die Zeit des New Wave und der Punk-Musik. Der soziale Hintergrund ist geprägt von *No Future*. Das Leben in der Subkultur ist unruhig, schnell und in ständiger Bewegung. Wir liebten das Leben in versifften Proberäumen, in heruntergekommenen Kneipen und chaotischen Wohngemeinschaften. Der Alltag war geprägt von Verweigerung, Hassliebe zum Konsum und der verzweifelten Suche nach einem Halt. Der Abgrund, oft zum Greifen nah. Der Strohhalm ist die Musik.

Anfang der Achtziger kippte die soziale Stimmung: Es war die Zeit der Spekulanten und Hausbesetzer. Die Zeit der Street-Fighting-Men. Die Ära der Großdemonstrationen gegen den NATO-Doppelbeschluss, Atomkraft, Wohnungsnot und Umweltvergiftung. Pflastersteine flogen, Bullen knüppelten, Menschen verloren ihren Wohnraum.« *(Georg Vetten: »Eins. Zwei. Eins. Zwei. Drei. Vier - Die Achtziger!«)*

Ich engagierte mich an der Universität im Asta. Es gab genug zu tun! Startbahn West, Brockdorf, Gorleben, Wackersdorf. Bedrohung durch Pershing und Nato-Doppelbeschluss, die Demo im Bonner Hofgarten mit 300.000 Friedensdemonstranten! Kampf gegen die Ära Kohl in Deutschland. Kampf der Thatcher-Ära in Großbritannien.

Es war die Linke, die sich engagierte, leicht erkennbar durch ein schwarzes >A< auf weißem Button am Parker-Revers. Sie vermischte sich mit den Aktivisten der Öko-Szene. Auf Demos trug man schwarze Sturmhauben. Beide Gruppierungen brachten entscheidende gesellschaftliche Veränderungen: *Greenpeace, Robin Wood. Die Grünen* wurden gegründet. Ich erinnere mich an Versammlungen mit Joseph Beuys. Später ließ sich Joschka Fischer im Bundestag in T-Shirt und Turnschuhen vereidigen.

Es gab viel zu tun: Umweltskandale! Tschernobyl. Inferno im Reaktorblock 4. Supergau in der Ukraine. Eine Katastrophe mit einer 200 Mal höheren Strahlung als in Hiroshima oder Nagasaki. Zunächst regnete die radioaktive Wolke über Norwegen, Schweden und Dänemark ab – dann über uns. Wir lernten die Bedeutung von Becquerel. Die Schulen fielen aus, die Kühe durften nicht auf die Weide. Wild, Geflügel, Pilze, Milch, Wasser, Gemüse, Tee - sämtlich verdorben. Die *kleineren* Katastrophen der 80er: Exxon Valdes, Umweltkatastrophe vor Alaska. Waldsterben! Großbrand beim Chemiekonzern Sandoz in Schweizerhalle bei Basel, Löschwasser verseucht den Rhein. BASF und BAYER nutzen die Gunst der Stunde und verklappen Unmengen Gift in den Rhein. Hauptsache das Fischbrötchen schmeckt! Indien, Bhopal: Giftgasunfall in einer US-amerikanischen Pestizidfabrik. 8.000 Menschen werden direkt getötet. Im Verlauf der folgenden 20 Jahre sterben weitere 20.000 Menschen an Folgeerkrankungen!

Doch das Bewusstsein, schärft unsere Sinne! Wir machen es zum Öko- und Peace-Jahrzehnt. Jute statt Plastik. Band Aid: »Do They Know It's Christmas«, »We Are The World«.

Später öffnete sich die Szene den Computersounds, der Hiphopper-Szene (Graffiti, Breakdance) und der

Rapper (Trainingsanzug in Ballonseide, Skateboard). Gegen Ende dieses Jahrzehnts erlebten wir Gorbatschow, Glasnost (Offenheit), Perestroika (Umgestaltung) und den Mauerfall zwischen Ost und West am 9. November 1989. Doch gehen wir einen Schritt zurück:

»Mit einmal befanden wir uns mittendrin. Wir gehörten zur Hausbesetzter-Szene, denn der Fabrikhalle, in der sich unser Proberaum befand, drohte die Abrissbirne. Zeitgleich elektrisierte uns Punk, als logische Weiterentwicklung unseres Lebens. Denn die romantischen Aspekte des Hippie-Seins hatten über die Jahre sämtlich Schiffbruch erlitten. Unsere Welt stürzte ein. Alles wurde in Frage gestellt. Vor allen Dingen musikalisch.

Sid Vicious mit »God shave the Queen«, Bands wie *The Stranglers, The Jam, The Clash* oder *The Slits* peitschten uns mit schneller, harter, provozierender Musik ein. Jugendarbeitslosigkeit, Wohnungsnot, atomare Bedrohung, Hassliebe zum Konsum – No Future! Und New Wave: Ob *Talking Heads, B52's, Devo, Television* oder *Blondie*, ob *Specials, Police, Joe Jackson* oder *Elvis Costello*, ob Rock'n Roll Punk von den *Ramones* oder *Cramps*, ob *Ian Dury, XTC,* die *Buzzcocks, Tuxedomoon,* die *Dead Kennedys, Blurt* oder *Siouxsie And The Banshees*, wir feierten den Aufbruch – und zwar jede verdammte Nacht! Konsequenz: Die langen Hippiezöpfe fielen den stumpfen Scheren der Punk infizierten WGs zum Opfer. Die Häkelpullover flogen in die Ecke.

Denn auch in Deutschland ging die Post ab. *PVC, Hans-A-Plast, Slime* oder *Die Straßenjungs*. Kein Sound schien unmöglich. Die Neue Deutsche Welle bot Nischen für Bands wie *Kraftwerk, Palais Schaumburg, Abwärts, Ideal, Fehlfarben, Tödliche Doris* oder *Einstürzende Neubauten*. Täglich schossen neue Fanzines aus dem Boden. Woche für Woche hörte man von neuen Independent-Labels. Punk riss uns mit. Ein wahnwitziger Sog. Und niemand konnte auch nur ahnen, wo die Reise hingehen sollte.

Zugegeben wir hinkten der Zeit hinterher. In London und New York entwickelte sich Punk bereits Mitte der 70er. Spätestens Ende der 70er mit dem Hype der *Sex Pistols,* rückte er ins gesellschaftliche Bewusstsein. Mitte der 70er entfalten sich zudem New Wave und Neue Deutsche Welle. Wie gesagt, bis dies alles zu uns durchdringt, vergeht einige Zeit. Zeitverzögert, aber immerhin, wir waren infiziert.

Wir hielten uns mit Kellner- und DJ-Jobs über Wasser. In der WG ging's hoch her. Kai, Mario und ich, wir waren der festen Überzeugung: jetzt! Das ist die beste Zeit unseres Lebens! Wir hatten den vollsten Kühlschrank und die schärfsten Bräute der Stadt. Und täglich schickten wir süße Qualmwolken in die Atmosphäre. Wir wussten plötzlich, was wir wollten: *Joy Division, The Cure, The Fall* oder *Velvet Underground*, das war unsere Welt, so hatte es zu klingen. Wir liefen nicht herum wie Punks, auch wenn wir

Punkmusik spielten. Nein, bei uns gab's keinen Irokesenschnitt, keine Ratten und keine grünen Haare. Irgendwann wurden die Klamotten nicht mehr Türkis, sondern Schwarz gefärbt: Lederjacken, T-Shirts, Jeans, Stiefel und die vom Schlaf zerwuselten Haare – alles SCHWARZ.«
(Georg Vetten: »Eins. Zwei. Eins. Zwei. Drei. Vier - Die Achtziger!«)

The Cure mit Sänger *Robert Smith* faszinierten mich. Alben wie »Three Imaginary Boys«, »Seventeen Seconds«, »Faith« – oder später »The Head On The Door« markierten Meilensteine: sphärisch, hart, psychedelisch und queer zu poppigen Ohrwürmern gedreht. In diesem Sinne empfehle ich »Japanese Whispers«. Doch das Album, das mich auch heute noch immer in Ekstase versetzt: »The Cure Live«: Wenn »The Walk«, »Charlotte Sometimes«, »A Forest« oder »10:15 Saturday Night« ertönen, werde ich unberechenbar. Und genau mit der Nummer »A Forrest«:

»*A FORE*st«

... passierte das Malheur. Brannte sich der Scratch mit einem widerwärtigen Sound in die Platte:

Wir waren noch in den Anfängen mit der Band, und mit dem, was uns vorschwebte. Manchmal ist das nicht so einfach. Vor allen Dingen, wenn du die Planung deiner Zukunft mit vier anderen Ego-Shootern angehst. Wir hatten uns bereits ein wenig einen Namen gemacht. Und ehrlich gesagt, fanden wir uns selbst ganz schön geil! ›Avantgardistisch‹ hörten wir gerne. *Velvet Underground, Lou Reed, John Cale,* konnten wir unterschreiben. Blind. Und da waren natürlich auch die Einflüsse des Punks: *The Clash, The Ramones* (»Sheena Is A Punk Rocker). New Wave: *Talking Heads* (»Psycho Killer«). Ska und Reggae Routs. Songschreiber wie *Bob Dylan* oder *Tom Waits*, flossen mit ein. Meine Stimme klang mehr und mehr nach einer Mischung aus *Jim Morisson* und *Lou Reed*. Natürlich gefiel mir das; vor allen Dingen, wenn dies den Zuhörern auffiel.

Wir spielten mehrstündige Kollektivimprovisationen, ausgiebige Sessions, hypnotische Rhythmusorgien. Und ich fühlte, wie ich hinter dem Mikrofon aufging – in der Musik, in mir selbst - und mit den Zuschauern! Nicht selten betraten wir die Bühne ohne Programmablauf. Wir legten einfach los. Mit fünf Session- Ideen unterhielten wir unser Publikum spielend eine Stunde und länger. Unser Sound war sicherlich nichts für jedermann, man benötigte schon starke Nerven, um sich auf unseren Trip einzulassen.

Wir spielten an diesem Tag auf einer Vernissage in einer unbekannteren Galerie. Der Organisator der Ausstellung war ein befreundeter Fotograf.

An diesem Abend flogen wir mit einer größeren Entourage ein. Freundinnen und Freunde von Freunden, hatten sich uns angeschlossen und trugen Gitarrenkoffer, Boxen, Ständer, Verstärker, Becken und Trommeln hinter uns her, um sich somit kostenlosen Eintritt zu verschaffen. Wir wirkten wie eine wilde Horde, wenn wir gemeinsam einen Raum einnahmen. Wir waren uns unserer Ausstrahlung durchaus bewusst. Wir wussten, dass die Aufmerksamkeit, dass die Blicke in jenem Moment uns gehörten.

Ich hatte Marita im Schlepptau und war mir selbst nicht so ganz im klaren darüber, was das nun wieder zu bedeuten hatte. Es gab eine Zeit, da wurde ich aus mir selbst nicht schlau.

Vor gut einem Jahr hatte ich mich in Marita verliebt. Unser Techtelmechtel (sie hatte einen Freund oder auch nicht – ganz schlau bin ich diesbezüglich nie geworden) hielt ein paar Wochen. Wurde beendet, wieder gezündelt, beendet – On/Off. Dann hatten wir uns aus den Augen verloren. Vor vier Tagen waren wir uns zufällig über den Weg gelaufen. Bis zu diesem Zeitpunkt knabberte ich hart an der Trennung von Britta, die mir nach sechs Monaten den Laufpass gegeben hatte. Einfach so! Bitch!

Marita war auf den ersten Blick nicht mein Typ. Fast zu groß für mich, kantige Leichtathletikschultern und blonde Haare, die leicht ins rötliche tendierten. Doch sie besaß das schönste, wärmste und strahlendste Lächeln der

Stadt. Und ich hatte das Gefühl, sie lächelte dieses Lächeln nur für mich: Die Grübchen ihrer Wangen strahlten mit ihren Lippen um die Wette, die sich weit aufzogen und fast umstülpten.

Im Vergleich zu ihr grinst Julia Roberts wie ein Trauerkloß, hatte ich Kai grinsend zugezwinkert. Rückblickend hat niemals mehr ein solch wundervolles Lächeln voller Herzenswärme den kleinen Paul beglückt.

Wir hatten uns nach dem Soundcheck, kurz vor unserem Gig, auf eine Empore zurückgezogen. Von hier aus bot sich ein hervorragender Blick über Bühne und Galerie. Wir fühlten uns wie in einem Vogelnest, ließen Joints kreisen und beobachteten die Szenerie: Langsam strömten die Besucher durch das eiserne Eingangstor und bedienten sich im vorderen Bereich an Drinks und Canapés. Mit einmal erblickte ich Britta. *Schau an,* dachte ich bei mir. *Was hat die denn hier verloren?* Doch ich fand keine Zeit mehr, mich mit dieser Frage zu beschäftigen, denn just in dem Moment wurde unser Auftritt angekündigt.

In den folgenden 90 Minuten, kehre ich mein Inneres nach Außen. Die Band groovt in meinem Rücken. Die Funken fliegen von uns zum Publikum und wieder zurück. Immer heftiger, immer orgastischer wird dieser Funkenflug. Ich singe, ich schreie, ich winsele, hauche. Ich springe in die Luft und schmeiße mich auf die Knie. Die Lichter sind grell. Der Sound ist geil. Der Schweiß läuft mir in Kaskaden über den Rücken. Das weiße Rüschenhemd hat zwischenzeitlich ein Eigenleben entwickelt. Die Säume des Hemds hängen über der schwarzen *Edwin*. Die Knopfleiste ist bis zur Gürtelschnalle aufgerissen. Offensichtlich habe ich den linken Hemdsärmel an der Kante einer Box aufgeschlitzt. Der weiße Stoff hat sich an dieser Stelle Rot verfärbt. Ich spüre nichts. Ich schreie aus voller Kehle und mit geschlossenen Augen, als wir uns zum Refrain unseres *Hits* jammen. Als ich die Augen öffne, erblicke ich Britta. Für den Bruchteil einer Sekunde treffen sich unsere Pupillen. Sie schaut mich mit offen stehendem Mund an.

Im Anschluss an den Gig zogen wir uns in unser Vogelnest zurück. Ich beobachtete Britta, die penetrante Blicke zur Empore schmiss. Offensichtlich wartete sie auf eine Geste, die sie einlud, zu uns in den VIP-Bereich zu stoßen. In diesem Moment überkam mich das triumphierende Gefühl: *Du bist drüber weg. Der Schmerz hat sich verzogen. Die Frau dort unten ist dir egal!* Ich wandte mich zu Marita, legte meine Hand in ihren Nacken und küsste sie. Ich hatte Lust mich zu verlieben!

Später machten wir es uns in Kais Zimmer auf dem Boden bequem. Der Raum glich einer riesigen Werkstatt: aufgeschraubte Kassettenrekorder, Plattenspieler und Gitarrenverstärker. Doch seine Bude bot mit Abstand den meisten Platz und er besaß die beste Anlage. Und so brach der Morgen nach einer durchzechten Nacht zumeist durch die verstaubten Jalousien seines Zimmers an. Wir öffneten die Sixpacks und schmissen das Tape in den Rekorder, um unserem Konzert in Auszügen zu lauschen. Marita kuschelte sich an mich, drehte mir eine Zigarette, steckte sie mir zwischen die Lippen und zündete sie mit einem Grinsen an. *Was ist nur mit diesen Augen los?* fragte ich mich. *Diese Tiefe. Dieser Glanz. Unglaublich. Ich könnte darin versinken. Ich verliebe mich. Jetzt! Genau in diesem Moment.*

Es war meine Entscheidung *The Cure* aufzulegen. Ich schwebte mit *Robert Smith*. Ich schwebte mit Marita. Wir lagen ineinander verkeilt – für die Ewigkeit! Ich fühlte mich frei, entspannt, zu Hause bei ihr. Und dann, wie aus heiterem Himmel, der Schlag! Der Tonarm, der über die Platte rutscht, die Nadel, die tief in den Rillen kreischt:

SCRATCH!
»*A FORE*st«

Wir schreckten auf. Wir waren weit weg, Marita und ich. Ich weiß nicht wo, doch es war wunderbar. In inniger Umarmung, zeitlupengleich ineinander versunken. Bei diesem Tempo würden noch zwei, drei Stunden vergehen, bevor es *zur Sache ging*. Ich wollte wieder zurück in diesen Zustand. Wollte mich retten unter die Decke, in diesen warmen Kokons.

Marita war ein Schatz! Doch ich habe ihn, wie so manchen anderen auch, verloren. Fragt mich nicht warum.

Heute kann ich nicht einmal mehr den Grund nennen, weshalb aus uns nichts wurde, weshalb wir uns aus den Augen verloren. Doch ich war zu jener Zeit viel zu sehr mit mir selbst beschäftigt. Im ständigen On- Off-Modus. Ich verfiel den weiblichen Reizen nur all zu gerne und allzu schnell. Nahezu jede Woche hätte ich mich aufs Neue verlieben können – und dieser Zustand sollte noch eine ganze Weile andauern. Bis ich Marie kennenlernte (doch dazu später).

Nachtrag zu den 80ern, einem Jahrzehnt, das uns zu Beginn *John Lennon* (»Imagine«) und *Bob Marley* (»Could You Be Loved«) nimmt. Sportlich prägten die 80er unsere Tennis Asse Steffi Graf und Boris Becker.

Und die Unterhaltung war nicht nur Independent, sondern wurde durch extremen Mainstream dominiert. Die nun genannten Titel befinden sich in der TOP 10 der 80er Jahre:

»Sun of Jamaica« (*Goombay Dance Band*), »Adios Amor« (*Andy Borg*), »Felicita« (*Al Bano & Romina Power*), »Santa Maria« (*Roland Kaiser*).

Spätestens mit *Billy Idol* (Schnute, *Becker-Faust*, *Ronaldo*-Attitüde) durfte sich bei »Flash For Fantasy« dann jeder wie ein Punk fühlen.

Die 80er: Unsere französischen Nachbarn landeten mit dem Teenykinohit »La Boom« einen internationalen Erfolg. In der Hauptrolle Sophie Marceau – man muss(te) sie einfach lieben. Denn auch *Punks* haben ab und an ein weiches Herz und den Hang zu Kitsch. Unvergessen der Soundtrack zum Film: »Reality« von *Richard Sanderson* oder »Your Eyes« von *Cook da Books*. Wo wir beim Film und Frankreich – und unter uns sind: Ich vergötterte Valérie Kaprisky (»Die öffentliche Frau«).

Bleiben wir beim Kino und einer Auswahl an Empfehlungen aus dieser Zeit: 1981 »Die Klapperschlange« mit Snake Plissken (Kurt Russel). 1984 »Es war einmal in Amerika« mit Robert den Niro und James Woods. EIN MUST! 1986 »Platoon« mit Charlie Sheen und Johnny Depp. 1986 »Down By Law« mit dem wunderbaren Tom Waits (»Downtown Train«), Roberto Benigni und John Lurie.

Die Österreicher injizierten uns den Ohrwurm »Life Is Life« von der Band *Opus* und der exzentrische Wiener *Falco* († 6. Februar 1998) schaffte mit »Rock Me Amadeus« den internationalen Durchbruch.

Und auch das *sind* die 80er: Seit 1984, seit nunmehr nahezu 35 (!) Jahren, weiß man spätestens dann, wenn dieser Song erklingt, dass Weihnachten vor der Tür steht: »Last Christmas« von George Michel († 25. Dezember 2016) – *Wham!*

SCRATCHES

Paul im Hier und Jetzt

20●17

Auf dem Balkon stehend grüße ich Tayfun, der vor das >Yakamoz< tritt, um eine Zigarette zu rauchen. Auf der Straße unter mir rauscht der Verkehr. Das Quietschen der Bahn animiert eine vor dem Discounter angeleinte Promenadenmischung zum lauten Gekläffe. Ich atme tief durch und nehme einen Schluck. In der Platane hat sich ein Wildtaubenpaar niedergelassen und tippelt gurrend über einen ausladenden Ast.

Ich weiß nicht, ob ich mich noch einmal auf die Suche begeben sollte. Vor zwei Jahren - mit The Cure und in einem sentimentalen Anfall - habe ich das Netz erfolglos nach ihr durchstöbert. Sie scheint wie vom Erdboden verschluckt. Nun ja, sie ist heute auch nicht mehr die Jüngste. Ich hoffe, dass das Leben gut zu ihr war – und nach wie vor ist.

Ich trete vom Balkon ins Zimmer und dimme das Licht. Ja, ich habe Lust noch einmal in dieser Erinnerung zu schwelgen. Ich trete vor das Plattenregal und ich weiß, sobald der erste Ton des Albums ertönt, läuft alles auf den Höhepunkt hinaus. Auf die eine Stelle, auf den Scratch:

»*A FORE*st«

Dieser Kratzer wird mich ewig mit dir verbinden, Marita. Und ich frage mich, ob auch deine Gedanken bei mir sind, wenn du diesen Song irgendwann noch einmal hören solltest.

- 11 -
FRUST UND REFLEXION

Es waren leichte Jahre. Ich schwebte. Doch es gab auch diese bitteren Momente. Ich steckte jede Mark in die Musik. In Platten, in die Gesangsanlage, in die anteilige PA. Um es unmissverständlich auszudrücken: Wir hatten kaum was zu Fressen im Kühlschrank, nachdem wir unsere Kellnerjobs geschmissen hatten. Ich besaß drei zerrissene Jeans, zwei Jacken, eine Handvoll Pullover, ein Paar Stiefel und ein Paar Turnschuhe. Ich durchstöberte den Sperrmüll nach brauchbaren Dingen, um sie aufzuarbeiten und später auf Flohmärkten wieder zu verkaufen. Wir spielten jeden Gig für 100 Mark und teilten den Gewinn nach Abzug der Ausgaben (Sprit und Döner) durch fünf.

Irgendwann war ich soweit, mein Schlagzeug zu verramschen: Die Trommeln, die Becken, die Snare, Fußmaschine und HiHat. Es reichte für eine Weile (wir ernährten uns von Reis mit Marmelade). Und dann, ich erinnere mich wie heute - es war an einem Samstagmorgen - schleppte ich einige Meter meiner Plattensammlung zum Secondhandladen. Darunter befanden sich Scheiben (*Jugendsünden*) von denen ich mich leichten Herzens trennte (*Barclay James Harvest*: »Gone To Earth«) aber auch Schätze wie »Sticky Fingers« von *The Rolling Stones*.

Es brach mir das Herz!
Irgendwann wurde uns bewusst, dass es so nicht weiterging. Und so verdingten wir uns wieder der Kneipenarbeit, obwohl diese Jobs das gemeinsame Proben und Auftreten erheblich erschwerten. Doch das ökonomische Jammertal ließen wir auf die Weise schnell hinter uns. Ein halbes Jahr später suhlten wir uns wieder im Überfluss.

Ich traf mich mit den Jungs. Mit Kai, Andy, Ritchi und Trampas. Es versprach ein warmer Frühlingstag zu werden, wie fürs Kicken geschaffen. Die Saison ging in die finale Phase. Mit ein wenig Glück, würden wir in der kommenden Saison international spielen. Wir machten uns Hoffnungen auf den fünften oder sechsten Platz. Mit der Band stand es hingegen nicht zum Besten. Es krachte im Gebälk. Wir führten Auseinandersetzungen hinsichtlich Ausrichtung, Stil und Ziel. Doch all das sollte heute, an diesem heiligen Samstag, außen vor bleiben. Schließlich trafen wir auf den Tabellenführer. Wir ergatterten Karten für die Kurve.

Stunden zuvor hatten wir uns mit einem Cocktail aus Bier, Tequila, Speed und Punkmusik aufgeputscht. Wir pogten die komplette Scheibe »Never Mind The Bollocks Here's The Sex Pistols« durch. Dabei waren zwei Stühle und eine Topfpflanze zu Bruch gegangen. Meinen heiß geliebten wackligen Nierentisch mit mosaikbesetzter Oberfläche konnte ich gerade noch retten. Irgendwer hat ein großes Brandloch in meinen grasgrünen Dreisitzer gebrannt. Die Kiste Bier war leer.

Wir hatten also ganz gut vorgeglüht, als wir uns in die Bahn quetschten und mit den anderen Fans wippend Richtung Stadion rollten. Die Vorfreude auf Bratwurst, Bier, Schlachtgesänge und dem unschlagbaren »Youl'll Never walk Alone«-Feeling elektrisierte uns!

Drei Stunden später war klar, dass wir es verdammt schwer haben würden, uns unter die besten Sieben der Liga zu platzieren. Kai ging sogar soweit, zu behaupten, es sei ein Segen, dass wir zu diesem Zeitpunkt der Saison hinsichtlich der Punktezahl nichts mehr mit dem Abstieg zu tun hätten. Ansonsten sähe es - bei der momentanen Leistung finster aus - behauptete er. Wir waren den Kommandos des Capos gefolgt und hatten unsere Mannschaft angefeuert. Lauthals schreiend, ließen wir uns über die Leistung des Schiedsrichters (>Schieber<) aus. Wir verfluchten den Trainer und die lauffaulen *Söldner*, die wir in unsere aufgeblähten Kader mitschleppten.

Nach 90 Minuten verloren wir ziemlich deutlich. Natürlich hätte das Spiel anders laufen können, da waren wir uns einig: Hätten wir nur in der ersten Hälfte den Elfer bekommen. Genau den, der der anderen Mannschaft zu Beginn der zweiten Hälfte zu Unrecht zugesprochen wurde. Und da war unser reguläres Tor, das nach Intervention des beknackten Linienrichters zurückgenommen wurde, weil es angeblich aus Abseitsposition erzielt wurde. Und und und! Kleinigkeiten: Nicht gegebene Ecken und Einwürfe. Fouls die nicht für uns aber immer gegen uns ausgelegt wurden. Wir waren wieder einmal total verpfiffen worden!

»So wird das nichts mit Europa!« Kai trat mit Wucht gegen das Absperrgitter, als die Mannschaft nach Spielschluss zur Kurve marschierte.

Trotz der unglücklichen Vorstellung gab es nur vereinzelte Pfiffe aus dem Block. Die Mannschaft wurde mit Applaus und Gesängen empfangen. Wir waren leidensfähig. Sehr! »Wie gerne würde ich die Jungs nach England, Spanien oder Italien begleiten«, brummte Kai deprimiert, als wir das Stadion verließen.

»Vielleicht klappt's ja noch«, übte ich mich in Optimismus. »Die nächsten Gegner sind schlagbar!«

Wir waren frustriert. Der Stachel saß tief. Ohne ein Wort darüber zu verlieren, war uns allen klar, dass wir den Abend gemeinsam und mit viel Alkohol ertränken würden.

Kai drehte die Anlage auf. Das Bier war gekühlt, der Tequila auch. Irgendwann war die Aufarbeitung des Spiels abgehakt. Logisch, dass wir schnell beim brennendsten Thema, beim Thema Band waren. Anlass unserer Auseinandersetzungen war das Angebot eines Labels. Statt uns jedoch als Band mit eigenem Programm, mit eigenen Songs zu signen, sollten wir in eine Form gestanzt werden, um in eine ihrer passenden Schubladen zu verschwinden. Statt englischer Texte, sollten wir nun in Deutsch singen. Man präsentierte uns weich gespülte Songs und entwickelte eine Vision, wie wir optisch vermarktet werden sollten.

Statt uns, wie so oft gegenseitig zu zerfleischen, hinsichtlich Pro und Contra oder Kompromiss, nahmen wir uns an diesem Abend das große Ganze zur Brust.

»Ich habe die Diskussion noch genaustens im Ohr. Die kastrierten Philosophen beim Versuch Musikgeschichte, Leben, große Politik und Rock'n'Roll zu durchleuchten. Wir formulieren Kernsätze und schwören auf unsre Dogmen. Es hörte sich in etwa so an:

Da machst du Musik zur Selbstverwirklichung, und dann sollst du mit dem letzten Stolz, der dir verdammt nochmal geblieben ist, Ausverkauf betreiben. Verdammt! Wir bescheißen uns selbst. Wie ne Nutte, wie ne gottverdammte Nutte musst du dich verkaufen! Als Musiker bist du echt das Allerletzte. Du bist deine eigene Ware und obendrein auch noch deren Verkäufer.

Der Trend ist da, die Leute fahren nur noch auf Sound ab und nicht mehr auf Inhalte. Hört euch alte Hendrix-Platten an, das ist ein scheiß Sound und trotzdem kommt's rüber. Heute fährt alles nur noch auf den perfekten Sound ab und dazu ein paar bunte Video-Clips.

Wird alles zentral geregelt, höre ich mich sagen. Schaut euch unseren Produzenten an, ist doch auch nur ein kleiner Angestellter mit Anweisungen. Alle, ob Manager, Ver-

leger oder Toningenieur, alles nur kleine Lichter. Wisst ihr, dass die gesamten deutschen Plattenfirmen nur Tochtergesellschaften großer amerikanischer Label sind? Und die wiederum unterstehen sogenannten Großkonzernen, die ihre Aktien genauso in der Öl- oder Rüstungsindustrie haben. Interviewausschnitt mit Keith Richards gefällig? Ich kramte in meinem Bücherregal:

„Wie kann man noch auf die verdammte Plattenfirma aufpassen, wenn man sich zusammenreißen muss, um jeden verdammten Abend da oben auf der Bühne zu stehen? Jemand anders regelt die Sache mit der Kohle. Wir haben herausgefunden, und viele Jahre hat es nicht gedauert, bis wir's herausfanden, dass all die Kohle, die wir für die Decca machten, dass die für kleine schwarze Kästen draufgingen, die sie in die amerikanischen Air Force-Bomber einbauten, mit denen sie dann verdammt nochmal Nord-Vietnam bombardierten. Die nahmen die Kohle, die sie an uns verdienten und steckten sie in die Radarabteilung von ihrer Firma. Das war's. Gottverdammt, man findet plötzlich heraus, dass man mitgeholfen hat, wer weiß wie viele Tausende von Menschen umzubringen, ohne es überhaupt zu ahnen. Da war mir die Mafia schon lieber als die Decca." (Greenfield, Robert 1973, in: Chapple/Garofalo 1980)

Am Ende sind es immer das Establishment und die Industrie, die Trends kommerzialisieren: Hippieklamotten und zerrissene Jeans von der Stange. Selbst Punk haben sie aufgekauft, stellte Ritchi damals lakonisch fest. Jetzt stolperst du an jeder Ecke über gestylte Punks, die frisch vom Friseur kommen und dafür auch noch Kohle abdrücken. Gehen die ganze Woche über malochen, um mit dem Schotter ihre Punk-Klamotten zu finanzieren. Die haben wirklich gar nichts kapiert! Rasierklingen als Ohrringe, DAS Symbol einer zerrissenen Existenz, verramscht in den Schmuckabteilungen der Kaufhäuser. Eine zum Schein von Freiheit vollendete Manipulation! Musik, ein Lebensgefühl, das im Reklame-Charakter untergeht.

So philosophieren wir die halbe Nacht und kommen schließlich wieder zum Anfang unsrer Überlegungen zurück: *Okay, wir sind Musiker! Mit aller Konsequenz! Wir ziehen das Ding durch!«* (Georg Vetten »Eins. Zwei... Eins. Zwei. Drei. Vier - Die Achtziger«)

Wir hatten Pizza bestellt. Zwischenzeitlich das Spiel mit dem *ZDF Sportstudio* endgültig aufgearbeitet und unsere aggressive Grundstimmung von Nachmittag und Vorabend mit Gras befriedet. Aus den Boxen dröhnten abwechselnd *Ramones, Talking Heads, The Cure, The Fall Umbrella Jumpers, Peter And The Test Tube Babies, John Cooper Clarke, The Velvet Underground* oder *Joy Division*.

Selten, und nur, wenn die Stimmung besonders friedlich und entspannt war und wir uns herrlich breit fühlten, dann legte ich das Album »Kein Mut, Kein Mädchen« von *Herwig Mitteregger* auf. Unsere favorisierte Nummer

»Rudi«! Eine psychedelische Klangwelt - in der Bridge mit dem Sound eines titschenden Tischtennisballs - brachte uns immer wieder zum erstaunten Kopfschütteln. Wir liebten die Zeilen!

»Hey Alter. Noch mal«, grinste Andy, als die Nadel auf die Leerlaufrillen rutschte.

Ich war gerade im Begriff, den Arm noch einmal auf die Anfangsrille des letzten Songs von Seite 2 zu balancieren, als mir Kai einen Stoß in die Rippen versetzte. Mit der Frage:

»Willst du auch ziehen?«, kam es zur Duplizität der Ereignisse, denn ob des Stoßes scratchte ich die Nadel auf »Rudi« herab:

SCRATCH!
»RuDI«

Paul im Hier und Jetzt

20 • 17

Die Turnstunde neigt sich dem Ende. Ich atme durch. Schließlich bin auch ich nur ein Mann. Ich finde, sie treibt es in letzter Zeit eine Spur zu weit. Diese offensichtliche Anmache kann den anderen Schülern nicht entgangen sein. Ich räume die Bälle in den Schrank. Dann sammle ich die Leibchen ein, die wild verstreut im Mattenraum herumliegen. Leise fluche ich vor mich hin, während die letzten Schüler der Oberprima die Halle verlassen. Mittlerweile fühle ich mich durch ihre Blicke regelrecht genötigt. Wenn ich mir ihr Turnoutfit so anschaue, könnte sie im Grunde gleich nackt durch den Unterricht hüpfen. Es ist nicht so, dass ich sie nicht charmant oder anziehend finden würde. Ja, wenn ich ehrlich bin, fühle ich mich durchaus ein wenig geschmeichelt. Manchmal erwische ich mich dabei, dass ich mich ein wenig gehen lasse. Meine Augen einen Moment zu lange, auf ihren langen Beinen ruhen. Ich es nicht schaffe, schnell genug den Blick von ihr loszureißen, wenn sie mich fixiert und ich für einen Augenblick in ihren blauen Augen versinke.

»Aus der Dusche kommt nur kaltes Wasser!«

Ich zucke zusammen. Hat sie sich auf Zehenspitzen in die Halle zurückgeschlichen? Oder bin ich einfach zu sehr mit meinen eigenen Gedanken beschäftigt?

»Ich bin kein Klempner«, antworte ich, ohne mich nach

ihr umzudrehen.

»Was soll ich denn jetzt tun?«

»Kalt duschen vielleicht?«, schlage ich vor.

»Aber Herr Peters!«

Ich vernehme das Schlagen des Außentores. Höre, wie die letzten Schüler die Halle lachend verlassen.

»Paul!«

»Es ist mir entgangen, dass wir uns duzen«, antworte ich entnervt und drehe mich zu ihr um.

»Ach, Paul!«

»Lizzy was machen Sie da?« Kurz stockt mir der Atem. Mir wird leicht schummrig und ich stütze mich am Barren ab.

»Na, was denkst du denn?«

Sie streift das kleine blaue Frottee Handtuch lasziv über ihre Schulter und schaut mir tief in die Augen, als das Nichts zu Boden segelt.

»Paul!«

Sie macht einen Schritt auf mich zu. Ich starre sie an. Ich muss lange in meinen Erinnerungen wühlen, um mich an ein Paar solch prächtiger Brüste zu erinnern.

»Lizzy, ziehen Sie sich an«, sage ich tonlos. Ohne in den Spiegel zu schauen, weiß ich, dass ich hochrot angelaufen bin.

»Paul, ich will dich. Ganz. Und gar. Und jetzt!«

Sie steht nun ganz nah. Ich spüre ihre Hitze. Rieche ihren Sportschweiß der mir süß in die Nase steigt.

»Lizzy! Ziehen Sie sich an! Sofort!«

»Aber!«

Sie berührt meinen Arm. Streift meine Schulter mit ihrer Brust.

»Schluss! Nehmen Sie eine kalte Dusche. Die wird Ihnen gut tun.«

Ich stoße Sie zurück, so dass sie ins Taumeln gerät und rücklings auf die Matten fällt. Das Bild, das sich nun meinen Augen bietet, bringt mich beinahe aus der Fassung. Sie ist splitternackt. Sie liegt dort, auf der Matte – mit frisch rasiertem Venushügel. *Ist sie vollkommen irre? Welche Drogen, die wohl nehmen mag?*, schießt mir eine, nicht unberechtigte Frage, durch den Kopf.

»Keiner ist hier! Wir sind alleine«, haucht sie. »Komm zu mir!« Sie streckt ihre Hand aus.

»Lizzy!« Ich bekomme kein weiteres Wort über die Lippen. Meine Hände umklammern die Stangen des Turnbarrens. Dann lösen sie sich langsam.

»Sie ziehen sich jetzt an!!! Und ich hoffe, Sie haben Ihre Hausarbeit dabei«, versuche ich, das Thema zu wechseln. »Ich werde Sie später in Geografie richtig rannehmen!«

»Ich wünschte, du würdest mich jetzt rannehmen.«

Ich stürze an ihr vorbei Richtung Umkleide und von dort zum Ausgang. *Mein Gott, schießt es mir durch den Kopf. Das war knapp!*

Ich weiß, das klingt wie in jedem zweiten (Soft)Porno.

Fantasien eines alten Sacks, denkt ihr? Glaubt, was ihr wollt!

Es folgt eine Stunde in der Quarta III., der sich eine Freistunde anschließt. Immer und immer wieder schießt mir dieses Bild durch den Kopf, wie sie dort, vor mir auf der Matte, liegt. Ihre blauen Augen scheinen überzulaufen: Wild, ungezügelt, frei! Ihre langen, schwarzen Haare liegen wie ein Heiligenschein um ihr Haupt drapiert ... Es fällt mir schwer, mich auf die letzte Schulstunde des Tages zu konzentrieren.

Zwei Stunden später sitzt Lizzy wieder vor mir in Geografie. Ich blättere im Klassenbuch. Ich weiß, dass sie keine Ruhe geben wird. Dass sie es immer und immer wieder versuchen wird. Ich beobachte aus den Augenwinkeln, wie sie ihre langen Beine unter der Bank reckt. Will sie mich ruinieren?

- 12 bis 14 -
EIN NEUES LEBEN

Die Band brach auseinander. Wir scheiterten. Müßig drüber zu philosophierten, weshalb. Auf den Punkt gebracht: Den Independent-Labels war unser Sound zu poppig, den Major-Labels fehlte die Single. Das war's.

Anfang der 90er spielte Musik deshalb zum ersten Mal nicht mehr DIE zentrale Rolle in meinem Leben. Andere Dinge gewannen Priorität: Der Abschluss meines Studiums, das Referendariat. Und dann knallte Marie in mein Leben – und *wenig später* Janis. Doch der Reihe nach.

Die Grenze war nun offen. Helmut Kohl versprach blühende Landschaften und Norbert Blüm wurde nicht müde zu erklären, dass die Renten sicher seien.

1990 werden wir mit dem Trainer Franz Beckenbauer Fußballweltmeister in Italien.

1991 Golfkrieg: Der Irak überfällt Kuwait. Die Alliierten unter Führung Amerikas befreien den Golfstaat.

Beim Massaker von Srebrenica werden an die 8.000 Bosniaken getötet. Zwischen 91 und 95 zerfällt Jugoslawien in Slowenien, Kroatien, Mazedonien und Bosnien-Herzegowina. Der Balkankrieg fordert insgesamt über 120.000 Todesopfer. Der Völkermord in Ruanda kostet zirka 1.000.000 Menschenleben. Nach dem Ende der

Apartheid wird Nelson Mandela zum ersten schwarzen Präsidenten Südafrikas gewählt. Prinzessin Diana, die Prinzessin der Herzen, stirbt bei einem Autounfall in einem Pariser Straßentunnel. *Sir Elton John* huldigt sie mit »Candle in The Wind«. Der Fellatio-Skandal um den amerikanischen Präsidenten Bill Clinton und seiner Praktikantin Monika Lewinsky *erschüttert* die Welt. Mobiltelefone finden zunehmend weitere Verbreitung. Ab 1998 wird es >in< per SMS zu kommunizieren. Die Computerisierung schreitet fort. Fax-Geräte werden en vogue. Ab Mitte der Neunziger, beginnt sich die E-Mail zu etablieren. Der digitale Anrufbeantworter erobert den Markt. Die CD setzt sich als Massenspeichermedium beim PC durch. 1996 wird die DVD eingeführt. CD-Brenner werden am Ende des Jahrzehnts handelsüblich. Mit dem World Wide Web, wird das Internet populär. Per Modem wird es möglich, sich über die Telefonleitung ins Internet einzuwählen. Die ersten Internetcafés schießen aus dem Boden. Der Discman löst den Walkman ab. Computerspiele wie »Lara Croft« und Konsolenspiele (»PlayStation«) entfachen einen wahren Flächenbrand.

Das Fernsehen differenziert sich in Spartenprogramme (Kinder, Sport, Teleshopping). >*Late-Night*< wird mit »Die Harald Schmidt Show« in Deutschland salonfähig. >*Hans Meiser*< tritt den Boom der Daily Talks los. Es gibt die *Tigerente, die Diddl-Maus* und das *Tamagotchi*. Die neue

Seriendroge von David Lynch und Mark Frost heißt *Twin Peaks* (ich habe sie verschlungen).

Aids greift um sich und streckt seine scharfen Krallen aus. 1991 stirbt *Freddie Mercury (Queen)*. Ein Abschiedskonzert im Wembley Stadion wird weltweit übertragen.

1993 wird der Musikfernsehsender VIVA aus der Taufe gehoben. Mit >*Popkomm.*< entsteht in Köln die größte Musikfachmesse der Welt.

Die Mode: Das Jahrzehnt läutet den Hype der >Arschgeweihe< und der Tattoos ein. »Der Spiegel« tritt durch ein Interview mit VIVA-Moderatorin Heike Makatsch, den Trend der >Girlies< los.

Die Neunziger: Wir besuchten Flohmärkte. Inlineskates lösten die Rollschuhe ab und Go-Go-Tänzerinnen tanzten an Stangen.

Das amerikanische Kino unterhält uns mit »Petty Woman« (*Roy Orbinson*), *Jurassic Park, Titanic* (*Celine Dione:* »My Heart Will Go On«), *Basic Instinct, Body Guard* (*Whitney Houston:* »I Will Aways Love You«), *Das Schweigen der Lämmer, The Big Lebowski* (*Bob Dylan*: »The Man in Me«), *Forrest Gump* – oder auch *Pulp Fiction mit* John Travolta (*Cool And The Gang:* »Jungle Boogie«, Urge Overkill: »*Girl You'll Be A Woman Soon*«, Al Green: »Let's Stay Together«). Deutsche Produzenten brachten Filme wie *Der bewegte Mann, Lola rennt* oder *Go Trabi Go* in die Kinos.

Und musikalisch? Es etablierten sich neue Stilrichtungen: Hip-Hop, R&B, Techno, Trance, House, Rave, Jungle, Drum and Bass und Trip-Hop.

Die Radios und die Musik-TV-Sender heulten uns die Ohren mit Eurodance voll: *Haddaway* (»What Is Love?«), *Ace Of Base* (»All That She Wants«), *Snap* (»Rhythm Is A Dancer«), *Dr. Alban* (»It's My Life«, »Sing Hallelujah«), *Culture Beat* (»Mr. Vain«), *Milli Vanilli* (»Girl You Know Its True«), *Mr. President* (»Coco Jamboo«), *Aqua* (»Barbie Girl«) oder *Lou Bega* (»Mambo No.5 - A litte Bit Of«).

Einzelne Musikrichtungen fragmentieren mehr und mehr. Beispiel an Heavy Metal gefällig? Ende der Sechziger, durch die Biker-Hymne »Born To Be Wild« von *Steppenwolf* angeheizt, ist er ein Sog für Bands wie *Black Sabbath, Judast Priest, Motörhead, Iron Maiden*. Doch plötzlich kommt es zur Glaubensfrage ob man auf >Glam Metal<, >Trash Metal<, >Death Metal<, >Gotik Metal<, >Black Metal< oder <Extrem Metal< steht.

Die 90er waren das Jahrzehnt der Boy Bands wie *Take That, Backstreet Boys, *NSYNK* oder *East 17,* einerseits. Andererseits auch das des Techno: Die Love Parade in Berlin mit Techno- und Rave-Acts wie *Marusha, Scooter* (»Hyper, Hyper«) und Sounds von *Faithless* (»Insommia«) elektrisierten Millionen. Mich nicht! In Deutschland starteten *Tic TacToe* (»Ich find dich scheiße«) durch. *Westernhagen* (»Affentheater«) füllte Stadien, die *Kelly Family* (»Over The Hump«) auch. Doch es gab auch sie, die Lichtblicke: *Die Fantastischen Vier, Freundeskreis* mit *Xavier Naidoo* oder Helge Scheider (»Katzenklo«). Natürlich existierten die Klassiker: *Udo Lindenberg, Tina Turner, die Stones, Prince, Areosmith, Guns'n'Roses, Lenny Kravitz, David Bowie, Iggy Pop, The Fall, New Order.*

Halt! Es gab eine Band, die Anfang des Jahrzehnts mit dem Album »Blood Sugar Sex Magik« (»Under The Bridge«) und Ende des Jahrzehnts mir »Californication« Meilensteine setze: *Red Hot Chilli Peppers!* Ich liebte sie für ihren unkonventionellen, übersteuerten Sound!

Ansonsten plärrte amerikanischer und englischer Mainstream aus den Radios: *Michael Jackson, Pet Shop Boys, Depeche Mode, No Doubt, Madonna* (»Like A Virgin«), *Kylie Minogue, Paul Young, U2, Britney Spears* – und natürlich *Joe Cocker* (»With A litte Help From My Friends«) der sich, wie in jedem Jahrzehnt, mit mehreren Alben zurückmeldete.

Ehrlich gesagt, konnte ich da mit Hip-Hop mehr anfangen: *Run DMC, Salt'n'Pepa, Puff Daddy.* Doch welch ein Glück, dass neben den neuen Trends wie Drum and Bass, Trip Hop, R&B sowie Säuseleien von *Sarah Brightman* oder *Celine Dione* noch gute, handgemachte Gitarrenmusik gespielt wurde.

Grunge Sound, im Underground von Seattle geboren, machte Anfang des Jahrzehnts das karierte Holzfällerhemd populär. Ich liebte *Nirvana* (»Smells like Teen Spirit«). Der Tod von Kurt Cobain am 8. April 1994 kam viel zu früh. *Pearl Jam, Alice In Chains* oder *Soundgarden* erklommen zeitweise die Spitzen der Charts.

Eine zaghafte Pop-Punkwelle meldete sich mit Bands wie *Green Day* oder *The Offspring*. Und dann existierten schließlich Nischen für Cross-Over-Acts wie *The Prodigy, Limp Bizkit, Linkin Park, Rage Against The Maschine*. Die isländische Künstlerin *Björk* lässt aufhorchen (Tipp: »Dancer In The Dark«). Bombastische Festivals wie >Hurricane<, >Wacken<, >Bizarre< oder >Rock am Ring< etablierten sich – all das, waren die 90er.

Meine persönliche musikalische Rettung, entsprang allerdings aus britischem Independent-(Garagen)Sound der achtziger Jahre: Der Britpop wird mit Bands wie *Oasis, Blur, The Verve, Pulp, Primal Scream* oder *The Stone Roses* geboren. Ich verehre die *Gallagher* Brüder bis heute!

Und ansonsten? Beim Einkaufen quälte uns *Ricky Martin* – und da existierte natürlich auch noch der »Wind of Change« von den *Scorpions*. Noch heute überkommt mich der Reflex, mir die Ohren zuzuhalten, wenn dieser Song gespielt wird.

Bei mir drehte sich der Wind, als Marie in mein Leben trat. Plötzlich war sie da!

Sie stand vor der Theke und bestellte einen Wodka-Lemon. Ich legte damals drei Mal pro Woche auf, im *Blue Moon*. Ich kellnerte, putzte am kommenden Morgen durch den Laden, wienerte die Holzböden und schrubbte die Pissoirs. Ich hatte einen für Musiker typischen Job ergattert, mit dem ich mich über Wasser hielt. Ich studierte, mehr schlecht als recht, und wartete gemeinsam mit den Jungs auf den Durchbruch.

»Kannst du mir noch etwas Eis in das Glas geben?«
Ihre wachen Augen funkelten mich an. Ich schwöre, ich kann mich wie gestern an diesen Moment erinnern. Die Szene hat sich tief in meine DNA eingebrannt. Marie war Norwegerin, erfüllte aber keines der mir gängigen Klischees. Nein, sie war nicht strohblond und blauäugig. Sie trug ihr brünettes Haar schulterlang – und ihre dunklen Augen besaßen eine Tiefe, in die ich mich auf der Stelle hinein stürzen wollte. Ich hielt mich am Tresen fest, während sie sich auf der anderen Seite der Bar auf den Handlauf stütze und mit ihrem Glas vor meiner Nase wedelte. Ihr Dekolette und ihr Brustumfang gaben mir den Rest.

Ein Segen, dass der Laden ausgerechnet an diesem Abend dürftig besucht war. So fand ich Zeit, unseren Flirt ungebremst fortzusetzen. Im Grunde genommen war vom ersten Augenkontakt an klar, wo das Ganze enden würde. Marie hatte am Ende der Theke Platz genommen, dort wo sich mein DJ-Pult befand. Uns trennten lediglich Bar und Handlauf. Ihre Präsenz versetzte mich in Hochspannung. Nicht, dass ich zu zittern begann. Doch ich wurde zunehmend unkonzentrierter. Ich verschüttete Drinks, rechnete falsch ab oder vergaß, die Platte zu wechseln. Wenn ich - ihr den Rücken zugewandt - Flaschen aus dem Regal zog, fühlte ich förmlich, wie sich ihre Blicke in meinen Rücken bohrten.

»Machst du mir noch eine Drink?«

Ihr bezauberndes Lächeln setzte sich in den Grübchen ihrer Wangen fort. *Du verbrennst, du bist verloren. Was passiert hier,* schoss es mir beinahe ängstlich durch den Kopf.

»Hast du *Echo Beach*?«

Die Eiswürfel in ihrem Glas klirrten, als ich ihren Drink umrührte. Wir hatten Hochsommer. Es war ungewöhnlich heiß. Die Deckenventilatoren hatten ihre Waffen gestreckt. Keine Milderung in Sicht.

»So tief in die 80er zurück«, fragte ich mit einem Augenzwinkern, als ich ihr den Drink über die Theke reichte. »Da wars du doch gerade mal 10 Jahre, als *Martha and the Muffins* mit dem Song die Charts stürmten.«

»Charmeur«, grinste sie und rutschte langsam vom Hocker. »Na los, ich möchte tanzen!«

Ich nickte. Mit einem einzigen Griff hielt ich das Cover (Motiv Landkarte) in den Händen. Ich setzte die Nadel auf und wenig später tanzten 25 Gäste ausgelassen vor der Theke. So verwarf ich meinen ursprünglichen Plan, den Abend ausschließlich mit *Pixies, The Fall* und *Eels* zu bespielen und switschte auf die Achtziger. Ich suchte Tanzbares, es musste schnell gehen, denn »Echo Beach« hatte eine Länge von 3:38. In Windeseile fand ich mit »Love Shack« von *The B-52's* den Anschluss. Es folgten Songs wie »Fade To Grey« (*Visage*), »The Wild Boys« (*Duran Duran*), »Shout« (*Tears For Fears*), »Don't You« (*Simple*

Minds), »The look of Love« (ABC), »Sweet Dreams« *(Eurythmics)*, »Leaves in Silence« *(Depeche Mode)* usw. usw.

»Kannst du noch einmal *Echo Beach* auflegen?«

Die Anzahl der Gäste hatte sich zwischenzeitlich halbiert. Die Zeiger der Uhr bewegten sich langsam auf zwei Uhr zu. Sie blickte mir tief in die Augen und steckte den Filter der Gauloises mit einem verwegenen Grinsen zwischen ihre blutroten Lippen. Ich zückte das Zippo. Die Flamme brannte. Und als sie ihre Hand auf meine legte, um das Feuer an die Spitze der Zigarette zu führen, durchzuckte mich ein Blitz.

»Das geht eigentlich gar nicht! Kein ernstzunehmender DJ legt den gleichen Song zweimal am Abend auf!«

»Ich weiß! Aber für mich?«

»Nur für dich«, hauchte ich heiser und zog meine Hand - mit der nach wie vor brennenden Flamme - langsam zurück.

Einen Moment später warf sie die Hände in die Luft und sang lauthals mit. Mittlerweile beäugten uns die verbliebenen Gäste: Neugierig! Niemandem schien zu entgehen, was hier vor sich ging. Marie tanzte mich an, die Arme weit vom Körper gestreckt, so als wolle sie mich umarmen. Glaubt mir, ein nahezu ekstatisches Gefühl überkam mich, als ich zum Rhythmus in die Hände klatschte und hinter der beengten Theke mit tanzte. Begeistert riss ich das Spültuch zum Polieren der Gläser von meiner Schulter und schwang es in Kreisen grölend durch die Luft. Vier fünf ekstatische Umdrehungen und dann ...

... *SCRATCH!*

Ohrenbetäubend! Über die gesamte Platte, bis zur Auslaufrille hin – queer drüber:

»Ec*HO BEA*Ch«

Marie schlug die Hände vor den Mund. Die letzten Gäste zahlten. Ich verschloss die Tür, löschte die Neonreklame über dem Eingang und dimmte die Lichter im Inneren des Klubs. »Das ist dann jetzt wohl auf ewig unser Song.« Marie schenkte mir ein unergründliches Lächeln.

»Schlimm mit der Platte?«

»Na ja ... hmmmm ... man wird's hören«, antwortete ich. Ich werde das Album ersetzen. Und die Scheibe hier (ich wedelte mit dem Cover) mit nach Hause nehmen. Quasi als Andenken«, grinste ich.

Marie nestelte in ihrer Tasche:

»Darf ich zahlen?«

»Machst du Witze?«, antwortete ich bewusst theatralisch.

»Bin ich eingeladen?«

»Immer«, hauchte ich und beugte mich zu ihr über das Thekenbrett hinab. »Darf ich dich noch auf einen Drink einladen?« Unsere Blicke verschmolzen.

»Hmmm«, war alles, was über ihre Lippen kam.«

»Okay, ich muss noch ein wenig aufräumen. Wir

packen die Platte ein und ...«

»Und?«

»Was hältst du von einem Eis mit frischen Erdbeeren? Meine Bude hat einen Balkon. Wir können die laue Sommernacht genießen und den ersten Vögeln beim Zwitschern in der Dämmerung lauschen. Lust?«

Marie legte den Kopf ein wenig schief (was ihr gut stand) und taxierte mich prüfend. Dann erhellte ein breites Grinsen ihr gesamtes Gesicht:

»Einverstanden«, lächelte sie.

Ich legte das Album »Transformer« von *Lou Reed* auf und machte mich daran, leere Gläser und überquellende Aschenbecher einzusammeln. Ich stellte die Stühle auf die Tische, um später durchzufegen und morgen zu wischen. Marie ging mir zur Hand.

»Dann sind wir schneller auf deinem Balkon«, hatte sie vielsagend gezwinkert.

Ihr Anblick brachte mich aus der Fassung. Sie trug eine eng anliegende, tief ausgeschnittene schwarze Bluse über einer Levi's 501, die ihr Hinterteil nahezu perfekt in Szene setze. Ich stand auf der Leiter, um die Flaschen im oberen Teil des Buffets aufzufüllen. Mit über die Schulter gedrehtem Kopf, beobachtete ich, wie sie sich bückte, um auf den Boden gesegelte Flyer aufzusammeln. Ihr nach oben gestrecktes Hinterteil brachte mich vollends aus der Fassung. Im gleichen Moment entglitt mir die Flasche Gin, titschte vom mittleren Stellagenbrett ab und krachte mit einem brutalen ...

... **SCRATCH** ... auf »Transformer«. Soeben hatte ich noch mitgesungen:
»Walk On Th**E WILD SID**e«
Marie schrie erschrocken auf. Und ich fluchte lauthals:
»Scheiße!!!«
»Oh Mann. Hast du mich erschrocken! Was ist denn los? Magst du keine Platten?«
»Sorry«, antwortete ich zerknirscht. »Sonst passiert mir das nie!«
»Das soll ich dir glauben?« Marie grinste. Ganz klar, sie versuchte, mich zu foppen.
»Hmmmm ...«
»Das ist dann bereits unser zweiter Song innerhalb von 30 Minuten. Wo soll das enden, Paul?« Sie prustete, schüttelte den Kopf und giggelte in sich hinein. »Da darf man nur hoffen, dass du bei anderen Dingen sensibler bist.«
Okay, du willst spielen? Das kannst du haben, grinste ich in mich hinein. Ich stieg von der Leiter mit einem lauten:
»Grrrrrrrrrrrrrrr ...« Ich breitete die Arme aus, zog eine Fratze und knurrte wie ein Monster. Langsam näherte ich mich dem Flipper, an dem Marie lehnte und sich vor Lachen den Bauch hielt. Sie beobachtete mich aus den Augenwinkeln und ergriff - Sekunden später - mit einem theatralischen Kreischen die Flucht. In den folgenden Minuten lieferten wir uns eine quietschende Verfolgungs-

jagd. Stühle kippten von den Tischen und Barhocker schlugen zu Boden. Nach der fünften Runde um den Billardtisch bekam ich sie schließlich zu fassen. Im gleichen Moment verfingen wir uns in einen stürmischen Kuss. Ich spürte die Hitze ihres Körpers! Ihre Leidenschaft! Sie presste mir ihr Becken entgegen. Ich rieb mich an ihr. Wenig später ließen wir uns auf den Billardtisch sinken.

Besagte Nacht endete schließlich doch noch auf meinem Balkon. Wir schauten in die Sterne und Marie schlief gegen Morgen in meinen Armen ein. Von diesem Zeitpunkt an, sahen wir uns fast täglich, süchtig aufeinander.

Keine Ahnung, wie ich es schaffte, in diesem Zustand mein Studium erfolgreich zu beenden.

Nach drei Monaten zogen wir zusammen. Wir waren sicher, dass wir uns binden wollten! Auch wenn sich damit eine Menge in unser beider Leben änderte:

Ich durfte mich damit arrangieren, dass mit einmal unbekanntes Mobiliar in meiner Wohnung Einzug hielt – und damit auch ein anderer Stil. Hatte ich zuvor in einem zusammengewürfelten Sammelsurium aus Trödel- und Sperrmüllmobiliar gehaust, so dominierte nun so etwas wie ein einheitlicher (Ikea)Stil die 65 Quadratmeter große Bude. Mit einmal hingen Rollos vor den Fenstern, lagen Teppiche auf dem Boden, strahlten farbenfrohe Vorhänge. Die Küche war nun als solche identifizierbar und ein neuer Klodeckel musste auch her. Zumindest hinsichtlich der

Medienecke konnte ich mich durchsetzen: Meine Plattensammlung dominierte die Stirnwand des Wohnzimmers. Im Gegenzug rang sie mir das Versprechen ab, die Wohnung von Verstärkern, Trommeln und Ständermaterial zu säubern. Besorgt stellte ich mir die Frage, ob ich nun spießig geworden sei.

Zeitgleich (die Krise schwelte bereits eine ganze Weile), zerfiel die Band. Es brach mir schier das Herz! Unausgesprochen war allen klar, dass damit ein Lebensabschnitt beendet war. Ich sagte es, ich war zerstört. Doch Marie fing mich auf. Ich betet sie an.

Und so stellte ich (Zeit hatte ich nun reichlich) die liebevoll gestaltete Reihe *Marie-Love Volume 1-3* für sie zusammen. Auf den Kassetten befanden sich kitschige, teils aus der Zeit gefallene, teils den aktuellen Charts geschuldete Lieder. Darunter befanden sich Songs, die sie mit summte, weil sie im Radio liefen – oder ihr einfach so über die Lippen kamen. Einige Nummern waren darunter, für die ich mich fremdschämte. Natürlich versteckte ich auch Stücke, mit persönlichen Botschaften an Marie sowie einige meiner Lieblingssongs. Der werte Leser bemerkt: Hier passt nichts zusammen. So soll es sein, wenn man allein den aufsteigenden Schmetterlingen folgt.

Marie-Love Volume 1, Seite 1

The Rolling Stones ..	»Angie«
Pretenders	»Show Me«
The Smiths	»I won't Share You«
Cat Stevens	»Father and Son«
Talk Talk	»Such a Shame«
Tina Turner	»Private Dancer«
Paul Young	»Everytime You Go Away«
The Cure	»Charlotte Sometimes«
Sinead O'Conor	»Nothing Compares 2 U«
Terence Trend D'arby	»Sign Your Name«
Kate Bush	»Wuthering Heights«
Eagels	»Hotel Calofornia«
Suzanne Vega	»Night Vision«
Art Garfunkle	»Bright Eyes«
Eric Clapton	»Tears In Heaven«

Marie-Love Volume 1, Seite 2

The Doors	»Light My Fire«
Kylie Minogue	»I Should be so Lucky«
Cindy Lauper	»True Colors«
Rod Stewart	»I Don't Want To Talk About It«
Lou Reed	»Perfect Day«
Elvis Costello	»She«
Marvin Gaye	»Sexual Healing«
Madonna	»Stay«
Harold Melvin	»If You Don't Know Me By Now«
Tom Waits	»Downtown Train«
Psychodelic Furs	»Love My Way«
Cindy Lauper	»Time After Time«
The Velvet Underground	»Stephanie Says«
Percy Sledge	»When A Man Loves A Woman«

Marie-Love Volume 2, Seite 1

Elton John	»Candle in The Wind«
Blondie	»Denise«
Elton John	»Your Song«
Roxy Music	»Dance Away«
The Specials	»A Message to You Rudy«
Velvet Underground..	»Pale Blue Eyes«
Jane Birkin	»Je t'aime ... moi non plus«
John Cale	»Halleluja«
Prince	»Sometimes It Snows In April«
Bob Dylan	»Blowin' in the Wind«
David Bowie	»Heroes«
Exile	»Kiss You All Over«
Billie Swan	»I can help«

Marie-Love Volume 2, Seite 2

Hot Chocolate	»You sexy Thing«
Culture Club	»Do You Really Want To Hurt Me«
Commodores	.»Nightshift«
Nick Cave & Kylie	»Where The Wild Roses Grow«
Can	»She Brings The Rain«
Leonard Cohen	»Suzanne«
Eric Clapton	»Wonderful Tonight«
The Bangles	»Eternal Flame«
Lionel Richi	»Endless Love«
Mick Jagger	»Hard Woman«
Bonnie Tyler	»It's A Heartache«
The Cars	»Drive«
R.E.M.	»Eveybody Hurts«
Billy Ocean	»Love Really Hurts Without You«

Marie-Love Volume 3, Seite 1

Billy Joel	»Just The Way You Are«
Sting	»Fields of Gold«
The Leather Nun	»I Can smell Your Thoughts«
Vanessa Paradis	»Joe le Taxi«
Richard Sanderson	»Reality«
Take That	»Babe«
Bee Gees	»How Deep Is Your Love«
Patricia Kaas	»Mademoiselle Chante Le Blues«
Die fantastischen Vier	»Tag am Meer«
Dire Straits	»Brothers in Arms«
Kate Bush	»Wuthering Heights«
Simon & Garfunkel ..	»Bridge over Troubled Water«
Sade	»Smooth Operator«

Marie-Love Volume 3, Seite 2

Neil Young	»Like A Hurricane«
Tracy Chapman	»Baby Can I hold You«
Whitney Houston	»I Will Always Love You«
Barry White	»Whatever We Had, We Had«
No Doubt	»Don't Speak«
Guns'n'Roses	»November Rain«
Stevie Wonder	»I just Called To Say I Love You«
George Michael	»Careless Whisper«
The Pretenders.......	»I'll Stand By You«
Prince	»Purple Rain«
The Beatles	»All You Need Is Love«
Elvis Preasley	»Can't Help Fall in in Love«
The Police	»Every Breath You Take«
Joan Amatrading	»Rosie«

Ein halbes Jahr später - ich hatte gerade mein Referendariat begonnen - wurde Marie schwanger!

Nach dem ersten Schock verfiel ich in Euphorie. Und als ich Janis Monate später in den Armen hielt, relativierte dieses Glücksgefühl auch all die schwierigen Momente, die ich mit Marie, während ihrer Schwangerschaft durchlebt hatte: Ihre Laune war extremen Schwankungen ausgesetzt. Es kam zu starken Gefühlsausbrüchen! Zu Übelkeit am Morgen. Mich nahm die Gesamtsituation mit: Als Referendar stand ich unter permanentem Stress. Zu Hause war die Stimmung oftmals getrübt oder explosionsartig geladen. Maries Körper veränderte sich, ihr Umfang nahm beängstigende Dimensionen an, irgendwann konnte ich mich ihr nicht mehr nähern. Wir endsexualisierten uns! Die Gesamtsituation belastete uns beide! Doch als Janis kleiner Körper zwischen uns im Bett lag und leise atmete, hatten wir uns angestrahlt: *welch ein Segen!*

Das erste Jahr verging schnell. Wir waren eine kleine Familie. Glücklich! *Glücklich?*, fragte ich mich immer wieder – ahnend, dass Marie sich die gleiche Frage stellte. Es stimmte alles zwischen uns, bis auf den Sex!

Es war an einem Sonntagabend, als meine Befürchtung zur Gewissheit wurde. Ich hatte Janis zu Bett gebracht. Marie war unterwegs mit Bea und Ruth.

Ich hatte mich den ganzen Tag darauf gefreut, die

Platte aufzulegen, mir ein Glas einzuschenken, die Füße hochzulegen, die Augen zu schließen und zu lauschen. *Joy Division* wurden Ende der 70er zum Post-Punk gelabelt. Sänger und Kopf Ian Curtis starb im Alter von 24 Jahren viel zu früh. Er litt an Epilepsi, hatte sich von Frau und Tochter entfremdet und erhängte sich in seinem Haus nahe Manchester, im Mai 1980, einen Tag vor seiner Amerika-Tournee. (Empfehlung des Autors: »Control«, ein Film von A. Corbijn). Während ich das Cover des Albums »Unknown Pleasure« in der Hand hielt, gingen mir all diese Gedanken durch den Kopf. Man hatte ihm eine Affäre mit einer belgischen Journalistin unterstellt, er fühlte sich verantwortlich für den kommerziellen Erfolg seines Labels und kämpfte für seine Familie. Welch ein Druck! Nach seinem Tod formierten sich die verbliebenen Bandmitglieder zu *New Order* (»Blue Monday« zählt bis heute zur weltweit meist verkauftesten Maxi-Single auf Vinyl).

Als die ersten Töne von »Love Will Tear Us apart« erklangen, schmiss ich mich, trotz all der traurigen Hintergründe, mit einem Lächeln auf die Couch. *Ian Curtis* hatte ein großes Vermächtnis hinterlassen. Meine ausgestreckten Arme fuhren rechts und links unter die Couchkissen, wobei ich zur Rechten ein Stück Papier ertastete. Augenblicke später schoss mir das Adrenalin durch die Adern.

Sie war in letzter Zeit so locker, so gelöst. So, als würde es ihr an nichts fehlen. Dabei wussten wir beide was ihr, was mir, was uns, fehlt!

Was ihr anscheinend nicht mehr fehlt, murmelte ich, als ich den Brief weglegte. *Von wegen Bea und Ruth!* Nach anfänglichem Entsetzen und Wut, folgte die Trauer. Ich heulte die Tränen des kleinen Jungen, der ich schon lange nicht mehr war. Ich hatte nie wirkliche Sympathien für den Kollegen entwickeln können. Er unterrichtete Philosophie und Kunst, war seit einem Jahr an unserer Schule und verkörperte für mich den arroganten Schöngeist in Reinkultur. *Gregor Gans*, schnaubte ich. *Ich will mit meinem Gesicht zwischen deine dicken Titten sinken. Ich will mit meinen feuchten Lippen deine harten Nippel saugen*, hatte er geschmiert. Ich knüllte das rosengetränkte Briefpapier zusammen.

Was tun?

Ich griff nach dem Kissen und feuerte es voller Wut, Verzweiflung und Enttäuschung gegen die Wand. Dem Bruchteil einer Sekunde folgte ein lautes Kreischen, als das Kissen auf den Arm des Plattenspielers fiel:

SCRATCH!
»Lo*VE WILL TEA*r Us *APAR*t«

Dem Bruchteil einer Sekunde später folgte:
»Papa Aua?«
Janis stand plötzlich vor mir. Sie wackelte auf ihren tapsigen Beinen und versuchte mit ausgestreckter Hand

meine Wange zu tätscheln.

»*Papa Aua?*«

»Papa Aua«, antwortet ich und nahm sie in die Arme.

Am folgenden Abend stellte ich Marie zur Rede.

Am Tag darauf zog ich aus.

SCRATCHES

- 17 -
Bodo

Ich musste lange knabbern, an der Trennung von Marie. Schließlich wechselte ich den Arbeitsplatz, um ihr aus dem Weg zu gehen, um die Sache ein für alle Mal zu beenden; so dachte ich zumindest. Die Trennung von Janis brach mir beinahe das Herz. Ich lebte quasi nur für die Momente, in denen ich meine kleine Maus in die Arme schließen durfte. Glücklicherweise zeigte sich Marie einsichtig – vielleicht wollte sie aber auch nur genügend Zeit mit ihrem Lover verbringen – jedenfalls übernachtete Janis regelmäßig bei mir. *Erstaunlich!* Ich hatte mit der Zunge geschnalzt und ihm lachend auf den Rücken geklopft. *Du hast ganz schön abgenommen,* hatte ich gegrinst. *Schleppst du dich jetzt etwa auch ins Fitnessstudio und ernährst dich nur noch von Körnern und Säften?* Bodo hatte abgewunken: *Früher, mit dem ganzen Junkfood, wurde man fett! Doch heute, seitdem ich ein wenig drauf achte, purzeln die Pfunde! Dazu kommt der Tourstress. Das ist mein ganz persönliches Schlankheitsgeheimnis.*

Bodo, mein ehemaliger Schlagzeuglehrer, war zu einem echten Freund und Ratgeber, zu meinem großen Bruder geworden. Er war zu einem gefragten Studiodrummer avanciert und spielte auf den Tourneen großer deutscher Bands. Während der schwierigen Trennungsphase von

Marie, stand er mir mit Rat und Tat zur Seite. Er hörte zu, legte den Arm um meine Schulter und sprach mir Mut zu. Ich wusste, meine größten Geheimnisse und meine schrägsten Gedanken waren bei ihm bestens aufgehoben. Ich machte eine schwierige Phase durch. Das Referendariat lief nicht rund. Manchmal spielte ich mit dem Gedanken alles hinzuschmeißen. Weshalb nicht einfach wieder Spaß haben, mit den Jungs mucken und in den Tag hinein leben? Stattdessen ließ ich mir von pickligen Teenagern das Leben schwer machen.

Einem Geistesblitz folgend, wechselte ich in aller Konsequenz die Schule, um mir nicht auch noch das Geturtel von Marie und Mr. Schöngeist in den Lehrerpausen mit ansehen zu müssen. Es ging mir besser nach dieser Entscheidung. Mein Appartement hatte ich mittlerweile von den letzten Umzugskartons befreit und die Küche stand. Ich fand, das war ein guter Grund Bodo zum Essen einzuladen, damit er wieder etwas auf die Rippen bekam.

Als er an diesem Freitagabend in der Tür stand, befiehl mich ein ungutes Gefühl. Bodo war noch weiter abgemagert.

»Hey!« Ich schloss ihn in die Arme.

Bodo lächelte ein wenig gequält:

»Ja, du siehst richtig, an mir ist nicht mehr viel dran. Ich hoffe, deine Steaks schmecken nur halb so gut, wie du sie angepriesen hast!«

»Aber Hallo«, grinste ich und goss Bodo ein Glas seines Lieblings-Rioja ein. »Ich bereite gerade den Salat zu. Leg du mal ne Platte auf.«

Wenig später erfüllten *The Smiths* den Raum. Bodo hatte die Morrissey Box >The CD Singles 88-91< entdeckt. Und während »Suedhead« lief und ich die Zwiebel würfelte, beobachtete ich ihn aus den Augenwinkeln. Eines konnte ich mit Sicherheit sagen, Bodo sah nicht gut aus. Er schien nicht auf der Höhe zu sein. Eine Pause würde ihm gut tun. Ein Steak, ein Rotwein, gute Musik, einen Joint und ein freies Wochenende vor der Brust – manchmal kann das Leben so einfach sein.

Fünfzehn Minuten später setzten wir uns an den Tisch. Meine Skepsis stieg, als ich ihn in den Kartoffeln herumstochern sah. Zum Nachtisch - es gab Vanilleeis mit frischen Erdbeeren und Schlagsahne - legte ich R.E.M. auf. Momente später schob Bodo den Becher von sich.

»Sorry Paul, das ist mir echt zu viel. Mein Magen ...«

Er hatte den Satz noch nicht ganz ausgesprochen, als er wie von der Tarantel gestochen aufsprang und ins Bad lief. Sekunden später hörte ich, wie er sich übergab.

»Oh Mann, das tut mir echt leid, Paul!« Bodo war blass, als er in die Wohnküche zurückkehrte.

»Hey, was ist los? Alles okay?«

»Nichts ist okay«, antwortete Bodo mit zu Boden gesenktem Blick.

»Was ist los?«

»Krebs, Paul. Krebs!«

»Oh nein!« Mir glitt das Glas aus der Hand und fiel zu Boden. Unter mir bildete sich eine dunkle Rotweinpfütze, *Michael Stipe* sang »Losing My Religion«.

»Wie? Seit wann?« Ich stotterte. Zitterte. Hielt mich krampfhaft an der Küchentheke fest. Ich beobachtete, wie Tränen in Bodos Augen traten. Das gab mir den Rest!

»Paul, ganz ehrlich – ich hab nicht mehr lange, wenn ich den Ärzten glauben darf.«

»Nein«, wisperte ich und wischte mir die Tränen von den Wangen.

»Seit wann weißt du es?«

»Seit zwei Monaten. Geahnt habe ich es schon länger. Es wird schnell gehen. Es ist Nierenkrebs, der schon reichlich gestreut hat.«

»Oh no«, schluchzte ich.

Was sollte ich sagen?

Ich umarmte, herzte und drückte ihn. Ein Leben ohne Bodo konnte und wollte ich mir nicht vorstellen!

»Es ist grausam. Ich würde so gerne weiterleben!« Bodo starrte mich hilfesuchend an. »Doch ich kann nicht mehr. Mein Körper wird täglich schwächer. Arbeiten, Schlagzeug spielen, ist unmöglich geworden.«

Er nippte am Wein und verzog das Gesicht.

»Ich vertrag nichts mehr. Mein Körper will aus seiner Hülle raus, das fühle ich ganz deutlich!«

»Bodo ...« (Meine Stimme stockte)

»Lass gut sein, Paul.«
»Vielleicht ist das der letzte Abend, den wir miteinander verbringen können.«
»Ja?« Meine Gedanken kreisten, mir wurde übel.
»Ich habe einen Wunsch.«
»Ja?«
»Ich möchte, dass du einen winzigen Grasjoint baust und wir zusammen »Magic and Loss« von Lou Reed hören. Quasi als Hochamt. Wäre das okay für dich?«
»Ja. Aber ...«
»Ich habe die Platte mitgebracht. In der Plastiktüte an der Garderobe findest du sie. Ich möcht sie dir schenken. Sie ist wunderschön!«

Ich legte die Platte auf, während Bodo sich auf der Couch ausstreckte. Mit Erklingen der ersten Töne von »Dorita - The Spirit«, lief mir ein anhaltender Schauer über den Rücken. Wir redeten nicht viel, nippten ab und an, am Wein oder zogen am Joint. Irgendwann hörte ich ihn schnarchen. Bodo war eingeschlafen. Ich wünschte ihm schöne Träume. Auf dem Plattenteller drehte sich »Magician«. Ich holte eine Decke aus dem Schrank, damit meinem großen Bruder nicht kalt wurde, in der Nacht. Ich schluckte bitter. Wieder liefen mir Tränen über die Wangen. Ich nahm die Decke in beide Hände, um sie auszuschlagen. Vielleicht war ich zu sehr in Gedanken (kein Wunder!). Unter Umständen hatte ich die Abstände des Mobiliars im neuen Appartement noch nicht in Gänze abgespeichert. Jedenfalls tuschierte der Zipfel der Decke den Arm des Plattenspielers!

SCRATCH!

»Ma*GICIA*n«:

Eine Woche später wurde Bodo ins Krankenhaus eingeliefert. Nach zwei weiteren Wochen verlegten sie ihn ins Hospiz. Ich hatte ihm einen Kassettenrekorder besorgt und mehrere seiner Lieblingsalben aufgenommen. Darunter auch »Magic and Loss«, mit dem Kratzer auf »Magician«. Ich weiß nicht, wie viel er noch mitbekam. Man hatte ihn auf Morphium gesetzt. Doch hin und wieder huschte ein Lächeln über sein Gesicht, wenn wir still beisammen einem Album lauschten und ich dabei seine Hand hielt. Drei Wochen nach Einlieferung seufzte Bodo seinen letzten Atemzug. Wenn ich dem Pfleger glauben darf, mit Lou Reed.

Es gibt heute noch reichlich Anlässe, die mich dankbar an ihn zurückdenken lassen. Er vererbte mir sein Schlagzeug. *Für den vielleicht nicht besten, dafür aber liebenswürdigsten Drummer der Stadt,* hatte er in sein Testament geschrieben. Jedes Mal, wenn ich heute im Arbeitszimmer über die Beine der Beckenständer stolpere, denke ich an Bodo. Jedes Mal, wenn ich »Magic and Loss« auflege, werden die Erinnerungen wach. Und wenn der Kratzer bei »Magician« einsetzt, sehe ich ihn dort friedlich auf meiner Couch schlummern.

- 18 -
IBIZA

Ich flüchtete in besagtem Sommer einmal mehr auf meine Insel. Zumeist fühlte ich mich schon besser, sobald ich den Urlaubsflieger bestieg und die aufgeregte Geschäftigkeit von jungen Müttern und Vätern beobachtete.

Es war die glückliche Zeit, als Kinder mit einem Lachen in der Pilotenkanzel begrüßt wurden, um neben dem Steuerknüppel Platz zu nehmen. Die Zeit vor Nine-Eleven, die Zeit bevor man die Türen zu den Cockpits verbarrikadierte.

Ibiza half, wie immer. Wenngleich ich mich auch dort nicht gänzlich von meinen Verlustängsten befreien konnte.

Die Zeitenwende hatte auch auf der Insel Einzug gehalten. Vorbei die Zeit der Baggy-Shirts und -Hosen. Vorbei die Zeit der Piratenkopftücher, die Zeit der gechillten Strandpartys mit Ukulele und Bongotrommeln. Stattdessen hatte Hardcore-Dance die Herzen erobert. Im Amnesia legten *Sven Väth* und *Paul van Dyk* Techno auf. Das Pacha und das KU zogen nach.

Zu dieser Zeit gab es für mich wenig Erhellendes. Und so zog ich mich in vertraute Klangsphären zurück: *Brian Eno, Talking Heads,* >Andy Warhols< *Velvet Underground, Lou Reed, John Cale. The Smiths* konnte ich zu jeder Tages-

und Nachzeit hören. *Iggy Pop* (»The Passenger«) sowieso. Und auch Bands wie *The Fall* (»Shift-Work«) oder *Eels* (»Beautiful Freak«), retteten mein Leben. Wobei - das muss ich einschieben - alles in allem, war ich friedfertiger geworden. Ich akzeptierte mitunter andere Musikgeschmäcker. Ich erwischte mich dabei wie ich zu Techno, Trance, House und Rave auf der Tanzfläche zappelte. Vorbei die Zeiten, in denen ich stumm in der Ecke stand und auf einen Song von *The Cure* wartete, um mich zu bewegen. Und wenn mir eine angetrunkene Filialleiterin von Douglas ins Ohr flüsterte, dass sie auf *Abba* und *A-Ha* (»Take On Me«) stehe, flüchtete ich nicht gleich durch den nächstgelegenen Notausgang. Ich war milder geworden. Den Kampf um den musikalischen Geschmack hatte ich begraben. Er war sinnlos. Und nicht richtig! Und irgendwie auch arrogant! Jeder, der Musik liebt, ist per se ein guter und kein bösartiger Mensch: Auf diese Formel hatte ich mich mit meinem eigenen Ich verständigt. Manchmal fiel mir diese Erkenntnis leicht. Und manchmal betete ich sie zur Beruhigung mantramäßig herunter, wenn der DJ *Eurodance* auflegte und sich mir die Fußnägel aufrollten. Doch im Grunde genommen sollte ich auch für diese Momente dankbar sein, lenkten sie mich zumindest zeitweise ab. Ließen mich für kurze Augenblicke, meine trüben Gedanken beiseiteschieben. Denn alles in allem, fühlte ich mich in besagtem Sommer angeschlagen und deprimiert. Ich hatte meine Frau an einen anderen verloren. Mein Freund, mein großer Bruder und Ratgeber war vom Krebs dahin gerafft worden. Mein Großvater war mit 90 Jahren verstorben, meine Eltern hatten sich getrennt. Mit meinem Lehrerjob steckte ich in der Krise. Ich lebte alleine! Das alles passierte binnen neun Monate.

Ist es ein Wunder, dass ich eine schwere Zeit durchmachte? Lediglich der Gedanke an Janis zauberte mir ein Lächeln ins Gesicht. Wenn ich mit ihr - auf der Terrasse sitzend - telefonierte, schien das Blau des Meeres aufzuleuchten. Schien der Himmel endlos weit und frei bis zum Horizont. Atmete ich tief und befreit durch meine Lungen – und lachte schallend auf, wenn sie sich an einem Häschenwitz versuchte. Alles in allem war ich dankbar, sechs Wochen Sonne genießen zu dürfen. Denn der Sommer in Deutschland war kalt, grau und regnerisch. Ab und an ertappte ich mich gar beim Gedanken, die Brücken abzubrechen, auf die Insel zu immigrieren und einen Plattenladen zu eröffnen.

Das *Whip*, in dem ich Maja kennengelernt hatte, existierte nach wie vor. Ich verbrachte einen kompletten Abend dort und begab mich mit dem DJ auf eine emotionale Achterbahnfahrt. Das 78er Album »Some Girls« von den *Stones* mit »Miss You«, »Far Away Eyes« oder »Beast Of Burden«, versetzte mir einen Stich. War ich wirklich schon so weit, dass ich Sätze wie: *Wo sind nur all die Jahre geblieben,* vor mich her brabbelte? Knapp 15 Jahre waren vergangen. Nur 15 Jahre! Und doch fühlte ich mich mitunter wie auf einem fremden Planeten ausgesetzt. Der Abi-Urlaub spulte sich wieder und wieder vor meinem inneren Auge ab. Es machte mir Angst, es zog mir den Magen zusammen, eine unbekannte innere Unruhe überkam mich – ließ mein Herz rasen! Wo seid ihr, fragte ich, und meinte damit meine Freunde. Weshalb können wir nicht wieder so beisammen sein – so jung, so frei!? Jetzt ist da nur noch diese kalte Hand auf meiner Schulter, die mich frösteln lässt, die mir meine Einsamkeit vor Augen führt. Bitter! Sollte ich mich vielleicht schon in einer Midlife Crisis befinden – mit Mitte 30?

Ein wenig früh, wie mir schien!

Eddy, mein großer, dicker englischer Freund und seine Londoner Clique, mit der ich mittlerweile den fünften Inselurlaub hintereinander verbrachte, fanden tröstende Worte: *Fuck it, Paul. Fuck it!* Ob ihr es glaubt oder nicht, diese simple Lebensphilosophie, rettete mich in so mancher Nacht und an so manchem Tag.

Neben den vertrauten Klangsphären meiner *>all time Reed/Cale/Eno-Favorites<* wurde das *>Café Del Mar<* in der Bucht Cala des Moro zu meinem Seelentröster: *Chill out all night long!* Die Soul-, House-, Chill-Out- und Trance-Compilations waren zwischenzeitlich zum Verkaufsschlager avanciert.

Wie in jedem Jahr war ich in San Antoni de Portmany

abgestiegen. Und so lag das Café nur vier Häuserblocks vom Appartement entfernt. Von hier aus unternahm ich meine Touren über die Insel. Vieles hatte sich über die Jahre verändert. Doch an einigen Spots, wie dem Hippiemarkt in *Punta Arabí*, schien die Zeit still zu stehen. Ich stöberte mich durch die Auswahl eines Secondhand-Plattenstands und konnte mich nicht so recht entscheiden. In Deutschland hatte ich mit dem Plattekauf kein Problem – ich trug einfach so viele fort, wie ich schleppen konnte. Doch hier, auf Ibiza, musste ich umsichtiger vorgehen. Schließlich sollte am Ende des Urlaubs der Kram von sechs Wochen in einen Koffer passen. *Passport* (»Ataraxia«) oder *Prince* »Parade«? Worauf wäre eure Wahl gefallen?

Ich entschied mich schließlich gegen harmonische und spärliche Klänge. Die Überdosis >Café del Mar< reichte mir. Ich spürte, dass es an der Zeit war, laut *Ja* zum Jetzt und Hier zu sagen – mich zu befreien, meinen Körper zu spüren und zu tanzen. Der >sexy motherfucker< setzte sich durch und Eddy klopfte mir aufmunternd auf die Schultern.

Am Abend des gleichen Tages: »Parade« liegt auf dem Plattenteller. Du hast die zweite Flasche Wein geöffnet. Im Aschenbecher liegen drei ausgedrückte Spliffs. Die Anlage ist bis zum Anschlag aufgedreht. Songs wie »Christopher Tracy' Parade«, »New Position«, »Kiss« oder »Mountains«, dröhnten durch die Wohnung.

Ich hatte mich nun bereits im fünften Jahr in dieses

Appartement eingebucht. Der Besitzer hielt eine Kompaktanlage samt Plattenspieler bereit. Grund genug für mich, regelmäßig wiederzukehren.

Du schließt die Augen und drehst dich im Kreis. Du hüpfst, du tanzt, du groovst, du pogst, du hippst und hopst, du wiegst dich in den Hüften, du schmiegst dich in sie ein. Du und dein Körper – in diesen geilen Sound.

Als »Sometimes It Snows in April« einsetzt, schmeiße ich mich schweißüberströmt aber glücklich - und wie befreit - auf die Couch. Ich habe das Gefühl, es geht bergauf!

»So**METIMES IT SNO**ws In April«
SCRATCH!

Ich weiß natürlich nicht, woher dieser Kratzer in der Platte rührt. Offensichtlich hat sie ihrem Besitzer nicht viel bedeutet, ansonsten hätte er sie mit diesem Scratch, auf dieser Nummer der Scheibe, niemals zum Trödel getragen? Oder etwa doch? Vielleicht hatte genau diese Stelle sein oder ihr Herz gebrochen – und er (oder sie) folgten der trügerischen Illusion, mit Entsorgung der Platte wären alle Probleme gelöst? Vielleicht war die Lösung aber noch weitaus simpler – möglicherweise hatte jemandem die finanzielle Not dazu getrieben, seine Plattensammlung zu verramschen? Denkbar. Hatte ich nicht selbst in größter Not, Meter meiner Sammlung verkauft, um meinen knurrenden Magen zu beruhigen?

Ich war nie einer dieser hysterischen *Prince*-Anhänger. Doch ich muss zugeben, dass mir »Parade« in diesem Sommer wieder auf die Beine half. Leider starb er viel zu früh, der große Mann. Mit gerade einmal 57 Jahren, ging er am 21. April 2016 von uns.

SCRATCHES

Paul im Hier und Jetzt

20 • 18

Am frühen Abend besorge ich mir in der Bäckerei ein frisches Baguette und drücke *meinem* Schminkmädchen Chantal die Aufklärungsbroschüre >Müll in den Ozeanen< in die Hand. Die Abbildungen der an Wohlstandsmüll elend zu Grunde gegangenen Kreaturen sind schockierend. Sie schaut mich fragend an und nickt:
Isch guck ma rein. Und dann: *Latte Macchiato?*

Später quatschte ich mich mit Heiner im Erdgeschoss fest. Er erzählt, dass Gil sich den leerstehenden >1-Euro-Laden< gegenüber angesehen hat. Schätze er will mit seinem Eis expandieren. In den Sommermonaten sind Eisdielen eine lukrative Erwerbsquelle – doch im Winter? Ich schüttle den Kopf: *Hoffentlich übernimmt er sich nicht, der Gute!*

Ich helfe Heiner, die leeren Bierkästen im Flur zu stapeln, die Remittenden diverser Tageszeitungen zu packen und die Zigarettenauslage aufzufüllen. Als Gegenleistung erfahre ich den neusten Klatsch rund um unseren Klub. Denn der Freund seines Onkels, dessen Sohn beinahe auf die schiefe Bahn geraten wäre, ist Busfahrer unseres Vereins. Und nun begreife ich endlich, weshalb die Mannschaft ausgelaugt scheint. Weshalb der Stürmer nicht mehr knipst, der Trainer immer einsilbiger wird und der

Sportdirektor gerade *in den Sack gehauen* hat. Heiner weiß aber auch, dass Toni, schräg gegenüber, schlecht dran ist. Dass Antoinette von ihrem Freund verlassen wurde. Dass es letzte Nacht unweit von hier, vor einer der Diskotheken, zu einer Messerstecherei kam. Dass morgen die Börsenkurse fallen und übermorgen das Thermometer auf 28 Grad klettern würde ...

Nach drei Flaschen Bier und drei Kurzen im Stehen, nehme ich die 98 Stufen zu meiner Wohnung und donnere prustend die Tür hinter mir zu. *What a Day!* Ich habe Hunger und schlage mir ein paar Eier in die Pfanne, Tomaten, Zwiebeln, Paprika, Knoblauch dazu. Ein Stück Brot. Eine Flasche Bier. Ich setze mich auf den Balkon und versuche, die milde Abendluft zu genießen. Die Blätter der Platane rauschen leise. Von der Straße dröhnt der Verkehr wie ein leises Murmeln zu mir herauf. Es könnte ein friedlicher Abend sein. Doch immer wieder tauchen Lizzys Bilder vor meinem inneren Auge auf. Ich muss auf andere Gedanken kommen. Sofort! Ich lasse den Teller stehen (zur Hälfte geleert) und stolpere über den Rahmen der Balkontür ins Innere der Wohnung. Im nächsten Moment nehme ich direkten Kurs auf meine Plattensammlung, auf meinen persönlichen Timetunnel.

Was soll man dazu sagen? Ich fahre mit der Rechten über meinen kratzigen Dreitagebart und starre ungläubig auf den Bildschirm. Es ist mitten in der Nacht. Die Stadt ist zur Ruhe gekommen. Kaum ein Geräusch dringt von der

Straße an meine Ohren.

Ich trete auf den Balkon und schaue in den Himmel, einen Becher Tee in der Hand. Es war ein sehr warmer Frühlingstag. Doch die Nachttemperaturen verlangen nach einer Jacke, einem Kapuzenpullover, nach irgend einem wärmenden Kleidungsstück, das sich leicht über ein T-Shirt streifen lässt.

Muss ich auf diese Mail reagieren? Und sollte ich tatsächlich den Anhang öffnen? Ich schüttle den Kopf und schaue die leeren Straßen hinauf. *Du solltest diese Mail ignorieren. Nicht drauf eingehen. Doch ob sie sich damit zufriedengeben wird?* Es ist so weit, du führst Selbstgespräche, *murmle ich*. Ein sicheres Indiz dafür, dass dich eine Sache über die Maßen beschäftigt.

Ich zünde mir eine Camel an und versuche, einen klaren Gedanken zu fassen. *Es ist Freitagnacht, also hast du das gesamte Wochenende, dir eine Strategie zurechtzulegen.*

Nach wenigen Zügen drücke ich die Zigarette aus. Es zieht mich zurück ins Wohnzimmer, um die Mail zu lesen:

*»Lieber Paul, ich weiz, du hast Angst, mir
deine Geföhle zu zeigen. Du dengst, weil du
mein Lehrer bist, müsstest du Rügsicht nehmen, vorsichtig sein. Doch wir haben nur ein
Leben! Lass dich fallen! Deine Blicke sagen
mir das du es auch willst. Also lass
es uns tuhn. Ich sähne mich nach innigen*

Umarmungen mit dir. Ich bin keine 16 oder 17. Ich bin 22 Jahre alt. In meiner Haimat sind die meisten Mädschen in diesem Alter schon verheiratet und haben Kinder. Ich bin eine Frau! In gut einem halben Jahr habe ich mein Abitur in der Tasch. Spähtestäns dann, ist sowieso alles legal! Doch so lange halte ich es nicht mehr aus. Bitte nimm mich in die Armä! Ich will deine Nähe spühren. Deinen starken und erfahränen Körber an meiner Seite. Du hast schöne Hände. Ich möchte, dass sie mich oberal zärtlisch berühren, befohr dein Griff hart, fest und fordärnd wird. Oh Paul, bitte melde dich! Ich verzähre mich nach dir. Ich bin mir 100-prozentig sicher! Du bist der Mann meines Lebens! Nichts wird rauskomme. Hab kein Angst! Ich werde dir gut tuhn, das verspräche ich dir! Ich küsse dich. Bitte meldä dich! Im Anhangh findes du ein Foto von mir, damit du auch immer an mich denghst :-)
Ich küssse dich! In Liebe!
Lizzy

Ich lese die Mail noch zwei, drei Mal. Ich muss sagen, Lizzys Deutsch hat sich kolossal verbessert! Für einen kurzen Moment überlege ich, die Mail zu löschen. Dann kommt mir der Gedanke, sie doch abzuspeichern, an einem sicheren Ort. Wer weiß, was sie noch alles anstellt – und ob ich irgendwann den Beweis führen muss, dass ich es nicht war, der ihr Avancen machte, sondern umgekehrt. Zur Sicherheit drucke ich die Nachricht aus und hefte den Brief ab.

Natürlich komme ich nicht umhin, den Anhang zu öffnen. Das Strandbild zeigt sie in einem knappen, roten Bikini. Im Hintergrund erkenne ich den Zuckerhut. Sie lächelt mit betörenden Lippen in die Kamera und hält einen roten Herzluftballon in der Hand, auf dem *Paul* geschrieben steht! Ich klicke auf >Drucken< und halte wenig später das Bild in der Hand! *Oh Mann,* stöhne ich und schenke mir einen doppelten Whisky ein.

SCRATCHES

- 19 bis 20 -
RASTAFARI

Wieder einmal war es Ibiza, das die Weichen stellte, die Karten für mich aufs Neue mischte. Wieder und wieder versuchte ich mir ein Leben, auf der Insel auszumalen. Der perfekte Traum: Ein Plattenladen in Ibiza Stadt mit Blick auf den Hafen. *Man darf ja träumen,* brummte ich, als ich den Wagen am Rande des Hippiemarktes in *Punto Arabí* parkte. Ich stieg aus dem Wagen und inhalierte den speziellen und intensiven Geruch, den Pinien unter der Sommersonne des Südens verströmen. Ende der 90er lag nach wie vor ein Flair von *Flower Powe*r über diesem Markt.

Ich benötigte dringend neue Leder-Flipp-Flopps und steuerte auf direktem Wege die Rastafari-Community an, die für eine reichhaltige Auswahl an guten Lederwaren bekannt war. »Now That We Found Love« von *Third World* und der süßliche Geruch von feinem Pott umarmten mich mit einem friedlichen Lächeln. Doch es waren Mias dunkelbraune Augen, die an diesem Tag ein neues Kapitel in meinem Leben aufschlugen. Wie soll ich sagen? Der Funke entwickelte sich zum Funkenflug, zum Flächenbrand.

Wir trafen uns in der gleichen Nacht und fielen übereinander her. Der Kontrast zwischen ihren weizenblonden

Haaren, ihren dunkelbraunen Augen und ihrem von der Sonne verwöhnten Teint: Goldbraun, dunklem Honig gleich, machten mich atemlos. Ich verlor mich in ihren Säften. Ihre natürliche Geilheit raubte mir den Verstand. Mia, in der Nähe von Amsterdam geboren, war dem Reggae und dem Rastafari zugeneigt. Sie trug bunte Tücher, Röcke, Fußkettchen und Stirnband, die Haare zu Dreadlocks gedreht.

Ein holländisches Meisje hatte ich mir immer anders vorgestellt. Vor vier Jahren hatte es Mia zwecks Studium nach Deutschland verschlagen. Ich liebte ihren süßen Akzent! Wir verbrachten den gesamten Ibiza-Sommer zusammen und am Ende war klar, wir sind ein Paar.

Nach Jahren der *Einsamkeit,* die der Trennung von Marie folgten, hatte ich beinahe nicht mehr zu hoffen gewagt, dass es mich noch einmal erwischen würde. Ich liebte ihre verrückte Natürlichkeit, ihr schallendes Lachen und ihre Art sich schwebend zum Reggae-Sound zu wiegen. In diesem Sommer ließ ich mir mein erstes und einzige Tattoo stechen, ein Tribal am linken Oberarm. *Nein* hatte ich gegrinst, als Mia mich zu einem Cannabis-Tattoo auf der Brust überreden wollte. Sie selbst trug eines auf dem linken Schulterblatt. Selbstredend, dass mich - nachdem sich der Sommer neigte - einige Scheiben von *Burning Spear*, *Peter Tosh* oder *Bob Marley* im Schlaf verfolgten.

Mia lebte in der Nähe von Koblenz in einer Landkommune. Somit zog es mich - nachdem, die Schule wieder begonnen hatte - nun an jedem Wochenende von Nordrhein-Westfalen nach Rheinland-Pfalz.

Die friedlichen Landkommunenfreaks, begrüßten mich mit einem Lächeln. Schließlich fuhr ich einen VW-Bus (T2), war fasziniert von Musik, Natur und Dope und schleppte bei meinen Besuchen regelmäßig 2-3 Kisten Bier an. Der verfallene Bauernhof lag in einem Tal, das nach Süden hin durch einen dichten Wald begrenzt wurde. Windschiefe Stallungen befanden sich am östlichen Ende des Hofes, eine Werkstatt am westlichen. Die Hälfte der Freaks trug Rastalocken. Auf jeden Bewohner schienen ein Hund, zwei Katzen, fünf Enten und zehn Hühner zu kommen.

Logisch, man ernährte sich astrein biologisch: eigene Eier von glücklichen Hühnern, frischer Salat und Kartoffeln aus den eigenen Bio- und Gemüsegärten. Ungespritzte Apfel- und Birnenbäume und ein Gewächshaus in dem zwischen Tomatenstauden eine kleine Hanfplantage zum Eigenbedarf angelegt worden war. Ich beobachtete eine fast klassische Rollenaufteilung: Die Frauen in ihren bunten Tüchern, weiten Röcken und klimperndem Schmuck versorgten in der Regel den Haushalt, entfachten am Abend Kerzen und zündeten Räucherstäbchen an. Denn es roch muffig in den heruntergekommen, dunklen und feuchten Räumen. Nach nassem Hundefell, nach Stockflecken in den Kissen, nach Schimmel in den Jutesäcken, nach Körperausdünstungen, abgestandenem Rauch und schalem Bier.

Die Freaks hingegen befanden sich zum größten Teil in der Werkstatt. Schraubten schrottreife Kasten-R4, Enten und alte VW-Käfer wieder fahrtüchtig, und verscherbelten sie an Studenten. Andere ackerten in den Gärten oder hielten sich in den Stallungen auf, die teilweise in Proberäume umfunktioniert wurden.

Alles in allem eine friedliche Gemeinschaft, wenn nicht dieses Alphatier Bob gewesen wäre. Bob hieß eigentlich Robert – frei nach *Bob Marley*, mussten ihn aber alle Bob nennen. Bob stammte aus Frankfurt, hatte eine Türsteherkarriere hinter sich und war vor zwei Jahren zum *friedlichen* Hippie mutiert. Von der ersten Begegnung an beäugte mich der vierschrötige Kerl mit missmutigen und misstrauischen Augen. Mich überkam das untrügliche Gefühl, dass wir keine Freundschaft schließen würden.

Nach zwei Monaten lud ich die gesamte Kommune in die Stadt ein, um bei mir ein Fass aufzumachen. Bereits am Nachmittag kam Hochstimmung auf. Ich hatte meine besten Freunde, meine alten Bandkollegen sowie Heiner, Mehmet und Tayfun eingeladen. Joints kreisten, Bierfässer wurden angeschlagen und die Musik waberte fett und satt aus den Lautsprechern. Ich hatte mir einen Kopfhörer aufgesetzt und spielte Ska von *Madness*, *Desmond Dekker* oder *The Slackers*. Sound also, für den sich durchaus auch Reggae-Fans begeistern konnten. Ich hatte gerade die Nadel auf »A Message To You, Rudy« von *The Specials* aufgelegt, als mir jemand von hinten auf den Rücken schlug. Ich verlor das Gleichgewicht und kippte auf den Plattenspieler:

SCRATCH!
»A Mes*SAGE TO YOU RU*dy«

»Lass mich mal ran, ansonsten wird das hier nichts!« Bob brummte mir feindselig zu, eine Orangenkiste mit Platten unter dem Arm. Er schaute sich um: »Spießige Bude hast du! Na ja, Pauker, was soll man erwarten«, grinste er Mia zu, die sich an meine Seite begeben hatte.

Mia zog mich zur Couch.

»Hey, ich habe in den coolsten Läden aufgelegt«, protestierte ich.

»Ich weiß!« Mias Lächeln beschwichtigte mich ein wenig. »Meine Party, meine Bude, meine Platten!« So ganz hatte ich mich vom Schock noch nicht erholt.

»Ich weiß! Doch hier sitzt DEINE Frau!« Mia strahlte mich an: »So habe ich wenigstens was von dir. Lass ihn auflegen und wir genießen den Abend!«

Ich beobachtete Bob beim Anzünden eines riesigen Joints. Er wühlte in seiner Plattenkiste und paffte mächtige Rauchwolken gegen die Decke.

»Solange er sich nicht an meinen Scheiben vergreift, ist

alles okay«, brummte ich. »Ansonsten muss ich ihn rausschmeißen oder umbringen ... weiß der Geier was.«

»Küss mich!«

Ich küsste Mia die halbe Nacht. Am Morgen war mein Appartement verwüstet, meine Plattensammlung hingegen heil geblieben: »Hauptsache«, murmelte ich und öffnete die Fenster zum Lüften.

Etwa drei Wochen später: Nach einem phänomenalen Wochenende in der Öko-WG, traf mich Montagsmorgens beinahe der Schlag. Ich hatte den Bus bei meiner Ankunft in der Scheune geparkt. Jetzt war er kaum wiederzuerkennen. Von den Felgen bis zum Dachgepäckträger in den Reggae-Farben Rot, Gelb, Grün gesprayt, wartete er friedlich auf seine nächste Fahrt. Die Motorhaube zierte ein *Peace*-Zeichen, auf der Schiebetür prangte ein überdimensionales Cannabisblatt. Schlagartig wurde mir klar, dass ich mich ab heute nur noch abstinent ans Steuer setzen konnte. *In der Karre holt dich jeder Dorfsheriff von der Straße*, brummte ich verärgert. Von Anfang an vermutete ich Bob hinter dieser Aktion. Ich malte mir aus, wie die Kollegen den Bus auf dem Schulparkplatz missmutig beäugen würden. Bei den unqualifizierten Kommentaren im Lehrerzimmer klingelten mir schon jetzt die Ohren. Als hätte ich es nicht schwer genug ...

Es war wiederum Bob, der sich vier Wochen später

durchsetzte.

»Wir brauchen auch deinen Bus«, hatte er mir unmissverständlich klar gemacht.

»Du willst Melonen beim >Reggae Summer Jam< auf der Loreley verkaufen?«, hatte ich ungläubig nachgefragt.

»Du kannst mitverdienen oder nicht«, hatte er knapp geantwortet. »Ich kaufe eine Wassermelone für 1,50 auf dem Großmarkt. Aus jeder Melone hole ich 10 Stücke. Pro Stück 3 Mark.«

»Aha!« Selbstverständlich ließ ich mich nicht auf diese Schnapsidee ein.

Was soll ich sagen. Drei Tage lang herrschte eine unglaubliche Hitze auf der Loreley. Die Besucher, breit wie die Eulen, lechzten über Tag nach antialkoholischer Erfrischung. Nach dem ersten Tag waren 150 Melonen weggeputzt. Bob holte Nachschub, weitere 250 Melonen. Am Ende des Festivals hatte er an einem Wochenende (nach Abzug der Standkosten) so viel verdient wie ich mit zwei Lehrermonatsgehältern.

Diese kleine Episode soll als Beispiel dienen, Bobs Abgezocktheit, Willenskraft und Zielstrebigkeit zu verdeutlichen – denn dieser Umstand wird noch von entscheidender Bedeutung werden.

Es war ein warmer Herbsttag, als Mia meine Hand nahm und auf ihren Bauch legte.

»Nein«, sagte ich ungläubig.

»Ich fürchte doch!« Tränen traten in ihre dunkel schimmernden Augen.

»Was heißt du fürchtest?« Ich starrte sie ungläubig an und stotterte: »Mia, das ist doch fantastisch!«

»Oh! Ich hätte nicht gedacht, dass du so reagierst«, antwortete sie mit flüsternder Stimme.

»Mein Baby«, hauchte ich ihr ans Ohr. »Mia, ich liebe dich!«

»Ich bin im dritten Monat. Es wird ein Junge.« Ein unbeholfenes Lächeln huschte, über ihr Gesicht.

Mein Herz klopfte! Wild! Es schlug mir bis zum Hals! *Du wirst wieder Vater*, grinste ich glücklich in mich hinein und umarmte Mia, als gäbe es kein Morgen mehr.

Wir beratschlagten, wo unser Kleiner aufwachsen sollte – ruhig und beschaulich mit Großfamilie auf dem Land oder in den Armen einer städtischen Kleinfamilie. Beides schien Vor- und Nachteile mit sich zu bringen. Doch wir wussten, dass wir uns mit der Entscheidung noch ein wenig Zeit nehmen konnten.

Ich befand mich in Hochstimmung, als ich am kommenden Tag die Schule betrat. Mir gingen tausend Sachen durch den Kopf: Ich hatte eine Tochter groß gezogen (mehr oder weniger), ein Sohn würde mich noch einmal vor ganz andere Herausforderungen stellen. Wahrscheinlich wollte er Fußball spielen. Ich würde ihn zum Training fahren, an der Seitenlinie stehen und ihn unterstützen. Vermutlich war er musikalisch. Möglicherweise flog ihm alles zu, vielleicht brauchte er Support. *Ich werde immer für dich da sein, mein Sohn!*

Ich hatte mich für den Abend mit Mia verabredet, wir wollten zusammen kochen und ins Kino gehen. Auf dem Heimweg besorgte ich Steaks. Mia musste jetzt bei Kräften bleiben.

Als sie gegen 19:00 Uhr (um 17:00 Uhr waren wir verabredet) noch immer nicht aufgetaucht war, begann ich mich zu sorgen. Ich wählte ihre Nummer. Nach dem vierten Klingeln wurde abgenommen:

»Ja?« Die Stimme klang dunkel, unfreundlich, distanziert. Es war die von Bob.

»Wo ist Mia? Ich muss sie sprechen.« Ein ungutes Gefühl beschlich mich.

»Ist sie schon unterwegs? Oder ist ihr irgendetwas dazwischen gekommen?«

»Es geht ihr okay«, blaffte Bob in den Hörer.

»Was heißt das?«

»Sie war im Krankenhaus!«

»Mein Gott, was ist ihr passiert?« Meine Knie wurden weich. Ich ließ mich auf die Lehne des Sessels sinken.

»Na sie hat's endlich eingesehen!«

»Was?«

»Habe ihr lange ins Gewissen geredet«, antwortete Bob flüsternd.

»Was ist passiert?«, schrie ich mit heiserer Stimme in den Hörer.

»Hat den Bastard wegmachen lassen. Ist bei ihrer Schwester in Amsterdam!«

»Was?« Ich glaubte, mich verhört zu haben. Die Botschaft brauchte lange, bis sie zu mir durchdrang.

»Alles okay?«, knurrte Bob.

»Unser Sohn«, flüsterte ich. »Unser Sohn! Wie geht es ihr?«

»Sie will dich nicht mehr sehen«, blaffte Bob zur Antwort.

»Sie will mich nicht mehr sehen«, flüstere ich ungläubig in den Hörer.

»Hast du's auf den Ohren?«, keifte Bob. »SIE WILL DICH NICHT MEHR SEHEN! ES IST AUS. CAPISCI?«

»Bob?«

»Was Bob? Hier brauchst du dich auch nicht mehr blicken zu lassen!«

Ich legte kommentarlos auf. Mir wurde übel. Ich erbrach mich auf der Stelle. Ich zitterte. Kopflos! Endlich traten mir Tränen in die Augen. Wenig später fand ich mich heulend und zitternd auf der Couch wieder. *Was soll jetzt werden? Was willst du nun tun? Vielleicht ist alles nur ein böser Traum und du erwachst gleich? BITTE,* bettelte ich.

Doch es war kein Traum. Ich griff nach der Flasche Jacky, goss das Glas randvoll und kippte es auf ex. Wenig später wankte ich zur Plattensammlung. Ich wusste, was ich suchte: »Tears In Heaven« von *Eric Clapton*. Der Song,

mit dem er den Versuch unternommen hatte, den Tod seines verstorbenen Sohnes Conor zu verarbeiten, der als Vierjähriger am 20. März 1991 aus dem 53. Stock eines New Yorker Apartmenthauses stürzte.
Nach dem vierten Whisky fühlte ich mich halb bewusstlos. Ich hatte nicht mitgezählt, wie oft ich den Song nun schon gehört hatte – diesen traurigen Text! *Mein Sohn, wo bist du,* brabbelte ich und stieß gegen den Plattenteller:

SCRATCH!
»T*e*ARS IN HEaven«

Drei Tage später erhielt ich eine Karte aus Amsterdam:

»Es tut mir leid, Paul. Ruf mich nicht mehr an. MIA«
Vier Tage später stellte ich das Kiffen ein, für mehr als drei Jahre!
Zehn Tage später erfuhr ich über Umwege aus der Landkommune, dass Mia seit jeher eine Liebschaft mit Bob gehabt habe. Kurzzeitig - in den ersten beiden Monaten, als wir uns kennenlernten - hatte sie die Verbindung zu Bob gekappt. Vor einem halben Jahr habe sie die Affäre mit ihm aber wieder aufgenommen!

SCRATCHES

- 21 -
THE WHIP

Ich fühlte mich zutiefst deprimiert. Und wie so oft, wenn ich gar nicht mehr weiter wusste, setzte ich mich nach Ibiza ab. Doch selbst hier schien sich ein dunkler Schatten über meine Seele gelegt zu haben. Der blaue Himmel, das blaue Meer, das strahlende Weiß der gekalkten Altstadt, die verwinkelten, romantischen Gassen – nichts von all dem schien meine Seele zu befrieden.
Eddy und die gesamte Londoner Clique machte sich rar. Ich fühlte mich alleine, von der Welt im Stich gelassen. Ich fragte mich, wo das alles enden sollte. Ich brachte es nicht übers Herz, zum Hippiemarkt nach *Punta Arabí* zu fahren. Die Erinnerungen an die dortige Begegnung mit Mia waren zu frisch. Ich fragte mich, wie es ihr wohl in den letzten Wochen ergangen sei, und fluchte zeitgleich auf sie: *Du machst dir Sorgen darüber, wie es IHR geht? Frag lieber danach, wie es deinem Sohn ergangen ist. Sie hat ihn ermordet! Dieses eiskalte Biest! Hinter deinem Rücken hat sie es mit diesem primitiven Menschenaffen getrieben. Sehr wahrscheinlich ist sie im hörig. Dieses Monster hatte vermutlich nur mit den Fingern schnippen müssen, um ihr den Weg zur holländischen Abtreibungsklinik zu weisen. Love & Peace. Rastafari. Freiheit, Gleichheit, Brüderlichkeit, Africa Unite – drauf geschissen,* fluche ich. *Faule, verlauste, verdreckte, auf Kosten anderer sich durch-*

schnorrende Parasiten, nichts anderes seid ihr! Ich konnte mich kaum beruhigen und beschloss durch einen langen Strandlauf meine Aggressionen abzubauen. 90 Minuten später wusste ich, dass auch diese Übung nicht gefruchtet hatte. Ich fühlte mich nach wie vor in einer miserablen Fassung. Spontan fasste ich die Entscheidung, am Abend ins >Whip< einzufallen.

Ich trete durch die Tür des betuchten Ladens. Die Zeit scheint hier still zu stehen. Die gleichen Stehtische, die gleichen Barhocker und Lampen, der gleiche Tresen und die gleiche Wandvertäfelung, wenn mich nicht alles täuscht. Ein Lächeln huscht über mein Gesicht, das erste seit Wochen. *Alles richtig gemacht,* brumme ich und bestelle einen Gintonic an der Eingangstheke.

Die Eiswürfel klirren im Glas, als mich wenig später der Weg nach hinten zu den Tanzflächen führt. Ich horche auf. Der Laden scheint nach wie vor eine Vorliebe für *The Pretenders* zu haben. Das Album »Last of The Independent« ist von 94 aber immer noch frisch »Night in My Veins«, der Song, den der DJ gerade aufgelegt hat, ist einer meiner Lieblingstracks.

Ich betrete die Tanzfläche und schließe die Augen. Langsam beginne ich mich zu bewegen. Ich schwebe. Wenig später zuckt mein Körper im Beat! *Endlich,* denke ich. W*eshalb bist du nicht vorher drauf gekommen. Tanz dir den ganzen Frust einfach von der Seele. Lass dich mit-*

reißen von der Kraft der Musik. Lass dich emporreißen, in andere Sphären und vergiss für eine Weile dein Elend und das der Welt.

»Ni**GHT** *IN MY VE*ins«

Der schnell folgende **SCRATCH!** kommt überraschend und ein wenig ernüchternd. Ich öffne die Augen – und schließe sie gleich wieder. Was ist das? Werde ich wahnsinnig?

»Hey!«

Jemand spricht mich an. Ich kann den Hauch des Atems spüren. Ein Mund nahe an meinem Ohr.

»Paul?«

Vorsichtig öffne ich die Augen. Zu Schlitzen. Was ich erblicke, lässt meinen Atem stocken: Wasserblaue Augen, blonde Haare, Stupsnase mit Sommersprossen, sonnenverwöhnter Teint. *Das kann nicht sein!*

»Maja?«, frage ich ungläubig.

»Ja, Maja! Ich bin's«, antworte sie lachend.

»Du hast dich überhaupt nicht verändert«, stottere ich perplex.

»Na du Charmeur, das wäre schön. Ganz schön dunkel hier im Whip. Aber noch immer super Sound, oder?«

Ich nicke und schaue sie ungläubig an. Sie trägt das gleiche warme und strahlende Lächeln in den Augen.

»Wie lange ist das her?«, lacht sie befreit und ihre

Lippen elektrisieren dabei mein rechtes Ohrläppchen.

»Zwanzig Jahre«, antworte ich und zucke dabei hilfesuchend mit den Schultern.

»Nichts hat sich verändert«, lächelt Maja. Du nicht, der Laden nicht – und er Sound auch nicht. »Ich habe mir als nächste Nummer *Love Colours* gewünscht.« Indem sie dies sagt, nimmt sie mich bei den Händen und tanzt mit mir im Kreis. *Wie vor 20 Jahren,* schießt es mir durch den Kopf. Sie trägt eine abgeschnitten Jeans, wie damals. Und ihre Beine scheinen noch genau so prächtig zu sein. *Und die Brust?* Diese Frage kommt mir irgendwie spontan in den Sinn. Und spontan schaue ich nach.

»Hey, wo schaust du hin?«

»Ich...«... brabble vor mich hin, und fühle mich auf frischer Tat ertappt. Ich weiß nicht, ob ich rot werde.

»Weißt du was?« Maja schreit und grinst mich dabei an (der Sound ist nun ohrenbetäubend).

»Was?«, rufe ich zurück, während wir uns im Kreis drehend bei den Händen halten.

»Ich habe dich entjungfert!«

Ihr Lächeln scheint eine Einladung. Und diesmal laufe ich tatsächlich rot an.

»Und was machst du hier?«, frage ich, um vom Offensichtlichen abzulenken.

»Ich bin einsam. Alleine! Ich suche einen Mann!«

»Und?«

»Ich glaube, ich habe ihn gefunden«, flüstert Maja.

»Hoffentlich«, haucht sie mir ans Ohr. In diesem Moment spielt der DJ »I'll Stand By You«. Ich versinke in ihren Augen, tiefen Wassern gleich. Dann fällt sie mir in die Arme. *Alles wird gut*, hauche ich ihr ins lockige Haar. Meine Hände umfassen ihr Taille. Ich kann mein Glück kaum fassen: *Ja, nun wird alles gut!* Der DJ scheint das gesamte Album »Last of The Independent« durchlaufen zu lassen (in welcher Disse gibt's das schon?) – und Maja und ich, wir tanzen und tanzen und tanzen! Dann endlich nähern sich unsere Lippen und verschmelzen in einem Kuss, der die Ewigkeit verspricht.

Nein! Ich will nicht! Nein! Alles in mir sträubt sich. *Zurück! Zurück!* Ich spüre, dass ich den Kampf verlieren werde. Das Kopfkissen ist schweißnass. Ich werfe einen Blick auf den Wecker: *Zeit aufzustehen!*

»Maja«, ich flüsterte ihren Namen und wischte mir mit dem Handrücken über die Lippen. *Wie schön! Wie schön wäre das*, brabbelte ich im Halbschlaf auf den Weg zum Bad. Auf der Hälfte des Weges machte ich kehrt und und steuerte meine Plattensammlung an. Ein Griff und ich hielt das Album »Last of The Independent« in den Händen. Zwei routinierte Handbewegungen später, setze ich die Nadel in die Leerlaufrille. Ich lauschte – und exakt, wenige Umdrehungen später:

SCRATCH!

»Ni*GHT IN MY VE*ins«

Die Verwirrung war komplett.

Ich warf einen Blick auf die Uhr. *Du musst Mia vergessen. Du musst Maja vergessen!*

In der ersten Stunde stand Geographie auf dem Plan. Ich würde Lizzy sehen. Das Leben musste weitergehen.

- 22 bis 23 -
WEMBLEY

Ich wusste nicht, was ich von den 2000ern erwarten sollte. Das Jahrzehnt hatte sich mit jeder Menge Tamtam angesagt. Monatelang zuvor sprach die halbe Welt vom Jahrtausendwechsel. Der Millenium-Wahn brach aus. Es schien kein anderes Thema mehr zu geben. Meine Befürchtung hingegen bestand darin, dass dieses Jahrzehnt musikalisch noch weiter verarmen würde als das der 90er Jahre.

Die Globalisierung wurde zum Mantra für eine weltweit ökonomische Entwicklung, die Klimaerwärmung zum vieldiskutierten Thema. Erneuerbare Energien (Wasserkraft, Wind- und Solarenergie) finden zumindest in Europa größere Verbreitung. Am 15.1. 2001 wird die Online-Enzyklopädie Wikipedia ins Leben gerufen. Das Internet setzt sich durch. Soziale Netzwerke wie *Facebook, Twitter* oder *Myspace* eröffnen neue Welten. Zu Beginn des Jahrzehnts erreicht das Handy die Massen, Klingeltöne im MP3-Format werden zum Renner, Digitalkameras verdrängen analoge Apparate. Anfang der 2000er ersetzt der DVD-Spieler den VHS-Rekorder (gegen Ende des Jahrzehnts übernimmt die Blue-Ray Disc). Beamer und Flachbildschirme erobern die Wohnzimmer. USB-Sticks etablieren sich als Massenspeichermedium. I-Pod und I-Phone stoßen auf begeisterte Konsumenten. Das kostenfreie Videoportal *YouTube* verändert das Konsumentenverhalten. Das Fernsehen wird dominiert durch Reality-TV, Doku-Soaps, Rankingshows und Quizsendungen. Castingshows wie »Popstars«, »Deutschland sucht den Superstar« oder »Germany's next Topmodel« werden zu Straßenfegern. Parallel setzt mit *Harry Potter* und *Der Herr der Ringe* ein Fantasy Boom ein. Die technische Revolution beschert uns 3D-Kino: *Avatar und Ice Age*, um nur zwei Blockbuster dieses Genres zu nennen. Das Kino erlebte einen Aufschwung: *American Beauty, Million Dollar Baby* (mit dem herausragenden Clint Eastwood), *No Country For Old Man*, *Slumdog Millionär*, *The da Vinci Code*, *Fluch der Karibik*, *Keinohrhasen*, *Gegen die Wand* oder *Das Leben der Anderen* sorgten für ein begeistertes Publikum. Produktionen wie *Californication mit David Duchovny* befriedigen Serienjunkies. Ich hingegen ziehe mich lieber mit einem guten Buch auf meine Terrasse zurück: *Philippe Djian, T.C. Boyle, Nick Hornby, Michel Houellebecq* ...

Doch der Reihe nach:

2000: George W. Bush wird zum 43. Präsidenten der USA gewählt.

2001 (11. September): Die islamische Terrororganisation al-Qaida lenkt zwei Passagiermaschinen in die Tower des *World Trade Center*s in New York. Zirka 3.000 Menschen sterben. Daraufhin führen die USA Krieg gegen

die Taliban in Afghanistan. Osama bin Laden († 2.5.2011) wird zum meist gesuchtesten Mann der Welt
2002: Einführung des Euro.
2003: Beginn des Irakkriegs. Beim Eintritt in die Erdatmosphäre und nur 16 Minuten vor der Landung verglüht die Columbia. Alle sieben Besatzungsmitglieder kommen ums Leben. Barry White verstirbt am 4. Juli.
2004: Ein Tsunami in Südost-Asien fordert 230.000 Todesopfer.
Der Kerpener Michael Schumacher wird von 2000 bis 2004 fünfmal in Folge Formel 1-Weltmeister.
2006: Das Sommermärchen! Euphorie bei der Fußballweltmeisterschaft in Deutschland (3. Platz).
2007: Der Wallstreetcrash (9. August) ausgelöst durch die US-Immobilienkrise führt zum Zusammenbruch von Lehman Brothers und zur Weltwirtschaftskrise.
2008: 70.000 Menschen sterben bei einem schweren Erdbeben im chinesischen Sichuan. 5,8 Millionen werden obdachlos. Barack Obama wird als erster Afroamerikaner zum 44. Präsidenten der USA gewählt.
2009: Beginn der Eurokrise, Griechenland ist pleite. Michael Jackson verstirbt am 25. Juni.
Der kommerziell erfolgreichste Künstler des Jahrzehnts wird *Eminem*. Alleine in den USA verkauft er 32,9 Millionen Alben. Die bekannten Rapper in Deutschland heißen *Sido* und *Bushido*. Bands wie *Wir sind Helden*, *Silbermond* und *Juli* bringen die deutsche Sprache in die

Popmusik zurück. *Rhianna, Britney Spears, Lady Gaga* oder *Katy Perry* überschwemmen den Markt mit Electropop. Das Radio nervt mit »Ein Stern« und »Anton aus Tirol« (*DJ Ötzi*), mit »Dragostea Din Tei« (*O-Zone*), »The Ketschup Song« (*Las Ketschup*) oder »Allein, allein« (*Polarkreis*). Doch es gab auch Hoffnungsschimmer. Im Mai 2001 erlebte ich die Berliner Dancehall-Reggae-Band *Seeed* als Vorgruppe zu *R.E.M.* vor 70.000 Zuschauern am Kölner Dom. *Peter Fox* markierte mit »Stadtaffe« einen Meilenstein. Bleiben wir bei deutschen Musikern: Xavier Naidoo ebnete den Weg für *Neuen Deutschen Knatsch*. *Wolfgang Niedecken* sinnierte, *Jan Delay* funkte, *Wolf Maahn* soulte, *Roger Cicero* swingte, *Die Fantas* rappten, *Die Ärzte* punkten, *Gerd Köster* krächzte, *Die Toten Hosen* rockten und *Udo* sang ›pedübendü‹.

Wenn ich so zurückblicke, kommt doch einiges zusammen: *The Subways* (»Rock & Roll Queen«), *The Killers* (»Human«), *Gossip/Beth Ditto, Daft Punk, The Black Eyed Peas, David Guetta, Pink, Shakira.* »All Summer Long« von *Kid Rock* war meine Ibiza-Hymne.

Meine absoluten Lieblinge: Die New Yorker Indie-Garagen-Band *The Strokes* (»Is This It«). Und natürlich *Coldplay*: »Viva La Vida« kam wie eine Erleuchtung über mich – erhebend, beruhigend. Mit *Eminem* hingegen konnte und kann ich mich heute noch aufputschen. Bemerkenswert auch sein Spielfilm »8 Mile« (2002) mit Kim Basinger und Brittany Murphy. Mein absolutes Aphrodisiakum waren aber nach wie vor *Oasis:* »Definitely Maybe« (1994), »(What's the Story) Morning Glory« (1995), »Be Here Now« (1997), »Standing On The Shoulder of Giants« (2000) – ich besaß sämtliche Alben. Die Band wurde mit Brit-Awards überhäuft. Zurecht! Songs wie »Supersonic«, »Wonderwall«, »Don't Look Back in Anger«, »Champagne Supervoa«, »Don't Go Away«, »Shakermaker« oder »Go Let It Out« – ich war und bin sicher, eine Gitarrenband wie die der Gallagher Brüder Liam und Noel, wird es kein zweites Mal geben.

»Du bist bescheuert! Was hast du gesagt?« Ich presste den Hörer gegen mein Ohr.

»Ich besorg Tickets! Okay?!«, schrie er und legte auf.

Ein Stadionkonzert?, hatte ich zweifelnd gemurmelt. Die mitreißendsten Gigs hatte ich ausnahmslos in kleinen Klubs erlebt. Dicht vor der Bühne, auf Tuchfühlung mit der Band. Dort, wo die Energie überspringt. Dort, wo man den Jungs auf die Finger schauen kann. Dort, wo der Schweiß fließt. Dort, wo man sich als Teil der Band fühlt – mit grölt und pogt, während man Augenkontakt mit Sänger und Gitarrist hält. Doch ein Stadionkonzert?

In Coquelles packte ich den gelben VW Golf auf den Autozug und durchquerte den Eurotunnel unterhalb des Ärmelkanals. Der längste Unterwassertunnel der Erde, mit einem Streckenanteil von 37 Kilometern, wurde 1994 eröffnet und galt als der sicherste Verkehrsweg. Mulmig war mir allemal und ich schlug drei Kreuze, als ich in Folkstone wieder das Tageslicht erblickte. Es regnete.

Typisch England, murmelte ich und hoffte, dass das Open-Air-Konzert nicht ins Wasser fallen würde.

Natürlich hatte ich mich von Eddy und seiner *Gang* breitschlagen lassen. Ja, ich fühlte mich geehrt, dass sie an mich, an die *Kartoffel,* an *den Kraut* dachten. Klar, über die Jahre waren wir zu Freunden geworden, zu Ibiza-Folks.

Ich reiste eine Woche früher an (die Sommerferien lagen früh in jenem Jahr) und war mit den Jungs durch die Metropole getourt. Wir grölten mit beim frischen Garagensound, der in den Pubs im East End geschrammelt wurde. In Brixton zog es uns in die *Academy*. Und im *Trinity Arms* gaben wir uns die Kante, nachdem ich erfuhr, dass *The Fridge* im März dieses Jahres die Tore für immer geschlossen hatte.

Wir schenkten uns nichts, rockten uns durchs Nachtleben von Soho und Notting Hill, kippten Cocktails im *Happiness Forgets* und versackten in Klubs am Oxford Circus und an der Portobello Road. Am Tag der Tage, in der Nacht der Nächte, waren wir somit schon ein wenig mitgenommen. Doch die Aussicht auf das, was kommen sollte, elektrisierte uns. Die Akkus luden sich wie ferngesteuert auf, als wir uns auf den Weg machten. Wir - sieben Jungs mit Sternen in den Augen (jeder ein Sixpack als Wegzehrung) - quetschten uns in die Tube nach Brent und stimmten uns gesanglich ein: »Go Let It Out«. Wir besaßen Tickets für den Innenraum – und wir wollten ganz nach vorne. Ich erinnere mich wie heute. Tränen traten mir in die Augen, als ich vor diesem Tempel der Geschichte stand. Im Nachhinein sind die Stunden, die folgten, auch heute noch surreal für mich. Das Wembley Stadion! Zwei Mal hintereinander ausverkauft. 70.000 Zuschauer am 21. und die gleiche Anzahl am 22. Juli 2010: »Oasis - live At Wembley 2000«!

Die Stunden vergingen. Fangesänge wurden angestimmt. Bier, Joints, Sausages und andere Dinge wurden gereicht. Als die beiden Götter endlich die Bühne betraten, ging ein Orkan durch das altehrwürdige Stadion. Liam Gallagher (Gesang), Noel Gallagher (Leadgitarre, Gesang), Gem Archer (Rhythmusgitarre), Andy Bell (Bass), Alan White (Schlagzeug), Zeb Jameson (Keyboard). Mit »Fuckin' in the Bushes« legten sie los, und legten nach mit »Go Let It Out«.

Ach, hier folgt die gesamte Setlist:

3. »Who Feels Love«
4. »Supersonic«
5. »Shakermaker«

6. »Acquiesce«
7. »Stepp Out«
8. »Gas Panic«
9. »Roll With It«
10. »Stand By Me«
11. »Wonderwall«
12. »Cigarettes & Alcohol«
13. »Don't Look Back In Anger«
14. »Live Forever«
15. »Hey Hey, My My« (Neil Young)
16. »Champagne Supernova«
17. »Rock 'n' Roll Star«
18. »Helter Skelter« (Lennon/McCartney)

Ich werde diese Nacht, diesen Gig, dieses Feuerwerk niemals vergessen. Das Ereignis hat sich tief in mir eingebrannt! Am 13. November 2000 wurde übrigens »*Oasis - live At Wembley 2000!*« als Live Album mit dem Titel »*Familiar to Millions*« veröffentlicht. Ein ganz heißer Tipp!

Geschafft und überglücklich setzten wir die Feier in Eddys Flat fort. Irgendwann in den frühen Morgenstunden rang ich mich zu folgender Liebeserklärung durch:

»Ich lege mich fest. Ich liebe euch Inselaffen«, lächelte ich beseelt. Für eure schräge Art, für euren Rock'n'Roll, eure Pints und >last order<. Für eure Derbheit und Spießigkeit, für euren Fußball, für eure Queen, für eure

Leidenschaft und Ignoranz. I love your way of life!«

»Na, du kannst ja nichts dafür, dass du aus dem Kartoffel- und Krautfresserland kommst und sich euer musikalisches Kulturgut auf *Heino* und *>Schwarzbraun ist die Haselnuss<* beschränkt ...«

»Das ist...«, wollte ich protestieren – kam aber nicht zu Wort.

»Ich weiß, ihr habt auch noch euren Krautrock«, grinste Eddy. *Pur, Revolverheld* und so!«

»Nein, Krautrock spielten eher Bands wie *Guru Guru, Amon Düül, Birthcontrol, Nektar, Tangerine Dream* und *Grobschnitt*«, berichtigte Martin, Eddys Arbeitskollege.

Ein kollektives Lachen setzte ein. Was sollte ich sagen, sie hatten ja Recht, meine englischen Freunde. Der Rock'n'Roll, der Pop, wurde hier geboren und nicht in Deutschland. Die seicht gespülteste englische Suppe – ob *Nick Kershaw* (»Would't It Be Good«), »Do You Really Want To Hurt Me« (*Boy George*) oder »Careless Wisper« (George Michel), hat mehr Sex als 90 Prozent des in Deutschland produzierten Sounds.

Eddy erhob sich:

»Was soll ich auflegen? *Pistols? Clash? Pulp? Blur?*«

»*Blur*«, antwortete Tim, Eddys Halbruder.

Und Eddy, grinsend zu mir:

»Jetzt zieh kein Gesicht. Eure Werte sind halt Pünktlichkeit, Ordnung, Fleiß ...«

»Und Krautrock«, ergänzte Tim. Und wieder hielten

sich meine Freunde vor Lachen kollektiv den Bauch.
»Und ich liebe euch auch«, grinste ich. Ich liebe all unsere Nachbarn. Die Franzosen, die Holländer – ach das gesamte Europa. Ich finde, wir sollten uns unserer Einzigartigkeit und Kultur bewusst werden und auf jeden Fall zusammenhalten. Auch wenn ihr keine Elfmeter könnt«, frozelte ich, während im Hintergrund der riffbasierte Track »Song 2« lief. Ein *Blur*-Song, der für seinen übersteuerten Refrain bekannt war. Der Schuh, der mich treffen sollte, als Eddy mit gespielter Empörung wegen des Elfmeter-Traumas nach mir zielte, flog zwei Meter an mir vorbei und donnerte auf den Plattenspieler.:

SCRATCH!
»*SONG* 2«

Paul im Hier und Jetzt
20 • 18

Ich genieße die außergewöhnlich warme Märzsonne auf meinem geräumigen Balkon. Als der ohrenbetäubende Pfiff von der Straße zum dritten Mal an meine Ohren dringt, schaue ich stöhnend auf. Ich fühle mich gestört. Kopfschüttelnd lege ich das Buch »The Dirt« von *Mötley Crüe* zur Seite und lehne mich neugierig über die Balkonbrüstung. Auf dem Gehweg wippt Heiner von einem Fuß auf den anderen und beschirmt mit der Rechten seine Augen, als er zu mir hochschaut. Er streckte den Daumen in die Höhe. Ein breites Grinsen strahlt über sein pockennarbiges Gesicht. Dann hebt er auch noch den Daumen der anderen Hand. Keine Ahnung, was in ihn gefahren ist. Vielleicht hat unser Verein einen spektakulären Transfer getätigt? Oder er hat einen Bombenumsatz mit seinem Kiosk gefahren? Möglicherweise hat er aber auch eine Lieferung dieses hervorragenden Kongo-Grases erhalten?

Er schmeißt beide Arme in die Luft, und ich glaube, auf seinen Lippen so etwas wie >Halleluja< zu lesen. Ich schüttle den Kopf und winke ihm zu:

»Ich komm gleich mal rum!«

In diesem Moment klingelt es an der Tür. Ich werfe einen Blick auf den Wecker: 19 Uhr. Unangekündigter Besuch? Vielleicht ein später Paketdienst? Habe ich etwas bestellt? Ein Buch? Eine Platte? Baseballcaps? Eine Pizza? Ich kann mich nicht erinnern! Ein weiteres Klingeln, gefolgt von einem Klopfen an der Tür, reißt mich aus meinen Gedanken.

Ich ziehe eine Hose über, schmeiße im Vorübergehen einen Blick in den Wandspiegel und ordne meine Haare.

Als ich die Tür öffne, trifft mich beinahe der Schlag.

»Ich darf doch?«

Ohne eine Antwort abzuwarten, drängt sie sich an mir vorbei und stolziert durch das Wohnzimmer auf den Balkon.

»Was machst du da?«

Sie beugt sie sich über das Geländer und winkt mit königlicher Geste zur Straße hinab. *Wie die Queen aus ihrem Rolls Royce, beim Einzug in Westminster Abbey.* Keine Ahnung, weshalb mir das Bild durch den Kopf schießt. Sie trägt einen verdammt kurzen, roten Minirock, der ihr Hinterteil wie eine zweite Haut umspannt.

»Nette Nachbarn hast du.«

Ich beobachte wie Mehmet und Tayfun durch die Tür ihres Dönerladens auf den Gehweg treten und nun ebenfalls begeistert zu meinem Balkon hochwinken.

»Sag mal, hast du einen Dachschaden?«

»Dachschaden? Was ist das?«

»Hast du noch alle Latten am Zaun? Tickst du noch ganz sauber?«

»Was?«

»Was hast du hier verloren, verdammte Scheiße!«
»Na, redet man so mit einer Schülerin?«
Lizzy dreht sich zu mir und strahlt mich mit einem entwaffnenden Lächeln an.
»Wie schön hier!«
Jetzt erst bemerke ich, dass das weiße T-Shirt mit seiner aufreizenden Transparenz einer Provokation gleich kommt. Unnötig zu erwähnen, dass sie keinen BH trägt. Nun verstehe ich die Begeisterung meiner Freunde unten auf der Straße. Wieder beginnen sie zu johlen und wieder streckt Lizzy ihre Hand zum royalen Gruß aus.
»Jetzt komm schon, weg vom Geländer. Runter vom Balkon!«
Ich greife nach ihrem Unterarm und bugsiere sie in die Wohnung zurück. Womöglich stehen auf der Straße Mitschülerinnen und filmen diese absurde Szene. Denkbar, dass die Sequenzen gleich schon bei Youtube, Facebook, Instagram, Snapchat oder Twitter zu sehen sind. Bei diesem Gedanken, wir mir übel. Ich werde zornig. Mich packt die Wut, ob der Situation in der mich diese durchgeknallte Schülerin bringt.
»Was willst du?«, frage ich barsch.
»Was wohl?«
»Hast du Fragen zum Unterricht, zu den Prüfungen? Zur letzten Bewertung deiner Geographie-Klausur?«
»Wir könnten ins Kino gehen. *Fack Ju Göthe* läuft im Flex. Du könntest mich zum Essen einladen. Im Westend

hat ein neuer Japaner eröffnet. Ich liebe Sushi. Falls dir nach Wellness sein sollte, lass uns in die Sauna fahren. Noch besser, im Blue Moon spielen *Pinegrove* aus New Jersey. Oder du entführst mich in den Tunnel und wir zappeln ab auf *David Guetta, Jax Jones, Jason Parker, Stromae* oder *Luis Fonsi*?«

»Lizzy ...« Ich musste mich damit abfinden, dass ich kaum zu Wort kam.

»Wir können natürlich auch hierbleiben. Wir setzen uns auf die Terrasse, du mixt uns einen Sundowner, legst Musik auf und ich baue uns in der Zwischenzeit einen.«

Ich beobachtete, wie Lizzy in ihrer Handtasche wühlte und einen Moment später triumphierend mit einem kleinen Plastikbeutel Gras vor meinen Augen wedelte.

»Du hast Nerven!« Ich schüttle den Kopf und setze mich auf die Lehne des Sessels.

»Du hast nie auf meinen Brief geantwortet.«

Lizzy nimmt mir gegenüber Platz. Wir sind uns nun sehr nahe. Ich spüre die Hitze, die ihr Körper abstrahlt. Sie hat ihre langen bronzefarbenen Beine übereinandergeschlagen. Ich versuche, meinen Blick dort zu bremsen, wo der hochgerutschte Minirock endet. Zu spät! Als meine Augen reflexartig den Säumen des Rockes folgen, erblicke ich dieses hauchdünne Nichts. Für den Bruchteil einer Sekunde sehe ich ALLES!

»Paul!«

Lizzy atmet heftig und ihre Brust drückt sich mit aller

Macht durch den hauchdünnen Stoff! Demonstrativ schaue ich aus dem Fenster und versuche mich auf die Geräusche der Straße zu konzentrieren. Mit einmal spüre ich ihre Hand an meinem Knie.

Was hättet ihr an meiner Stelle gemacht? Hmmm ... irgendwelche Tipps von verkappten Moralaposteln? Hätte ich mir in die Fäuste beißen sollen, um mich kreischend über die Balustrade des Balkons zu stürzen? Variante: Den Kopf für fünf Minuten ins Eisfach hängen, um abzukühlen?

»Lizzy ich schmeiße Sie jetzt raus!« Ich gestikuliere in hektischen Bewegungen und krächze mit staubtrockener Kehle.

»Nein Paul! Bitte nicht!!!«

Ich beobachte, wie sich ihre Augen mit Tränen füllten.

Ganz ruhig: Du atmest ein, du atmest aus! Ich beiße mir auf die Lippen, und versuche mich zu beruhigen: *Okay, sie ist deine Schülerin, sie hält sich in deiner Wohnung auf. Wenn man dir Böses unterstellen möchte, kann man aus dieser Tatsache alle möglichen Rückschlüsse ziehen! Doch das Wichtigste: Du hast dir nichts zu Schulden kommen lassen! Doch irgendwann muss dir irgendeine Geste, eine Anspielung - was auch immer - komplett durchgegangen sein. Ein Zeichen, das Lizzy offensichtlich falsch gedeutet hat.* Diese Gedanken, die mir blitzartig durch den Kopf schießen, scheinen die einzig logischen Schlussfolgerungen zu sein. Oder kann es angehen, dass zwei Menschen derart aneinander vorbeifunken? *Vielleicht hat sie sich aber auch ganz einfach in dich verschossen! Mach dich nicht lächerlich*, appelliere ich an die eigene Raison. *Irgendetwas anderes steckt dahinter. Versteckte Kamera?* Doch die dicken Tränen, die ihr über die Wangen kullern, sind echt. Lizzy rührt mein Herz.

»Komm an die frische Luft, das wird dir gut tun. Ich brühe uns einen Holundertee auf und du erzählst mir, was los ist. Hmmm?«

Während die Worte wie ferngesteuert meine Lippen verlassen, lege ich mitfühlend einen Arm um ihre Schulter, und weiß im gleichen Moment, dass ich mir diese Geste der Nächstenliebe besser verkniffen hätte. Denn nun schmeißt sich Lizzy schluchzend an meine Brust und umschlingt mich dabei mit beiden Armen. Ich fühle, wie sich ihr junger Körper verheißungsvoll an mich presst und wie sie ihren Kopf in meinem Nacken vergräbt.

»Halt mich!«

»Oh! Oh! Oh! Oh! Komm wir gehen raus, das wird dir gut tun!« Ich weiß mir langsam aber sicher nicht mehr zu helfen. Mittlerweile nimmt die Situation bedrohliche Ausmaße an. Ohne, dass ich es bemerke, bin ich zum Du übergegangen. Ich ziehe sie aus dem Sessel. Wir stehen uns gegenüber. Die Träger ihres Spaghetti-Tops fallen Richtung Armbeugen. Lizzy schluchzt, greift nach meinen Händen und schaut mich erwartungsvoll an.

»Paul, ich weiß, das du es auch willst.«

Meine körperlichen Reaktionen auf ihren Frontalangriff sind ihr offensichtlich nicht entgangen. So wie wir uns hier gegenüberstehen, wird die Situation zunehmend brenzlich. Sekunden später presst sie ihren Körper gegen meinen. Ihre Lippen suchen meinen Mund.

»Hör zu, Lizzy. Sei vernünftig! Wir gehen jetzt auf den Balkon, reden – und dann sehen wir weiter, okay?«

Ich bugsiere sie mit entschiedenen Gesten Richtung Terrasse, und schlage drei Kreuze, als sie sich dort auf die alte Teakholzbank niederlässt.

Mein Gott, wie ein Häufchen Elend sitzt sie dort, schießt es mir durch den Kopf.

»Lizzy, hör zu«, beginne ich, als ich aus der Küche mit dem Tee zurückkehre. »Du bist eine attraktive junge Frau. Das ist auch mir nicht entgangen. Aber ich bin dein Lehrer. Und du bist meine Schülerin. Wenn ich feststelle, dass du attraktiv bist, heißt das noch lange nicht, dass ich mich zu dir in irgendeiner Weise hingezogen fühle. Sollte ich dir irgendwann einmal Anlass zu dieser Annahme gegeben haben, so tut mir das aufrichtig leid!«

»Paul!« Lizzy wasserblaue Augen werfen mir einen flehentlichen Blick zu, während ihre schlanken Finger Locken in ihre pechschwarze Mähne drehen.

»Ich weiß nicht, wie ich es deutlicher ausdrücken könnte, Lizzy. Ich will nichts von dir und zwischen uns wird nichts laufen.«

»Ich bin doch bald fertig mit der Schule«, wispert sie.

»Lizzy, das hat damit nichts zu tun. Okay, ja auch«, korrigiere ich mich. »Aber in der Hauptsache ist es so, dass ich nichts von dir will! Du reizt mich nicht! Ich denke weder Tag und Nacht an dich, noch träume ich von dir! Du bist nur eine von vielen Schülerinnen und du bedeutest mir nichts!«

Ich schaue auf die Uhr. Hätte ich es noch deutlicher ausdrücken können?

»Fuck you!«

Von jetzt auf gleich zeigt Lizzy mir plötzlich ein anderes Gesicht. Ihre Augen blitzen angriffslustig! Ehe ich mich versehe, springt sie auf, stößt die Bank zu Boden, schnappt nach einen Tontopf mit Thymian und wuchtet ihn wie eine Kugelstoßerin über die Balkonbrüstung.

»Bist du total meschugge?!« brülle ich erschrocken auf.

Im nächsten Moment höre ich Heiners Stimme vom Gehweg zu uns hoch schallen:

»Hey habt ihr'n Dachschaden? Das war ganz schön knapp! Verdammt!!!«

»Hey Heiner ...«

»Das wirst du mir erklären müssen, mein Freund!« (»Freund« klingt bedrohlich). »Ich kehre die Scheiße zusammen, bevor ein Passant drüber stolpert!«

Als ich aus den Augenwinkeln beobachte, dass sie sich dem nächsten Blumentopf nähert, schubse ich sie vom Geländer weg und durch die Terrassentür in die Wohnung hinein. Ich stoße mit beiden Händen hart gegen ihr

Schlüsselbein und treibe sie so durch die Wohnung Richtung Eingangstür.

»Es ist besser, wenn du nun gehst«, knurre ich und werfe einen Blick auf die Uhr.

»Denkst du?«, kreischt sie und fegt im Vorübergehen, das Telefon von der Anrichte. Wir befinden uns mittlerweile im Flur. Das Telefon zerspringt in vier Teile, als es auf dem Terrakottaboden aufschlägt.

»Lizzy!« Meine Stimme klingt mir fremd, bedrohlich.

»Paul!« Sie keift und stolpert zwei Sekunden später über eine Kiste Bier, die ich am Nachmittag im Flur abgestellt habe.

Ihr Schrei, lässt mir das Blut in den Adern gefrieren, als sie im nächsten Moment rücklings über den Kasten fliegt.

»Lizzy, alles okay, mit Ihnen?«

Von jetzt auf gleich scheint sämtliche Farbe aus ihrem Gesicht gewichen zu sein. Sie liegt dort, auf dem Boden, wie ein auf den Rücken gedrehter Käfer, der mit den Beinen strampelt. Mit ganz, ganz langen, bronzefarbenen, schlanken Beinen und verheißungsvollen Schenkeln. Mit einem wunderhübschen Gesicht und Augen, in denen man gerne versinken möchte. *Mann, Mann, Mann*, schießt es mir durch den Kopf, das ist in der Tat ein verdammt attraktives Mädchen.

»Hast du dir etwas getan?«

»Scheiße!« Lizzy flucht und richtet ihre imposante Brust unter dem Spagetti-Träger-Top zurecht. »Jetzt mach ich mich auch noch vollkommen lächerlich«, grinst sie mit zusammen gebissenen Zähnen, so als wolle sie mit einem kleinen Scherz von der Situation ablenken.

»Alles okay?«, frage ich ein weiteres Mal nach.

»Verdammt! Ja!«

Ich reiche ihr die Hand, um sie vom Boden hochzuziehen. Lizzy schnauft. Kleine Schweißperlen bilden sich auf ihrer Nasenspitze.

»So, du weißt nun, dass ich in dich verliebt bin!« Ihre blauen Augen funkeln in einer Intensität, die mir die Knie weich werden lassen. »Und ich weiß, dass du nicht im mich verliebt bist! Alles gut! Ich komm da drüber weg. Ich weiß endlich, wo ich dran bin. Vielen Dank, Paul! Ab morgen werde ich ein neues Leben beginnen!«

»Lizzy ...«

»Pssssst«, Lizzy legt den Zeigefinger der rechten Hand mit einer lasziven Bewegung über ihre vollen Lippen. »Ich bin eine Frau. Du bist ein Mann! Zuweilen muss es gar nicht die große Liebe sein. Manchmal zählt einfach nur die Anziehungskraft der Körper. Der Augenblick. Guter Sex!«

Ich starre sie fassungslos an, als sie meine Linke nimmt und an ihre Brust führt:

»Hier fühl. Na trau dich. Meine Nippel sind hart. Ich bin heiß!«

»Lizzy!«

Sie presst ihren Körper gegen meinen und hält mich fest umschlungen. *Verdammt,* jammere ich im Stillen: *Wir waren fast durch die Wohnungstür!* Ich spüre ihre Hände in meinen Haaren, an meinem Rücken. Dann legt sie sie auf meinen Hintern, presst mich gegen ihr Becken und beginnt dabei rhythmisch zu kreisen. Fordernd!

»Das ist geil«, haucht sie an mein Ohr!

»Lizzy!«

»Hmmm. Das gefällt dir, oder?« Während sie diese Worte an meine Wange haucht, gleiten ihre Hände in meinen Hosenbund. Ich stöhne auf. Laut. Im nächsten Moment klingelt und klopft es an der Tür:

»Hey Paul! Mach auf! Du weißt, wir sind verabredet!«

Endlich! Ich werfe einen Blick auf die Kuckucksuhr, die ich vor Jahren auf dem Trödel erstanden habe und die seitdem über der Eingangstür thront.

Während des Tee aufbrühens hatte ich in meine Kumpel-Gruppe geschrieben: *SOS! Notfall! Bitte kommt DIREKT zu mir! Paul.*

Kai hatte als erster reagiert und macht nun ganz schön große Augen, während sein Blick auf die zerzauste Lizzy fällt.

»Tut mir leid! Störe ich?« Kai ist sichtlich irritiert.

»Nein! Alles gut! Ich hatte unsere Verabredung fast vergessen.«

»Kein Wunder, du scheinst ganz schön abgelenkt«, grinst er.

»Das war er in der Tat!« Lizzy richtet ihren Rock und schenkt Kai einen nicht zu deutenden Augenaufschlag.

»Abgelenkt und doch nicht so ganz bei der Sache.«

»Ja, also«, brabbel ich und weiß nicht so recht, wie ich die Situation auflösen soll.

»Ja, also.« Lizzy kopiert mich mit einem Zwinkern. »Ich bin dann mal weg Herr Peters. Vielen Dank, für die Tipps und für die klare Ansage. Sie müssen wissen (Lizzy wendet sich an Kai), Herr Peters - ich nenne ihn nur all zu gerne bei seinem Vornamen Paul - ist mein Leistungskurslehrer. Er wollte mir gerade etwas erklären, als sie klingelten. Doch im Großen und Ganzen, habe ich alles verstanden. Ich wünsche den Herren noch einen schönen Abend!« Mit diesen Worten entschwindet ihre Rückansicht in den Hausflur.

Wenige Augenblicke später schließe ich die Tür, während vor Erleichterung hörbar Luft durch meine gespitzten Lippen entweicht. Kai wirft mir einen ungläubigen Blick zu und schüttelt verständnislos den Kopf:

»SOS also!?«

Ich nicke und entdecke im gleichen Moment Lizzys Handtasche.

»Verdammt«, knurre ich und eile auf den Balkon.

»Warte!«, rufe ich hinunter. »Du hast deine Tasche vergessen!«

Wenig später stehe ich schnaufend auf dem Gehweg und reiche ihr die Tasche am ausgestreckten Arm. Jetzt erst bemerke ich, dass Lizzy in Tränen aufgelöst ist. Heiner reicht ihr ein Taschentuch und schüttelt verständnislos den Kopf. Mehmet und Tayfun schmeißen mir von der anderen Straßenseite böse Blicke zu. Chantal, *mein* Schminkmädchen, kommt von der Arbeit und winkt mir zu, einen Becher Kaffee in der Hand. Mein Blick wandert wieder zu Lizzy. Und nun rührt sie auch mein Herz, wie sie dort, einem Häufchen Elend gleich, ihre Tasche nach Zigaretten durchwühlt. Sie wirft mir einen flehenden Blick zu. Im nächsten Moment nehme ich sie tröstend in den Arm. Ich bin schließlich kein Unmensch! Ich rede auf sie ein, wie ein Vater auf seine Tochter: *Alles wird gut!*

SCRATCHES

- 24 -

FLY AWAY

Die 2010er Jahre bescheren aufgrund der 3D-Technik einen weiteren Kino-Aufschwung: *Fluch der Karibik 4, Jurassic World, Star Wars,* die *Hobbit-Trilogie* oder *Transformers*. Filmbiografien wie *Steve Jobs, Coco Chanel, 12 Years a Slave, The King's Speach*. Hits wie *James Bond 007: Skyfall und Spectre, Ziemlich beste Freunde, La La Land, Honig im Kopf* oder *Fuck ju Göhte*: Von den 20 erfolgreichsten Filmen stammen 16 aus den 2010er Jahren. Serienjunkies bekommen nicht genug von *House Of Cards, Breaking Bad* oder *Game of Thrones*.

2010: Beginnt mit der längsten Sonnenfinsternis des Jahrtausends. Im Zuge des Arabischen Frühlings stürzen die Staatsoberhäupter in Tunesien, Libyen und Ägypten. Die Bürgerkriege in Syrien und Libyen fordern mehrere 10.000 Tote. Lena Meyer-Landrut gewinnt die 55. Auflage des Eurovision Song Contest. Bei einem Erdbeben auf Haiti sterben 300.000 Menschen, 1,2 Millionen werden obdachlos. In Stuttgart eskalieren die Stuttgart-21-Proteste. Der Amerikaner Edward Snowden (*Whistleblower*) veröffentlich auf *WikiLeaks* geheime Regierungsdokumente. Die sozialen Netzwerke erreichen die 1-Milliarden-Mitglieder-Marke. Die Bohrinsel *Deewater Horizon* explodiert und führt zur schlimmsten Ölkatastrophe der US-amerikanischen Geschichte. Während der Loveparade in Duisburg kommt es zu einer Massenpanik. 21 Menschen sterben. Das Buch „Deutschland schafft sich ab" (Thilo Sarrazin) wird zum Bestseller.

2011: Der britische Musikerin *Adele* gelingt mit ihrem Album »21« der weltweite Durchbruch und *Depeche Mode* (»Master and Servant«, »Everything Counts«, »People Are People«) füllen nach wie vor Stadien.

Am 11. März ereignet sich in Japan ein schweres Erdbeben, das einen Tsunami sowie die Nuklearkatastrophe von Fukushima zur Folge hat. Die deutsche Bundesregierung beschließt den Ausstieg aus der Atomenergieproduktion. Die Wehrpflicht in Deutschland wird ausgesetzt. Im April verfolgen weltweit etwa zwei Milliarden Zuschauer die Hochzeit von Prince William und Kate. Im November enttarnt sich die Terrororganisation *nationalsozialistischer Untergrund* (Juli 2018: *Zschäpe* wird zu lebenslanger Haft verurteilt). Der Roman „Shades Of Grey" stößt eine Welle von Sadomaso-Parties los.

2012: Das Kreuzfahrtschiff Costa Concordia schlägt unmittelbar vor der italienischen Insel Giglio leck. 32 Menschen kommen ums Leben. 253 Menschen werden Opfer des Hurrikans Sandy, der in der Karibik und an der amerikanischen Ostküste tobt. Der südkoreanische Rapper *Psy* komponiert den Titel »Gangnam Style«. Auf YouTube erreicht das Video eine Milliarde Aufrufe.

2013: Militärputsch in Ägypten. Bei Lampedusa ertrinken am 3. Oktober etwa 390 afrikanische Bootsflüchtlinge. In den kommenden Jahren werden Mittelmeer und Ägäis zum Grab tausender Menschen, die, in der Hoffnung auf ein besseres Leben, aus ihren Ländern fliehen. Der Taifun Haiyan tötet auf den Philippinen 6.000 Menschen.

2014: Die deutsche Fußballnationalmannschaft wird Weltmeister (für die Geschichtsbücher: Wir schlagen Brasilien im Halbfinale mit 7:1). Der IS (Islamischer Staat) erobert Gebiete in den Bürgerkriegsländern Irak und Syrien. Dem epidemisch auftretenden Ebolafieber in Westafrika erliegen mehr als 10.000 Menschen.

2015: Am 7. Januar ereignet sich ein Terroranschlag auf die französische Satirezeitschrift *Charlie Hebdo*. Mehrere Erdbeben in Nepal fordern 8.000 Menschenleben. In der Nacht vom 15. auf den 16. Juni scheitert der Putsch des türkischen Militärs gegen Staatspräsident Recep Tayyip Erdogan. Bundeskanzlerin Angela Merkel beschließt am 4. September, die deutsche Grenze für Bürgerkriegsflüchtlinge aus Afghanistan und Syrien zu öffnen. Gegen Ende des Jahres ereignen sich erneut Terroranschläge in Paris. 129 Menschen sterben, über 350 werden verletzt. Allein im Klub *Bataclan* (in den 70ern Bühne für Lou Reed, John Cale und Nico) sterben während des Konzerts der amerikanischen Band *Eagles Of Death Metal* 90 Menschen.

2016: Die Briten stimmen für den *Brexit*. Donald Trump wird zum 45. Präsidenten der USA gewählt. Terroranschläge in Brüssel: In der Innenstadt sowie am Flughafen Zaventem kommen 35 Personen ums Leben. Am 19. Dezember erfolgt ein Anschlag auf einen Berliner Weihnachtsmarkt: 12 Menschen sterben, 48 werden verletzt.

2017: Bei Erdbeben in Mexiko kommen über 400 Menschen ums Leben. Bei einem Selbstmordattentat in der somalischen Hauptstadt Mogadischu werden 300 Opfer beklagt. Am 1. Oktober tritt in Deutschland die gleichgeschlechtliche Ehe in Kraft.

2018: Prinz Harry (33) ehelicht am 19. Mai Meghan Markle (36, *Suits*). Ganz England und die halbe Welt stehen Kopf! Der Musikfernsehsender VIVA geht nach 25 Jahren vom TV-Netz. Und die deutsche Fußballnationalmannschaft scheidet bei der Weltmeisterschaft in Russland bereits in der Vorrunde nach einem 0:2 gegen Südkorea aus.

Ich frage mich, wie es weiter geht. Mit uns, unserer Gesellschaft, der Natur, dem Planeten. Umwelt- und Dieselskandale. Abholzung der Regenwälder, fehlender Sauerstoff für unsere Lungen. Die Ozeane voller Polymere. Und doch wird heute wieder jede Käsescheibe in Plastik eingeschweißt. Da waren wir schon weiter: >Jute, statt Plastik<, hieß es in den 80ern! Viel ist nicht geblieben! Die Japaner schlachten nach wie vor Wale ab, und die EU reglementiert sich seit Jahrzehnten zu Tode. Die Bürokratie scheint unser so fundamental wichtiges, geeintes Europa wieder zu sprengen! Mündige Staaten und Bürger lassen sich nicht länger willenlos gängeln.

Die weltpolitische Lage war auch schon hoffnungsvoller: Vladimir Putin, Donald Trump, Kim Jon-un. Müßig, sämtliche Despoten aufzuzählen.

Kommen wir zurück zur Musik: Von diesen fantastischen Künstlern, mussten wir uns verabschieden:

Malcom McLaren († 8.4.2010, 54 Jahre)
Amy Winehouse († 23.7.2011, 27 Jahre)
Lou Reed († 27. Oktober 2013, 71 Jahre)
Prince († 21.4.2016, 58 Jahre)
David Bowie († 10.1.2016, 68 Jahre)
Holger Czukay († 5.11.2017, 79 Jahre)
Mark E-. Smith/The Fall († 24.1.2018, 50 Jahre)

Und ich machte mir natürlich auch Gedanken darüber, wie es um unser Kulturgut Musik bestellt ist ...

Ihr seht, schwermütige Gefühle waren es, die mich an diesem Abend beschäftigten. Ich stand vor meiner Plattensammlung und überlegte, ob ich mit beschwingtem Sound gegensteuern sollte.

SCRATCHES

Paul im Hier und Jetzt

20 ● 18

Manu Chao, »Clandestino«, »Bongo Bong« von 1994, hätte die Kraft dazu. Oder »Sultans of Swing« von Mark Knopfler und *Dire Straits* aus den 80ern? Vielleicht *The White Stripes* mit ihrem Album »Elephant« und einer meiner Lieblingsnummern »Seven Nation Army«? Oder gar den Blues vertiefen und somit verarbeiten? Mit Johnny Cash's *American III., IV. oder V.*? vielleicht *Amy Winehouse* und »Back To Black« von 2006? Ich lege mir einen Stapel, mit sämtlichen Alben zurecht, die mir in den Sinn kommen. So verfahre ich häufig, wenn ich unentschlossen bin. Ich schüttle den Kopf als ich das »Back to Black«-Cover in den Händen halte. Arme *Amy*, viel zu früh verstorben, am 23. Juli 2011 - mit gerade mal 27 Jahre!

Bap – »Do kanns zaubere«? Den entspannten Joe Jackson »Night and Day«? Oder ganz leicht beschwingt und soulig: Altmeister *Stevie Wonder*? »Beautiful Day« von U2? Zu optimistisch für meine Stimmungslage, beschließe ich.

Alternative: Etwas Deutsches? *Materia*? Vielleicht sollte ich aber auch einfach ausnahmsweise die Glotze einschalten? Meine gesamte Bekanntschaft schwärmte von »Babylon Berlin« und dessen Soundtrack. Vor allen Dingen von *Severijas* »Zu Asche zu Staub«. Mir war dieser

Song zu martialisch. Die ersten beiden Folgen von »4 Blocks« hatte ich bereits gesehen. Doch die Fortsetzung reizte mich - zumindest heute - auch nicht. Ich verwerfe also die Idee und suche weiter. *Mando Diao, The Bloodhound Gang? Die 90er? Lenny Kravitz?* »American Woman«, »Can't get You Out of My Mind«, »I Belong to you«? Warum nicht, beschließe ich. Sound, der nach vorne geht, geile Stimme, geile Gitarre. Power, die dich vielleicht auf andere Gedanken bringt.

Und so tanzte ich mal wieder alleine. *Halb so schlimm, solange du die Musik hast, brabbele ich.*

Zugegeben ich habe bereits den dritten Whisky intus. Der Spliff zeigt ebenfalls Wirkung. Ich breite die Arme aus. Ich schließe die Augen und drehe meine Pirouetten. Ihr ahnt es:

SCRATCH!
»Fly **AWA**y«

Doch mein Ärger über den Kratzer, hält sich in Grenzen. Ich bin zu gut drauf. Die Musik lässt mich fliegen.

Auch an diesen Scratch werde ich mich ewig erinnern, als den, <u>>am Abend zuvor<</u>!

- 21 bis 22 -
EMMA

Der Morgen danach:
»Like A Hurricane« kommt sie über mich, um *Neil Young* zu zitieren. Emma ist Mitte 40. Das Leben hat seine Spuren hinterlassen.

Wie jeden Morgen hatte ich drei Stullen (mit Käse, Schinken und Salami) belegt und in die blaue Tupperdose gepackt. Aufgeschnittene Möhren und Gurken kamen in die grüne, Apfelstücke fanden in der gelben Tupperdose Platz. Ich verstaute meine Ration in die abgewetzte braune *Arabí*-Ledertasche, setzte mich auf's Fahrrad (ein altes, gelbes *Specialized Stumpjumper*) und radelte zur Schule.

Sie ist psychisch nicht so ganz auf der Höhe, hatte man gemunkelt. Geschieden, 20-jährige Tochter. Sie ist auf der Gesamtschule nicht mehr klargekommen.

Ich halte mir den Kopf, als ich das Lehrerzimmer betrete. Doch der Kater, den mir der Abend mit Kravitz und Co. beschert hat, verfliegt auf der Stelle. Er löste sich in Wohlgefallen auf, als ihre Augen meinen begegnen.
»Darf ich vorstellen?!« Direktor Dr. Konstantin Nachtigall, macht mich mit Emma bekannt:

Frau Esser ist die neue Kollegin für Mathematik und Englisch.

Emmas bezaubernde Krähenfüße grinsen mich an.

»Ich bin Emma.«

»Und ich Paul.«

Wir schütteln unsere Hände und die Eule (so nennen wir Dr. Konstantin Nachtigall hinter vorgehaltener Hand) schaut verblüfft, ob der Tatsache, dass wir uns auf Anhieb duzen und beim Vornamen nennen.

»Kennen Sie sich vielleicht?«, fragt er neugierig nach. Seine wachen, grauen Augen blitzen hinter glasbausteindicken Brillengläsern. Eule ist ein Jahr älter als ich, macht aber den Eindruck, als gehe er stramm auf Ende 60 zu.

»Nein«, antworte ich süffisant. »Noch nie gesehen.« Und das entsprach der vollkommenen Wahrheit.

Ich erwähnte bereits ihre freundlichen Krähenfüße. Doch auch um die Mundpartie hatten sich bereits Falten eingegraben. Sie flankierten zwei rotzfreche Grübchen. Sie war geschätzte 1,60 Meter groß. Ihr blauen Augen schauten strahlend zu mir auf. Sie trug ihr braunes, dichtes Haar schulterlang geschnitten. Auf den ersten Blick erinnerte sie mich an meine Lieblingsschauspielerin Jody Foster: Es war das Grinsen, das ihre Lippen umspielte, die Nasenspitze, die dabei leicht nach oben zuckte und die ausdrucksstarken Augenbrauen. Ihre Gesamterscheinung machte mich für einen Moment sprachlos.

»Paul«, wiederhole ich. »Geographie und Sport.«

•

In den kommenden Stunden kann ich an nichts anderes denken, als an sie. An Emma. Es gibt solche Momente. Solch schicksalhafte Begegnungen, wo vom ersten Augenblick an alles klar ist. Ich hoffe inständig, dass mir heute Morgen im Lehrerzimmer solch ein Moment geschenkt wurde.

Und so quäle ich mich bis zur nächsten Pause, während Lizzy (mit einem schwarzen Minirock bekleidet), unter der Schulbank ihre Beine aufreizend und lasziv öffnet und schließt - öffnet und schließt - öffnet und schließt ...

Befand ich mich in einem Traum? Wollte mir das Schicksal auf diese Weise, die Karten neu legen?

Ich treffe sie nach der sechsten Stunde vor dem Fahrradkeller. Okay, zugegeben, ich richte es so ein, dass ich ihr dort - wie zufällig - über den Weg laufe. Sie trägt eine schwarze Pluderhose und eine dunkelrote Hippiebluse mit weiten Ärmeln.

»Hey!«

»Hi«, grüßt sie zurück und schiebt sich mit beiden Händen die Haare hinter die Ohren.

»Wie war dein erster Tag?« Meine Frage sollte wie beiläufig klingen, als ich mein Rad aufschloss. Meine Stimme jedoch zittert.

»Ganz okay. Du kennst die Gerüchte?«
»Hmmmm ...«
»Tja ...«
»In welche Richtung fährst du?«
»Richtung Klockwickplatz.«
»Hey, ich wohne dort«, antworte ich vielleicht eine Spur zu begeistert. Doch ihr offenes Lächeln verrät, dass es nicht notwendig sein wird, Spielchen zu spielen – zu taktieren, den anderen aus der Reserve zu locken.
»Das ist witzig. Ich glaube, das ist unmittelbar bei mir um die Ecke. Ich wohne in der Metoringerstraße.«
»Das ist ein Block von mir entfernt«, grinse ich. »Fahr vor!«

Wenig später, als Emma vor mir auf ihrem Rennrad in die Pedale tritt, fällt mir ihr perfekter Hintern zum ersten Mal ins Auge. Sie trägt eine *Levi's Skinny Lovefool*.

»Ich habe tierischen Hunger«, ruft sie irgendwann mit über die Schulter gedrehtem Kopf. Ihre Haare flattern fröhlich im Wind.

»Döner?«
»Immer!«
»Den besten der Stadt?«
»Sofort«, ruft sie und lässt mich vorfahren.

Zehn Minuten später stellen wir unsere Räder vor Mehmets und Tayfuns Laden ab.

Wir setzen uns an einen der beiden Tische, die die Beiden bei schönem Wetter auf den Gehweg stellen, und bestellen jeder einen Dürüm Döner Ayran. Das Wetter ist für diese Jahreszeit ungewöhnlich heiß.

»Du hast dir eine schöne Ecke, zum Wohnen ausgesucht.«

»Ja!« Ich strahle sie an, während sich in meinem Kopf die Ereignisse überschlagen: *Was geschieht hier?* Ich war ganz in Gedanken. Hatte ich auf ihre Brust gestarrt? Emma stupst mich an und wedelt mit einer Serviette durch mein Gesichtsfeld:

»Ich glaube der Typ, will was von dir!«

»Hey Alda, isch wollt dir deine Platten zurückgeben.« Mehmet nestelt mit der Rechten an seinem Pferdeschwanz und streckt mir mit der Linken die Platten entgegen.

»Wow, lass mal gucken. Ehe ich mich versehe, hat Emma die Platten entgegengenommen. »Oh, 90er. Ich mag diesen melancholisch-chansonesken Sound von *The Element of Crime*. Hast du die Bücher von Sven Regener gelesen?«

»*Herr Lehmann?*«, frage ich erstaunt.

»Oh. Auch! Aber ich muss dir *neue Vahr Süd* ausleihen. Überragend!«

»Hat mich escht gut gefallen, Alda!«

»Wow, hätte ich echt nicht gedacht.« Emma grinst Mehmet an.

»Dass ich gut finde oder was?«

»Ja, habe ich nicht vermutet.«

»Weil ich Türke bin oder was?« Mehmet geht auf das Spiel ein und stichelt zurück. »Du hörst bestimmt Abba, odda?

»Nein ich bevorzuge *Mustafa Sandal* oder *Tarkan* – aber hauptsächlich *Sandal*«, kontert Emma.

»Hey, das is nisch wahr, odda?« Mehmet zieht einen Stuhl an den Tisch und starrt Emma ungläubig an.

»Doch! Doch! Am besten gefällt mir das Album *Gölgede Ayni*.«

»Waaaaas?« Mehmet schüttelt ungläubig den Kopf: »Tayfun, leg mal *Araba* auf!«

und ehe ich mich versehe, tanzen Mehmet und Emma im Döner >*Yakamoz*< exstatisch zu Türkpop. Mehmet hat die Arme weit vom Körper gestreckt und schnippt mit den Fingern. Emma ihrerseits hebt ihre Arme über den Kopf. Die hochgerutschte Bluse zeigt sie nun - je nach Tanzmove - bauchnabelfrei. *Wow, was für eine Taille, schießt es mir durch den K*opf. Ihr dichter Haarschopf, schwingt von rechts nach links und wieder zurück. Sie wirbelt im Kreis und hat dabei die geschmeidigen Bewegungen einer Bauchtänzerin drauf.

»*Aya Benzer*«, ruft Mehmet Tayfun zu – und die Tanzerei geht weiter.

»Woher kannst du das?«, frage ich wenig später mit bewundernder Stimme.

Mehmet hat seinen Platz hinter der Verkaufstheke wieder eingenommen. Emma sitzt leicht schwitzend vor

mir und nippt an Ihrem Ayran.
»Ich hab mal ne Zeitlang in Fethiye gelebt.«
»Fe ....?«
»Fethiye liegt an der Südwestküste zwischen Izmir und Antalya. Ist bekannt für die Postkartenlagune Ölüdeniz, siehst du hier auf jedem Werbeplakat, wenn es um Türkeireisen geht.«
»Und was hast du dort gemacht?« Ich staunte!
»Wollte damals einfach nur raus. Mein Ex und ich, hatten dort ein kleines Hotel.«
»Dein Ex ist Türke?«
»Nein, Grieche!«
»Grieche?«, fragte ich verwundert.
»Ja, die waren schon immer dort. Dort unten an der Küste sind die Übergänge zwischen den Völkern fließend. Zwischen Fethiye und Ölüdeniz existierte die Stadt Kayaköy mit rund 20.0000 Einwohnern. 1923 wurden die Griechen im Rahmen des Völkeraustausches gezwungen, die Stadt zu verlassen. Heute ist Kayaköy eine Geisterstadt, mit jeder Menge Ruinen und verfallenen Kapellen.«
»Und dann lief's nicht mehr mit dem Hotel?«
»Und dann liefs nicht mehr mit dem Hotel und mit Stavros auch nicht!«
»Tut mir leid.« Die nichtssagende Bemerkung rutschte mir einfach so raus.
»Muss es nicht. Ich bin hier.« Emmas Augen lächeln mich an. »Es war mein Traum. Es war gut und wichtig, ihm

zu folgen. Jeder sollte das tun – seinem Traum folgen. Für mich war es damals alternativlos, diesen ganzen Zwängen hier zu entfliehen und ein neues Leben zu wagen.«

»Und hast du es bereut?«

»Nein, auf gar keinen Fall! Es war vielleicht die glücklichste Zeit meines Lebens!« Emma tupft die Lippen mit der Serviette sauber und wirft mir einen forschenden Blick zu.

»Und du? Immer Lehrer gewesen? Nie etwas anderes vorgehabt?«

»Vorgehabt schon. Hatte mal ne Band.«

»Echt?« Aus Emmas Augen funkelt echte Neugierde.

»Hmmm ... hat sich zerschlagen. Sind aber noch Freunde, das ist das Wichtigste«, sinniere ich.

»Das stimmt. Freunde sind das Wichtigste«, seufzt Emma und schaut auf die Uhr.

»Musst du weg? Hast du noch etwas vor?«, frage ich vielleicht eine Spur zu panisch. Ich wünsche mir, dass sie bleibt. Sie mir zuhört. Ich ihre Geschichte erfahre. Seit Ewigkeiten habe ich mich nicht mehr so wohl gefühlt! Ich fühle diese ganz spezielle Spannung zwischen uns.

»Nein, hab nichts vor«, grinst Emma. »Wo wir uns so prima unterhalten. Erzähl mir von dir. Ich habe dir von meinem Ausbruch in den Süden erzählt, was ist dein Traum, Paul?«

»Ein Plattenladen auf Ibiza«, schießt es aus mir heraus.

»Wow. Ziemlich konkrete Vorstellung«, lächelt sie.

»Und wann geht's los? Nach der Rente?«
Jetzt will sie mich foppen – wenn auch liebevoll. Ich verstehe den Wink. Und im Grunde genommen habe ich meinen Wunsch, hier und heute, zum ersten Mal laut vor mir selbst ausgesprochen.
»Ich hab's nicht ausgerechnet«, brumme ich. »Doch ich fürchte, wenn ich jetzt hinschmeiße, geht die halbe Pension flöten!«
»Ich will nicht Klugscheißern, aber manchmal muss man einfach ins kalte Wasser springen, auch wenn die Haut schon etwas dünner geworden ist.«
Hat sie das wirklich gesagt? Ich betrachte meine Hände mit den dunklen Altersflecken. Ist meine Haut tatsächlich schon pergamentgleich? Emma stupst freundschaftlich meinen Ellbogen. Es ist so, als würden wir uns bereits Jahre kennen. Irgendwie vertraut.
»Hey, Quatsch«, flötet sie. »Du siehst noch absolut super aus!«
Bilde ich es mir ein oder errötet sie wahrhaftig, nachdem ihr der letzte Satz spontan über die Lippen gekommen ist?
»Wie könnte ich ausgerechnet jetzt die Schule schmeißen?«
»Hmmm ...?« Emma wirft mir einen fragenden Blick zu. Sie spielt mit dem Zeigefinger der rechten Hand in ihren Haaren und dreht dabei weiche Locken.
»Na wo das Kollegium gerade um eine neue Kollegin

bereichert wurde, wäre ich ganz schön blöd die Sachen zu packen«, äffe ich gewollt aufgesetzt.»Oder?«

»Oder?«, äfft Emma zurück.

Wir haben es jetzt schon drauf, uns liebevoll auf den Arm zu nehmen. Das gefällt mir. Eine gute Basis, beschließe ich. Ich zwinkere ihr zu, wissend, dass sie zwischen den Zeilen liest.

»Darf ich dich noch auf einen Drink einladen?« Ich habe meinen ganzen Mut zusammen genommen, um diesen Satz zu formulieren. Was wenn sie nun denkt, ich wolle sie abschleppen?«

»Hier?«, fragt sie ein wenig ungläubig und deutet mit der rechten Hand durch das >Yakamoz<. »Hier gibt's nur Fanta, Ayran, Cola, Wasser oder Tee!«

»Nein, bei mir«, antworte ich mit trockener Kehle.

»Willst du mich abschleppen?«, griemelt sie. Ihre Augen funkeln.

»Nein! Quatsch! Emma! Ich ...«

»Schade«, flötet sie und grinst dabei gespielt, verschämt.

»Also ...«.

Nun lacht sie schallend auf:

»Lass uns gehen.«

-

»Interessante Frau«, murmelt Mehmet mir wenig später zu, als ich an der Kasse die Rechnung begleiche.

Und als wir die Ausgangstür aufstoßen:

»Hey, das wird langweilig. Er zeigt dir seine Plattensammlung. Du musst dir *Velvet Underground, Oasis, The Cure, Manu Chao* oder *The Strokes* anhören – und wenn es ganz schlimm kommt *Pink Floyd, Coldplay* oder *The Smiths*.« Grinsend, das Dönermesser in der Hand, winkt er uns zu. »Bei mir kannst du tanzen. Es gibt Sandal, die ganze Nacht«, flachst Mehmet und dreht dabei eine Pirouette: »Bak!«

Wir winken zurück.

»Du hast Platten von all den Bands, die er gerade aufgezählt hat?«

»So ist es«, flüstere ich ihr ins Ohr.

»Das trifft genau meinen Geschmack!« Ein breites Grinsen umspielt ihre Lippen. Ihre kleine Nase zuckt ein wenig in die Höhe. »Das sind meine Bands!«

»Nix für ungut Alda. Okay?« Mehmet nimmt das Küchentuch von der Schulter und winkt mir zu.

»Okay!«, antworte ich und zeige ihm grinsend den Mittelfinger – wohlwissend, dass diese Geste im türkischen Kulturkreis empfindsamer aufgenommen wird, als im Deutschen. Doch wir kennen uns. Wir haben eine Ebene gefunden.

»Ihr scheint euch ja ganz gut zu verstehen«, lacht Emma und wirft den Kopf in den Nacken, als wir auf den Gehweg treten.

»Guter Typ«, antworte ich und zeige ihr meinen Balkon, von dem ich den halben Kiez im Auge habe.

Wenig später befinden wir uns in der Wohnung. Emma spart nicht mit anerkennendem Zungenschnalzen und geht in die Knie, als sie meine Plattensammlung entdeckt. »Das ist nicht wahr. Wir sind Freunde«, strahlt sie.

Sie kniet vor der Wand und ich reiche ihr einen Gintonic. Meine Augen wandern über ihr Dekolleté.

Sie entdeckt den Stapel Platten und CD's der letzten Nacht: *Amy Winehouse, Bap, U2, Stevie Wonder, Joe Jackson, Materia, Lenny Kravitz* - später *The Rolling Stones, The Gang Of Four, Shantel, Grace Jones, Brian Ferry, Iggy Pop, Lana Del Ray, Missy Elliot, The Fall* und *The White Stripes* – zugegeben, eine ungewöhnliche Mischung.

Unglaublich, aber wir teilten den gleichen Musikgeschmack. Irgendwann entdeckt sie die *Velvet Underground* Banane von Andy Warhol. Und so lauschen wir Songs wie »Venus in Furs«, »I'M Waiting For My Man«, »All Tomorrow Parties« (mit Nico), »Here She Comes Now«, »Sunday Morning« oder »Stephanie Says«.

Später, nach dem dritten Gin, lege ich die *Stereo MC's* auf. Bei »Connected« beginnen wir zu tanzen. Wild und ausgelassen. Emmas Anblick macht mich atemlos, barfuß tanzend, die Hände über dem Kopf, die Augen geschlossen, ein seliges Grinsen in den Mundwinkeln. Ich wechsle zu Iggy und »Passenger«.

»Geil!«, kreischt Emma und schaut mich überwältigt an. Dann nimmt sie meine Hände und dreht sich mit mir im Kreis. Das geht so lange gut, bis ich gegen die Stehlampe stolpere, die mit einem dumpfen Röcheln gegen den Plattenspieler kippt:

SCRATCH!
»Pas***SENGE***r«

»Hey, das ist nicht gut.« Emma lallt ein wenig. Und ein wenig lispelt sie sogar.

Ich betrachte sie liebevoll:

»Du bist so schön unperfekt«, kommt es mir ohne darüber nachzudenken über die Lippen.

»Hey, hey, wie ist das denn gemeint!« Emma spielt die Empörte.

»Du bist wunderbar Emma«, grinste ich, als ich *Barry White* auflegte.

»Soll das jetzt der Dosenöffner sein?«, lächelt sie und lässt sich von mir in die Arme nehmen. Wir wiegen uns. Dann tanzen wir. Langsam. Schritt für Schritt. Eng. Ganz eng. Quasi ein Stehblues auf »I Only Want To Be With You«.

»Du raubst mir den Atem«, hauche ich ihr ans Ohr.

»Du mir auch«, antwortet sie flüsternd.

Wir tanzen das gesamte »The Icon Is Love«-Album, bevor wir uns sittsam voneinander verabschieden.

Gegen zwei Uhr nachts entschwindet Emma mit einem Handkuss durch die Tür.

●

»Wow! Wow, wow, wow«, entfährt es mir immer wieder, während ich *Edwyn Collins* »A Girl like You« auflege. Ich sammle Flaschen und Gläser ein und bringe die Küche in Ordnung. Der **SCRATCH!** lässt mich - die Arme im Spülbecken - auffahren. Ich hätte es wissen müssen, der Lampenfuß war hinüber. »A Girl like You« besaß nun einen Kratzer!

- 23 bis 24 -
ONE

In den kommen Tagen schwebe ich auf Wolke 7. Es hat sich nichts weiter zugetragen. Und doch – eigentlich ist alles klar zwischen uns. Sobald sich unser Engtanz zu Barry White vor mein geistiges Auge schiebt, zeigt mein Körper deutliche Reaktion.

Wir teilen die gleiche Vorliebe für Musik und Literatur – und wir fühlen uns zueinander hingezogen. Anders sind die versteckten Botschaften nicht zu deuten. Wenn ich ihr im Lehrerzimmer begegne, berührt sie im Vorbeigehen sachte meine Hand. Sie wirft mir verschwörerische Blicke zu, wenn wir uns im Schulflur begegnen. Sie sieht mir tief in die Augen und klimpert dabei verführerisch mit den Wimpern, wenn wir im Silencium sitzen und sie sich unbeobachtet fühlt.

Seit Mia habe ich nicht mehr so gefühlt! Schmetterlinge im Bauch? Jahrelang Fehlanzeige! Jetzt fühle ich mich wie ein verliebter Teenager.

Heute habe ich frei. Keine Schule. Nichts zu tun! Ich habe mir vorgenommen, den Tag zu genießen. Ich werde mir überlegen, was ich koche. Einkaufen gehen. Einen Mittagsschlaf halten und Musik hören. In die Sonne blinzeln. Irgendwann den Herd anschmeißen und auf Emma warten.

Ein perfekter Tag denke ich, als ich auf die Straße trete und in die Sonne blinzle. »Perfect Day« von Lou Reed, schießt es mir durch den Kopf. *Wir müssen unbedingt »Perfect Day« zusammen hören.* Ich frage mich gerade, ob es heute passiert, als ich einen Schlag auf die Schulter erhalte:

»Ragazzo!«

Ich schaue in das lachende Gesicht meines Freundes Gil. Welch eine Überraschung. Wir umarmen uns.

»Hey Alter, machst du eine Verjüngungskur? Du siehst so verdammt entspannt, so erfrischt, so jung aus.« Gil mustert mich von oben bis unten: »Respekt, wie machst du das nur?«

»Das macht die Liebe«, grinse ich glücklich, während ich mir von Heiners Kioskständer die Tageszeitung herunter pflücke.

»Sag bloß! Die Brasilianerin? Deine Schülerin? Ist echt nicht wahr! Respäääääääkt!!!«, dehnt Gil und zieht den Hosenbund über seine Wampe. »Hat die vielleicht ´ne Schwester«, grinst er und zündet sich ein Zigarillo an.

»Idiot!« Ich zeige Gil einen Vogel und überfliege die Schlagzeilen. Die sogenannten Wutbürger machen sich einmal mehr Luft. >Fakenews< und >Lügenpresse<, heißen die Schlagworte, die in den Talkshows rauf und runter diskutiert werden. Mir fehlen glatt die Worte, wenn es um dieses Thema geht. So viel Dummheit, hätte ich nicht vermutet: >*Wir sind das Volk!*< *Um Gottes willen! Hoffentlich nicht*, denke ich. *Wenn IHR das Volk seid, kann Deutschland einpacken!*

»Und? Erzähl?« Gil schaut mich erwartungsvoll an.

Ich stopfe die Zeitung in die Tonne und schaue in einen strahlend blauen Himmel.

»Sie ist 20 Jahre älter und eine neue Kollegin.«

»20 Jahre älter als du?« Gil wirft mir einen verwirrten Blick zu.

»20 Jahre älter, als die Brasilianerin, du Idiot!« Ich puffe ihm freundschaftlich ins Hüftgold und zünde mir die erste Zigarette des Tages an. Der Verkehr rauscht an uns vorüber. Radfahrer klingeln mahnend, wir blockieren die Fahrradspur.

»Und du? Was hat dich in die Gegend verschlagen?«

»Hab mir das Ladenlokal gegenüber angeguckt. Diesen ehemaligen *1-Euro-Laden.*«

»Noch ne Eisdiele?«

»Die perfekte Ecke hier!« Gil pafft an seinem Zigarillo und deutet mit der Rechten den Boulevard auf und ab. »Ist und bleibt aber ein Saisongeschäft. Mal schauen, wenn er sich auf den Sechsmonats-Deal, von Mai bis Oktober einlässt, schlage ich zu.«

»Und in den Wintermonaten?«, frage ich ungläubig.

»Ist mir doch Latte. Meinetwegen vermietet er an einen Pralinenladen oder verscherbelt Billigklamotten zur fünften Jahreszeit.«

»Hmmm«, brumme ich nachdenklich und lege mir im Geiste eine Einkaufsliste zurecht, welche Zutaten ich gleich auf dem Markt besorgen werde.

»Wann findet unser Treffen kommende Woche nochmal statt? Mittwochs oder donnerstags?« Gil drückt den Zigarillostumpen am Stiefelschaft aus und schaut nachdenklich auf sein Smartphone.

»Am Mittwoch, Alter. Am Mittwoch«, antworte ich und fühle, die Vorfreude in mir aufsteigen, die Jungs wiederzusehen.

»Okay, dann also am Mittwoch!« Gil grinst mich an. »Und ich hoffe, du hast dann mehr über deine neue Perle zu erzählen! Ich muss los, mach's gut!«

Mit diesen Worten und mit den Wagenschlüsseln seines Alfa Romeo Giulietta Spider (Baujahr 61) klimpernd, entschwindet Gil um die Ecke des nächsten Blocks.

Die kommenden Stunden scheinen zu verfliegen – einerseits. Andererseits scheint sich die Zeit zu dehnen. Ich kann es kaum erwarten, Emma in die Arme zu schließen. Derweil vertreibe ich mir die Zeit damit, ein ordentliches Sugo aufzusetzen. Ich raspele Parmesan, schäle Möhren, halbiere Auberginen, schlage Eier und würfle Zwiebeln. Ich enthäute Knoblauch, pule Garnelen und entkorke einen wunderbaren *Bourdeaux Chateau La Commanderie De Queyret,* während im Hintergrund *Gil Scott-Heron* (»Space Shuttle«) und *John Cooper-Clarke* (»Night

People«) aus den Boxen dröhnen.

Wenig später schlendere ich von der Küche ins Wohnzimmer, knie mich vor die Anlage und treffe eine Vorauswahl. Okay, Stapel 1, wenn sie auf guten alten Indie-Sound tanzen möchte: *Gang Of Four, Beasty Boys, Skunk Anansie, Marilyn Manson, The Leather Nun, Placebo, The Stranglers, Bauhaus* oder *The Gun Club* »Sex Beat«.

Stapel 2: entspanntes, fröhliches Abzappeln: Metro Station, No Doubt, Jan Delay, Fettes Brot.

Stapel 3, 80er: Soft Cell, Tears For Fears, Bronski Beat, Tom Tom Club, Eurythmics, Massive Attack.

Stapel 4 (richtig Party): Rufus & Chaka Khan »Ain't Nobody«, *Cameo* »Word Up«, *Strech* »Why Did You Do It«, *Moby Tone-Loc* »Funky Cold Medina«, *Fatboy Slim* »The Rockafeller Skank«, *Flip Da Scrip* »Throw Ya Hands In The Air«, *Flo Rida Fet. Ke$ha* »Right Round«, *MC Hammer* »You Can't Touch This«, *Daft Punk* »Get Lucky«, *Pharrell Williams* »Happy«, *Mark Ronson (feat Bruno Mars)* »Uptown Funk«, *Aloe Blacc* »I Need A Dollar«, *Stromae* »Papaoutai«.

Stapel 5 (>Deep<): Johnny Cash »American III: Solitary Man« von (2000) »American IV: The Man Comes Around«, »American V: A Hundred Highways«, »American VI: Ain't No Grave«. Ich muss unbedingt »One« mit ihr zusammen hören. Und *natürlich* »Perfect Day« von *Lou Reed!*

Ich baue noch einen Stapel mit Soul (ich glaube, das

mag sie): *Marvin Gaye, Al Green, Amanda Lear, Eartha Kitt, Kool & The Gang, Hot Chocolate, Cher, Gloria Gaynor, Grace Jones, James Brown, The Temptations, Barry White, Aretha Franklin, Donna Summer.*

»Zur Begrüßung braucht's einen entspannten, beschwingten Sound.« Ich führe Selbstgespräche und lege »Próxima Estación: Esperanza« ein, *Manu Chaos zweites Soloalbum.*

Gegen 19 Uhr klingelt es an der Tür. Ich nehme das Spültuch von der Schulte und schmeiße es ins Waschbecken. *Endlich!* Ich bekomme feuchte Hände. Im Vorbeigehen werfe ich einen kritischen Blick in den Spiegel:

Alles gut, du hast dich gründlich rasiert. Die Nasenhaare sind entfernt, die unter den Achseln, auf der Brust und in den Ohren auch – dein gesamter Körper ist glatt, wie ein Pfirsich. Du hast geduscht, Bodylotion aufgetragen und >Molecule 02< aufgelegt. Die Unterwäsche von >Bruno Banani< sitzt perfekt. Was soll schief gehen? Ich atme tief durch und öffne die Tür. Im nächsten Moment trifft mich der Schlag!

Sie trägt Highheels und ist mir damit beinahe auf Augenhöhe. Das strahlende Blau ihrer Augen, haut mich aus den Socken. Augenbrauen und Wimpern scheinen verzaubert. Sie trägt ein dezentes Make-up – im Gegensatz zum Lippenstift, der sehr Rot ausgefallen ist. *Glam-Look,* denke ich, und kann mich kaum satt sehen an ihr. Die satt schimmernden, braunen Haare hat sie in lockerer

Art hochgesteckt.

»Was ist los? Ich fasse das mal als Kompliment auf«, grinst sie.

»Was?«, kommt es unbeholfen über meine Lippen.

»Deinen Blick ... Darf ich reinkommen?«

»Emma! Bitte! Sorry! Also ...«

Ich halte ihr die Tür auf. Während sie nahe an mir vorüber schreitet, steigt mir der Duft ihres Parfums in die Nase. Sie trägt ein eng anliegendes schwarzes T-Shirt und eine leichte, weit geschnittene und mit Spitze abgesetzte, schwarze Shorts. Hüfte schwingend, schwebt ihr majestätisches Hinterteil vom Flur in die Küche:

»Hmmm ... das riecht richtig gut. Ich habe einen Bärenhunger. Ich freue mich sehr auf den Abend!« Sie schlingt ihre Arme um meinen Hals und grinst mich mit einem warmen Lächeln an.

»Was hast du mitgebracht?«, frage ich neugierig. Ema löst sich von mir und wedelt mit einer Box.

»*The Doors At The London Fog* von 1966. Vor zwei Jahren in einer limitierten Edition neu gepresst!«

»Wow! Soll ich auflegen?«

»Klar!«

Während wenig später die ersten Töne von »Rock Me« erklingen, stoße ich mit ihr an:

»Cheers, auf einen schönen Abend!« Ein wunderbares Grinsen umspielt ihre Lippen und springt vor Freude geradewegs in ihre rotzfrechen Grübchen über.

Zur Vorspeise gibt es »Clanestino« von *Manua Chao*. Zum ersten Gang *Eels*, zum zweiten Gang *Coldplay* und zum dritten *Al Green*. Die Nachspeise nehmen wir auf der Couch ein, die Beine untergeschlagen. Es gibt Eis und *Lana Del Reys* »Summertime Sadness«.

»Perfekt, Paul! Perfekt! Perfekt dieses Eis.«

»Ja, ganz einfallsreich und raffiniert«, griemele ich.

»Mit Eierlikör und Erdbeeren – da kommt so schnell niemand drauf.«

»Ach?«

»Du musst wissen, einer meiner ältesten Freunde stellt sein Eis selbst her. Ihm gehört das >Tropea<. Das ist die angesagteste Eisdiele der Stadt. Ich habe ihn heute Morgen durch Zufall getroffen. Er will direkt gegenüber eine weitere Eisdiele eröffnen. Zumindest in den Sommermonaten.«

»Klingt gut, dann gehe ich noch mehr aus dem Leim«, giggelt Emma und schiebt sich eine Erdbeere zwischen ihre roten Lippen.

»Du und aus dem Leim gehen«, nehme ich den Faden auf. Du bist perfekt!«

»Wenn du wüsstest ...«

Der Verlauf des Gespräches gefällt mir. Natürlich will ich es wissen! Ich brenne darauf, zu sehen, wie sie ihr T-Shirt über den Kopf zieht!

»Was hältst du davon, wenn ich uns einen richtig fetten Grasjoint wickle?«, frage ich wenig später, während ich die Nadel des Plattenspielers auf *Iggy Pops* Album »Lust For Life« herabsenke.

»Hmmm ... Was hast du vor?«

»Wir könnten tanzen, so wie letztens. Musik hören ... und so!«

»Klingt gut«, flötet Emma mit einem geheimnisvollen Augenaufschlag, zündet sich eine Gauloises an und tippelt auf ihren Stöckelschuhen zum Balkon.

Wenig später genießen wir die Abendstimmung und lauschen Johnny Cash.

»Diese Alben sind so traurig.« Emma hat ihre Schuhe mittlerweile von den Füßen gestreift und ihre nackten Füße auf dem Geländer des Balkons ausgestreckt.

»Ergreifend, finde ich sie!«

»Ja!«

»Dieser Schmerz in seiner Stimme!«

»Ja, aber auch all seine Erfahrung. Irgendwie klingt er auch furchtlos«, murmelt Emma.

»Eher demütig, finde ich.«

»Hmmm ...«

»*One* ist eine meiner absoluten Lieblingsnummern!«

»Von *Cash*?«

»Nein, überhaupt. Die Nummer wüsste ich gerne an meinem Grab gespielt!«

»Echt? Das wäre mir zu deep. *Bongo Bong ... Je ne t'aime plus* von Manu Chao, soll es bei mir sein.

Ich habe keine Ahnung, wo das Gespräch hin driftet

und ob wir ein zu ernstes Thema anschneiden. Vielleicht sollte ich die Musik wechseln? Etwas leichtere und beschwingte Kost auflegen? Doch der Joint hat mich auf der Bank festgenagelt. Emma sitzt neben mir. Zum Greifen nahe! Sie riecht gut!

»Du hast schöne Füße«, kommt stattdessen über meine Lippen: Ich bleibe sitzen, wo ich sitze.

»Findest du?«

»Was sollte das eigentlich mit den Stöckelschuhen. Du bist doch gar nicht der Typ dafür.«

Hmmm ... war das gut? Habe ich das tatsächlich gesagt? Ich räuspere mich und nehme einen tiefen Schluck Gin-Tonic.

»Findest du?«

»Na ja ... also ... klar, stehen dir gut«, versuche ich, mich irgendwie herauszureden. »Wollte sagen, hast du gar nicht nötig. Bei den Füßen meine ich ...«

»Manche Dinge zieht man an, um sie ausziehen zu können«, grinst Emma. »Weißt du, was ich gestern Abend gemacht habe?« Sie fixiert mich, erhebt sich von der Bank, greift nach ihren Schuhen und wirft mir einen eindringlichen Blick zu!

Was habe ich getan? Was habe ich gesagt? Will sie tatsächlich gehen?

»Ich habe mir einen ganz alten Schinken reingezogen«, haucht sie mit über der Schulter gedrehtem Kopf, während sie meine Plattensammlung ansteuert.

»Du hast alphabetisch sortiert, oder?«
»Klar!«
Jetzt bin ich gespannt, was kommt!
»Welchen Schinken hast du gesehen?«
»*9 1/2 Wochen* mit Kim Basinger und Mickey Rourke. Dagegen kann *Fifty Shads of Grey* einpacken.«
»Wow!«, entfährt es mir. »Der müsste von Mitte der 80er sein, richtig?«
»86!«
»Echt?«
»Ich wusste es«, triumphiert Emma Momente später.
»You Can Leave Your hat On«, frage ich ungläubig.
»Ja, von Joe Cocker«, grinst Emma keck. Ich habe zwar keinen Hut, doch ich dachte, die Stöckelschuhe als erstes abzustreifen, könnte zumindest genau so sexy wirken ... doofe Idee, oder?«
»Nein ... Also«, brabble ich. »Wo der Song schon mal läuft.« (Im Hintergrund ist ein deutliches Kratzen, ein eindringliches Mahlen zu hören.)

Und so schaue ich ihr gebannt zu, wie sie sich lasziv in den Hüften wiegt und langsam die Schuhe von den Füßen streift, während im Hintergrund »You Can Leave Your hat On« zum Staccato ansetzt. *Die Nummer hat sie offensichtlich noch nicht so oft vorgeführt,* geht es mir durch den Kopf. Denn Emma wackelt gefährlich und sucht ihre Balance – im nächsten Moment fliegt sie über ihre eigenen Füße. Ich zucke zusammen. Erschrecke!

Und Emma? Emma grinst und griemelt und lacht und giggelt und bekommt sich überhaupt nicht mehr ein. Tränen laufen über ihre Wangen. Ich lasse mich anstecken und falle in ihr Gelächter mit ein. Wir steigern uns in einen Lachflash. Wir wiehern, halten uns den Bauch und versuchen die Mimik in unseren tränennassen Gesichtern, nicht komplett entgleisen zu lassen. Sobald einer von uns sich zu beruhigen scheint, muss er den anderen nur anschauen und schon beginnt das Gelächter von vorne. Wir kringeln uns vor Lachen über den Boden und hecheln nach Luft. Wir streifen uns. Die Berührungen sind leicht. Sie kommen natürlich, wie selbstverständlich – so als hätten wir uns schon das halbe Leben umarmt.

Irgendwann rapple ich mich auf die Beine, brühe einen Kaffee auf und plündere die Süßigkeitendose.

»Das Gras ist spitze«, grinst Emma, während sie ein Stück Schokolade abbeißt. »Kannst gerne noch einen bauen!«

Wir haben uns wieder auf den Balkon zurückgezogen. Emma ist neugierig auf meine Vergangenheit, und so habe ich einen ganzen Stapel alter Fotoalben aus der alten, mit Eisen beschlagenen Truhe hervorgeholt (ein Erbstück meines Großvaters).

»Die Insel scheint dir echt ans Herz gewachsen zu sein!« Emma studiert meine Ibiza-Fotos und schnalzt mit der Zunge. »Jedes Jahr bist du dort?«, fragt sie ungläubig.

»Mehrmals! Ibiza ist meine zweite Heimat geworden.

Mein zweites zu Hause. Sobald ich gelandet bin, werde ich zu einem anderen Menschen.«

»Und gefällt dir der Ibiza-Paul«, grinst Emma.

»Der Ibiza-Paul ist spitze«, lächle ich. »Du musst mich bei der nächsten Reise begleiten. Okay?«

»Hmmm ... Dort hast du dir auch das Tattoo stechen lassen?«

Emma streift mit ihren roten Fingernägeln quälend langsam über das Tribal. Ein Stromstoß fährt durch meinen Körper.

»Ich habe auch ein Tattoo«, flüstert sie wie geistesabwesend, während sie nach wie vor über meinen Oberarm streicht.

»Echt? Wo?«, frage ich neugierig.

»Na, das gilt es ja vielleicht noch zu entdecken«, lächelt sie nun ein wenig schüchtern, wie mir scheint.

»Ich finde es wunderbar, dass du hier bist Emma. Ich habe das Gefühl, als würden wir uns schon ewig kennen. Du bist mir irgendwie sehr vertraut!«

»Das hast du schön gesagt. Komm, lass uns tanzen!«

Emma nimmt meine Hand und zieht mich ins Wohnzimmer.

»Disko Partizani« von *Shantel*?«, frage ich.

»Woher weißt du nur immer, was ich mir gerade insgeheim wünsche?« Ein Grinsen umspielt ihre Lippe. Die Nasenspitze zuckt und ihre Grübchen strahlen.

Der Boden der Altbauwohnung besteht aus durchgetretenen Bretterbohlen, die nun, unter Emmas Gehüpfe, mächtig in Schwingung versetzt werden. Als sie schließlich mit der Hüfte die Unterkonstruktion des Regals touchiert, ist es passiert:

SCRATCH!
»Di**SKO PARTIZA**ni«

»Das tut mir Leid! Ich kauf dir eine Neue.« Emma ist sichtlich erschüttert, ob ihres Missgeschicks. Ihre vom Tanzen verschwitzen Haare, fallen ihr mittlerweile wieder über die Schultern. Ihre Lippen beben, so als müsse sie gleich in Tränen ausbrechen.

»Hey!« Ich nehme sie in den Arm. »Halb so schlimm. Und nein, ich will keine neue Platte. Ich liebe diesen Song, habe ihn schon immer geliebt. Mit diesem Kratzer wird die Platte noch wertvoller für mich. Er wird mich auf ewig an diesen, an unseren Abend erinnern.«

»Wie romantisch!« Emma hat sich augenscheinlich wieder gefangen. Ihr freches Grinsen kommt einer Einladung gleich.

»Ich weiß, was du jetzt brauchst«, flüstere ich ihr ans Ohr und ernte ein:

»Ohhh... Du bist doch kein Sadomaso?«

»Brrrrrrrrrr«, antworte ich theatralisch und surfe zum Plattenspieler (der zweite Joint war weitaus stärker als der Erste).

Ich lege Sound zum Festhalten auf. Blues und Soul von *Al Green, Aretha Franklin, Donna Summer, Hot Chocolate und Marvin Gaye.* Wir wiegen unsere Körper. Reiben sie aneinander. Ich beuge meinen Kopf zu ihrem Hals herab. Bei Marvin Gayes »Sexual Healing« küssen wir uns zum ersten Mal. Erst unschuldig, vorsichtig – dann leidenschaftlich. Als die letzten Takte der selbst zusammen gestellten und gebrannten CD verklungen sind, öffne ich eine Flasche Champagner.

»Nicht, dass du denkst, ich möchte den aus deinen roten Stöckelschuhen schlürfen«, grinse ich.

»Mir ist heiß!«

Emma streift ihr schwarzes T-Shirt über den Kopf. Darunter trägt sie einen schwarzen, hauchdünnen und transparenten BH. Ich kann mich nicht satt sehen, schaffe es aber noch, den Schmuse-Stick in den USB-Eingang zu schieben. Als Erstes erklingt:

Adele ....   »Someone like You«

Ich fülle die Champagnergläser auf und stoße mit Emma an. Wir trinken. Küssen uns leidenschaftlich. Ich halte meine Hand unter einer ihrer Brüste und schütte vorsichtig Champagner über den BH. Emma quietscht. Emma seufzt. Als ich den Champagner aufschlürfe und dabei ihre Brustwarze mit meinen Lippen umschließe, stöhnt sie auf. Aus den Boxen säuselt:

Exile .... »Kiss You All Over«

Wir schaffen es nicht mehr auf die Couch oder gar ins Schlafzimmer. Wir entdecken uns, während der Soundtrack läuft:

The Smiths .... »I won't Share You«
Sinead O'Conor ....»Nothing Compares 2 U«
Roxy Music .... »Dance Away«

Bei
Lou Reed .... »Perfect Day«
empfängt mich ihr heißer Schoss.

Wir lassen nicht voneinander ab, während der Soundtrack aus dem Off uns schweben lässt:

Tracy Chapman ....»Baby Can I hold You«
George Michael ....»Careless Whisper«
The Rolling Stones ... »Angie«
Amy Winehouse ..... »Back To Black«
John Cale .... »Halleluja«
Suzanne Vega .... »Night Vision«
Prince .... »Sometimes It Snows In April«
Lana Del Rey .... »Video Games«
Hot Chocolate .... »You sexy Thing«
Nick Cave & Kylie ......»Where The Wild Roses Grow«
Can .... »She Brings The Rain«
Lou Reed .... »Pale Blue Eyes«
Adele .... »Hello«
Leonard Cohen .... »Suzanne«
Eric Clapton .... »Wonderful Tonight«

Irgendwann in der Nacht erwache ich. Emma liegt nackt in meinen Armen. *Wie schön! Wie wunderschön,* schießt es mir durch den Kopf. Voller Dankbarkeit küsse ich ihre Stirn, ihre Brust. Emma brummt, grinst und schmatzt im Schlaf. Leise erhebe ich mich und schiebe der Einfachheit halber eine der Marie-LOVE-Tapes in das Kassettendeck und weiß, dass es gut ist. Mein Körper ist schwer. Müde. Überglücklich falle ich in einen wohligen und tiefen Schlaf und halte dabei Emmas Hand. Ich habe übrigens ihr Tattoo entdeckt: Eine 20-Zentimeter lange Schlange, die es sich zwischen Oberschenkel, Leiste und ihrem magischen Dreieck bequem eingerichtet hat.

Als ich am nächsten Morgen erwache, bemerke ich auf Anhieb, dass etwas fehlt. Mit geschlossenen Augen ertaste ich Leere. Ich bin alleine. Da liegt niemand an meiner Seite. Von jetzt auf gleich bin ich hellwach. *Emma! Habe ich geträumt? Nein, das kann nicht sein! Doch weshalb ist sie nicht da? Irgendetwas stimmt nicht. Habe ich gestern Abend etwas Falsches gesagt. Habe ich sie verletzt?* Die Bilder der letzten Nacht rauschen an meinem inneren Auge vorbei: *Nein, es war alles okay. Wunderbar. Gigantisch! Orgastisch! Phänomenal!* Es ist Wochenende, Samstag. Ich bin davon ausgegangen, dass uns entspannte Tage lachen. Nun ergreift mich Panik. Was hatten die Kolle-

gen gemunkelt:
›Sie ist psychisch nicht so ganz auf der Höhe. Sie ist auf der Gesamtschule nicht mehr klargekommen.‹
So ein Unsinn, denke ich. Ich habe schon lange nicht mehr eine solch selbstbewusste Persönlichkeit wie Emma kennengelernt.
Panikartig hechte ich aus dem Bett, durchs Schlafzimmer. Küche: leer. Bad: leer. Wohnzimmer: nichts! Ängstlich trete ich durch die Terrassentür: Die Sonne geht auf. Sie hat ein weißes Oberhemd von mir übergeworfen. Die Beine angezogen (welch eine Pracht) und eine Tasse Kaffee an den Lippen, zwinkert sie mir zu. Ach was soll ich sagen, ihr Lächeln erstrahlt wie der Sonnenschein:
»Guten Morgen, my Love. Magst du auch einen Kaffee?«
Ich nehme ihr den Becher aus der Hand und schlürfe einen Schluck.
»Emma, du bist wundervoll«, lächle ich. Ich betrachte ihr offenes, strahlendes Gesicht. Dann fällt mein Blick auf ihre appetitlichen Brüste, die vom Hemd nur unzureichend bedeckt werden. Ich wiederhole mich:
»Emma, du bist wunderbar!«
»Ich sehe es.«
»Was?«
»Stehst du immer nackt auf diesem Balkon? Ich meine, nennt man so etwas nicht Erregung öffentlichen Ärger-

nisse?«

Erst jetzt bemerke ich, dass ich in meiner panikartigen Suche nach ihr, das Überziehen einer Hose vergessen habe.

»Oh Shit«, brumme ich.

»Nein, geil«, antwortet sie mit belegter Stimme und ertastet meine Morgenlatte. »Lass uns rein gehen, dir muss geholfen werden!«

Ich rühre gewürfelte Tomaten, Zwiebeln, Speck und Eier in die Pfanne. Die Liebe hat uns hungrig gemacht. Wir frühstücken am Stehtisch, lehnen an den Hockern und machen Pläne für den Tag. Anfangs wippen wir nur mit, doch nach wenigen Minuten hält uns nichts mehr. Wir greifen uns bei den Händen und schweben zur Musik. Der Radiosender spielt hauptsächlich französischen Kitsch und seltene Perlen. *Zaz* (»Je Veux«), *Louana* (»Avenir«), *France Gall* (»Ella, Elle L'A«), *Carla Bruni* („Quelqu'un m'a dit"), *Stromae* (»Tou Les Mêmes«), *Indila* (»Dernière Danse«), *Patricia Kaas* (»Mademoiselle chante les blues«). Und so setzt sich das Programm fort, mit internationalen Juwelen wie *LP* (»Lost On You«) oder mit »Havana« von *Camila Cabello*. Es folgen »Clap Your Hands« von *SIA*, *Shakira* (»Hips Don't Lie«), *Pharrell Williams* (»Happy«).

Wir tanzen ausgelassen durch die Küche, trinken Kaffee und stopfen uns gegenseitig mit süßen Kuchen voll, bis der Radio-DJ wechselt: Wir bewegen uns noch zu *Ed Sheeran*

(»Shape of You«), *Alphaville* (»Big in Japan«), *Yello* (»Oh Yeah«), *Jah Wobble* (»Erzulie«) und tanzen auf *Madonnas* »La Isla Bonita«. Bei »Gold« von *Spandau Ballet* strecken wir die Waffen und schalten das Radio ab.

Eine Stunde später sitzen wir auf den Rädern und radeln zum Flohmarkt in Uninähe.

»Was sagen wir, wenn uns jemand aus dem Kollegium begegnet?« Ich schließe unsere Fahrräder zusammen und schiebe mir die Ray Ban auf den Kopf.

»Na was? Sind wir jemandem Rechenschaft schuldig?« Emma wirft mir einen entschlossenen Blick zu.

»Du hast Recht«, antworte ich. »Drauf geschissen!«

Doch wie es der Teufel will, läuft uns in der ersten Marktgasse Dr. Konstantin Nachtigall über den Weg. Er trägt halblange Hosen und eine Schiebermütze aus Tweed in gedeckten Farben.

»Ah, die Kollegen haben sich schon bekannt gemacht?«

»Angefreundet«, antwortet Emma lächelnd und reicht ihm die Hand.

»Ah – so so, angefreundet?«

Ich bemerke, wie Eule in Emmas freizügiges Dekolleté starrt. *Fehlt nur, dass er zu sabbern beginnt,* schießt es mir durch den Kopf.

»Und sind Sie fündig geworden?«

Emma versucht, die Aufmerksamkeit Nachtigalls

wieder auf ihre Lippen zu lenken.

»Ich habe eine Teekanne aus der viktorianischen Zeit erstanden. Versilbert! Schauen Sie sich das an.« Wir begutachten beide das gute Stück und sparen nicht mit anerkennenden Worten.

»Da müssen Sie uns glatt auf eine Kanne Tee einladen«, lächelt Emma höflich, während ich ihr einen dezenten Hieb gegen den Knöchel gebe.

»Ladys first«, grinst Eule nun über das ganze Gesicht – und es ist nicht zu überhören, wie er das meint. Er braucht kein drittes Rad am Wagen, er möchte mit Emma die Audienz unter vier Augen abhalten.

»Also, noch viel Vergnügen. Ich mach mich auf den Heimweg.« Nachtigall lüftet seine Kappe und klimpert mit den Autoschlüsseln. Das Logo des Triumph Spitfire ist nicht zu übersehen. »Bei dem Wetter macht offen fahren richtig Spaß«, grinst er.

Es fehlt nur, dass er eine Einladung an Emma ausspricht, mit ihm eine Spritztour zu unternehmen.

»Pfffffffffffff...« Emma kann ihr Lachen kaum unterdrücken, als wir ihm den Rücken kehren. Sie nimmt mich bei der Hand und ich schaue sie fragend an: *So offiziell?*

»Schlimmer kann's wohl nicht mehr kommen«, lächelt sie und streicht sich eine Haarsträhne hinters Ohr. »Sollen's doch alle wissen, Kollegen hin, Kollegen her!«

Sie ist gerade dabei, mir während des Gehens einen Kuss auf die Wange zu drücken, als wir in einen Pulk von

Schülern hinein laufen. *Scheiß Idee, mit dem Flohmarkt*, schießt es mir durch den Kopf. Als ich jedoch Lizzy in der Clique entdecke, stöhne ich laut auf.

»Hallo Paul! Was machst du denn hier?« Ehe ich mich versehe, drückt sie mir rechts und links einen Kuss auf die Wangen. Sie trägt einen gelben Rock, der so eben ihre Hinterbacken bedeckt. Das Top ist ein Fetzen Stoff der um ihren Körper flattert. Sobald sie sich hinab beugt, darf man sich am Anblick straffer Brüste erfreuen.

Ich versuche, woanders hinzuschauen, betrachte die bunten Auslagen der Stände, konzentriere mich auf das Stimmengewirr der Besucher und ergreife Emmas Hand.

»Und Sie sind die Neue?« Lizzy taxiert Emma. »Sie waren vorher auf der Gesamtschule, richtig?«

»Genau«, antwortet Emma freundlich. »Emma Esser Mathe und Englisch.«

Lizzy wendet ihren Augen demonstrativ von Emma ab, als sie mit ihr spricht und fixiert stattdessen mich, mit stechendem Blick.

»Dein Freund ist übrigens auch hier, mit einer ganzen Clique.«

»Welcher Freund?«, antworte ich widerwillig. Ich möchte das *Gespräch* beenden und auf der Stelle weiterziehen.

»Na der, der uns gestört hat, als ich bei dir war. Du weißt schon ...«

»Kai?«

»Genau, Kai ist sein Name.«
»Wo hast du ihn gesehen?«
»Drüben, bei der Fress- und Saufbude. Sag mal, Paul ...«
Ich schneide ihr das Wort ab und ziehe Emma mit mir. »Euch allen einen schönen Tag! Lernt fleißig! Kommende Woche ist die Klausur! Ich muss los, wir sind verabredet«, mit diesen Worten suche ich das Weite.

Emma drückt meine nass geschwitzte Hand:
»Was war das denn?« Emma grinst, sie scheint die Begegnung locker zu nehmen – zumindest äußerlich. »Ihr scheint euch ja offenbar näher gekommen zu sein. Ich glaube, sie war eifersüchtig auf mich.«

»Emma, pass auf!« Ich ziehe sie zwischen Reihen von Kleiderständern und erkläre ihr die >Geschichte< mit Lizzy und mir von Anfang an. Ich erzähle ihr von der Turnhallenepisode, von ihrem Brief und vom überraschenden Besuch.

»Mein Armer«, grinst Lizzy schließlich – und dann küssen wir uns heiß und innig zwischen den nach Mottenkugeln miefenden Kleidungsstücken.

Zehn Minuten später:
»Ich würde dich gerne meinen Freuden vorstellen, falls sie tatsächlich hier sein sollten.« Ich lege meinen Arm um Emmas Schulter und ziehe sie dicht zu mir.

»Hey, da gibt's einen Stand mit Platten und CDs. Da würde ich gleich gerne hin.«

»Machen wir«, antworte ich. »Lass uns aber vorher bitte zu den Buden. Ich hab schon wieder Hunger!«

Es ist ein lautes *Hallo*, als ich auf die Jungs treffe. Unsere Band ist nahezu vollständig: Kai, Gil und Ritchi. Als erstes erfahre ich, dass Andy auf Tour ist. Als zweite Amtshandlung stellt man uns, Emma und mir, ein frisch gezapftes Bier vor die Nase:

»Prost!«

»Vor einer viertel Stunde habe ich über Kai deine Brasilianerin kennengelernt. Mein Gott das ist vielleicht ein heißes Stück«, grinst Ritchi.

»Die ist total plemplem«, ergänzt Kai. »Die ist mir um den Hals gefallen, als würden wir uns schon ne halbe Ewigkeit kennen. Ich bin froh, dass Ulla heute nicht mitgekommen ist. Die hätte mir die Hölle heiß gemacht!« Kai schüttelt den Kopf und kippt sein Bier auf ex.

»Mann, Mann, Mann – Pauker müsste man sein!« Jetzt meldet sich auch noch Gil zu Wort. »Die hat ja Beine ...«

»Darf ich vorstellen!« Ich räuspere mich unbeholfen. »Das ist Emma. Meine neue Kollegin. Meine Freundin! Meine Liebe!!!«

Ich bemerke aus den Augenwinkeln, wie mir Emma einen verliebten Blick zuwirft. Gils Mund steht offen. Kai schlägt mir freundschaftlich auf die Schulter und Ritchi hebt beide Daumen in die Luft: *Spitze!*

Dann beginnt das große >*Hallo*<! Jeder umarmt jeden. Emma wird aufgeklärt, welch begnadeter Sänger ich

gewesen – nein, im Grunde genommen nach wie vor sei. Wie wir uns kennenlernten, auf Tour gingen, zusammen abhingen – quasi das gesamte Leben miteinander teilten, bevor wir unsere Musikerkarriere an den Nagel hingen. Ritchi hat alte Fotos gescannt, wischt auf seinem Smartphone und haut eine Anekdote nach der anderen raus.

»Der mit dem Saxophon, das bin ich«, grinst Gil.

»Und dann hat er irgendwann angefangen sein eigenes Eis zu essen«, witzelt Kai.

»Arschloch!«

»Ach du bist der Besitzer vom *Tropea,* der in unserer – sorry, Pauls Straße, einen neuen Laden eröffnen wird?«

»Richtig. Aber nur für die Sommermonate. Ich, beziehungsweise der Vermieter, suchen jemanden, der diesen Laden in den Wintermonaten übernimmt.«

»Verkauf im Winter einfach Würste«, stichelt Kai.

»Genau, dann bekommst du von den Döner-Jungs eins auf Maul«, witzelt Ritchi.

Gil geht gar nicht drauf ein und wendet sich an Emma: »Du siehst, das sind wahre Freunde. Doch der da (er deutet mit dem Daumen in meine Richtung) ist ganz in Ordnung. Und mit der Brasilianerin, das ist Quatsch, da ziehen wir ihn nur mit auf!«

»Doch eines sollte dir klar sein, Emma: Du wirst zukünftig die Hälfte deines Lebens auf Ibiza verbringen. Da liege ich doch richtig, Alter – oder?« Ritchi schlägt mir auf die Schulter, sodass ich mich am Bier verschlucke, was einen Hustenanfall zufolge hat.

»Wir werden sehen«, räuspere ich mich wenige Momente später. Ich nehme Emma bei der Hand und entschuldige mich bei den Jungs:

»Wir ziehen weiter. Wir sehen uns nächste Woche! Freue mich! Sauft nicht so viel!!!«

»Nette Freunde!« Emma legt ihren Arm um meine Taille und lehnt ihren Kopf an meine Schulter.

»Ja, das sind sie. Gehen wir zum Plattenstand?«

»Sehr gerne!«

Wenig später wühlen wir uns durch Berge, durch Kartons voller Platten und CDs. Wir sind glücklich und grinsen wie die Honigkuchenpferde. Jeder von uns hat sechs Alben, sechs Schätze gehoben!

Emmas Platten: *The Police* (»Zenyattá Mondatta«), *The Ramones* (»Road to Ruins«), *The Psychedelic Furs*, (»Pretty In Pink«), *Talk Talk* (»The Colour Of Spring«), *Public Image (Ltd)* (»Live In Tokyo« mit dem viel gegrölten Hit »This Is not A Love Song«) – und als Ausreißer *Rod Stewart* (»A Night on the Town«).

Pauls Platten: *The Cure* («Pornography«), *The Clash* (»Give 'Em Enough Rope«), *Malcom McLaren* (»Duck Rock«), *Talking Heads* (»Stop Making Sense«), *The Rolling Stones* (»Sticky Fingers«). Mein Ausreißer: *Sheena Easton* (»Take My Time«).

Emma wirft mir einen kritischen Blick zu, als ich die

Platte auf den Stapel lege.

»Warte ab«, antworte ich. Das ist das amerikanische Original. Aus der Platte wurden vier Singles ausgekoppelt. Unter anderem »9 to 5«, als No.1 Hit in den USA, das war Anfang der 80er. Später wurde die Single bei uns unter »Morning Train (Nine To Five)« veröffentlicht. Sheena ist Schottin und hat zwei Grammys abgeräumt.

»Hmmmm.. macht sie das besser?«

»Warte ab! Und ich habe *Duck Rock* von *Malcom McLaren* geschossen! Geil, oder? Weißt du, dass er der Manager der *Sex Pistols* war?«

»Und nicht nur das«, grinst Emma. Davor gehörte ihm eine Boutique, die er gemeinsam mit Vivienne Westwood betrieb. Außerdem war er Manager der *New York Dolls*, bevor er sich den Pistols annahm und nachher managte er *Adam and the Ants*.«

»Du bist ja ein wandelndes Lexikon, meine Liebe!« Doch mir bleibt nicht viel Zeit, beeindruckt zu sein, denn einen Augenblick später ist meine Euphorie nicht mehr zu bremsen. Ich umarme Emma und hüpfe mit ihr auf der Stelle.

»Was ist denn jetzt mit dir los?«, fragt sie ein wenig verwirrt, auch wenn sie meine Leidenschaft für Platten teilt, das hier geht ihr augenscheinlich doch eine Spur zu weit.

»Pass auf. Guck!« Ich nehme »Sticky Fingers« von 1971 in die Hand und öffne den funktionsfähigen Reißverschluss auf dem Cover des Albums.

»Was wird sich wohl dahinter verbergen?? Hmmm?«

»Na ja, ich schätze, was man mit einer Hose bedeckt. Es ist ein Stones-Cover – von daher vermute ich, dass mir gleich ein fetter Schwanz entgegen lächelt.«

»Weit gefehlt. Siehst du das?«

Auf der weißen Unterwäsche steht klar und deutlich: >Paul P.<. Ich erkenne meine Handschrift! Es handelt sich um eines der Alben, die ich vor über 30 Jahren in allergrößter Geldnot verscherbelt habe. »Sticky Fingers« hat zu mir zurückgefunden!

Ich taumel vor Glück und Emma freut sich mit mir. Ich nehme sie in die Arme:

»Ich habe eine Glückssträhne«, strahle ich.

In den folgenden Stunden treiben wir uns in der Stadt herum. Immer wieder brabbele ich: *Sticky Fingers, ich kann es nicht fassen. Wenn ich das kommende Woche der Gang erzähle ... die glauben das niemals, ich werde die Platte mit ins Blue Moon schleppen müssen!*

Ich will feiern und kredenze Emma einen Champagner. Wir albern wie verliebte Teenager, shoppen, trinken Kaffee, schießen Selfies und kaufen ein, um am Abend gemeinsam zu kochen.

Gegen 19 Uhr öffne ich die Wohnungstür und steuere als Erstes, den Plattenstapel unter den Arm geklemmt, die

Anlage an.

»So wie ich dich kenne, gibt's jetzt erst mal *Sticky Fingers*, oder?«

»Wie meinst du das?«, frage ich mit einem breiten Grinsen und machte mich an Emmas Reißverschluss zu schaffen.

»Hey!«

»Hmmm...!«

»Wir haben den ganzen Abend und die ganze Nacht. Wollen wir zuerst kochen und es uns im Anschluss gemütlich machen?«

»Gemütlich?«, albere ich.

»Nein, natürlich machen wir es uns geil«, grinst Emma und zwickt mir in den Hintern. »So und nun ab ich die Küche!« Der Klaps, den sie mir auf den Hintern setzt, hat es durchaus in sich.

»Warte! Ich bin so verliebt in dich, Emma. Ich brauch jetzt einen Foxtrott!«

»Einen Foxtrott?«

»Ja, den brauche ich mehr, als ein Stück Fleisch oder ein Blatt Salat!«

Ich lege die Platte auf, schließe die Augen und dann wiegen wir uns durchs Wohnzimmer. Ihr gebt mir sicher Recht: Zu solch einer Handlung ist man als Freund von harten, schrägen Independenttönen, zu denen man sich beim Tanz in der Regel beide Beine bricht, nur in Extremsituationen fähig. Verliebtheit ist so eine!

Ja, Songs besitzen die Kraft, dich von der einen auf die andere Sekunde in einen anderen Menschen zu verwandeln.

Ich halte Emma fest im Arm. Wir strahlen uns an, während wir, so als hätten wir schon Ewigkeiten Foxtrott miteinander getanzt, uns zu »Morning Train (Nine To Five)« im Takt wiegen.

»Emma?!«

»Ja?!

SCRATCH!

»Mor*NING TRAI*n«

»Emma?!«

»Ja?!«

»Das muss so sein, mit dem Kratzer.«

»Ich weiß«, flüstert sie. »Ich weiß. Wir haben eine Glückssträhne!«

- 24 -
COUNTDOWN

Vier Tage später: Ich schwinge mich aufs Rad,»Mornig Train« auf den Lippen. Emma hat Besuch von einer Freundin erhalten, und die letzten beiden Nächte bei sich zuhause verbracht. Ich freue mich darauf, sie gleich zu sehen!

Eine diffuse, eine auf den ersten Eindruck nicht ganz einzuordnende Stimmung, schlägt mir entgegen, als ich das Lehrerzimmer betrete. Manche Kollegen drehen sich weg, andere tuscheln leise, einige schmeißen mir neugierige Blicke zu. Ich schaue mich suchend nach Emma um, entdecke sie aber merkwürdigerweise nicht. Ich stelle die abgewetzte Ledertasche auf meinem Platz ab und steuere die Kaffeemaschine an. Ein Ritual, das sich seit Jahren immer wieder gleich abspielt.

»Herr Peters kommen sie bitte mit.«

Es ist die Stimme der Eule, unseres Direktors Dr. Konstantin Nachtigall.

»Kann man nicht mal in Ruhe seinen Kaffee trinken?«, entfährt es mir, während ich mich über die Schulter drehe.

»Herr Peters, bitte!«

Augenblicke später folge ich ihm in sein Büro und komme seiner Aufforderung nach, in der unbequemen Sitzecke Platz zu nehmen. Er hüstelt, pumpt einen Zug

Asthmaspray und nimmt mir gegenüber Platz.

»Stimmt etwas nicht?« Ich werde langsam unruhig und schütte mir ein Glas Wasser ein.

»Nun ja«, beginnt er und klappt im nächsten Moment den Laptop auf, der in der Mitte des Tisches platziert ist.

»Sehen Sie sich das bitte an. Ich bin auf ihre Begründung gespannt.«

Ich drehe den Bildschirm und traue meinen Augen nicht. Mir wird heiß und kalt zugleich. Das Foto hat bereits 183 Likes und unzählige Kommentare.

»Können Sie mir das erklären? Was sehen Sie?«

»Also ich ...«. Ich beginne zu stottern.

Es gibt eine ganz harmlose Erklärung. Kein Grund, in Panik zu geraten, trichtere ich mir ein. *Wer in dieses Bild etwas hineininterpretiert, hegt böse Absicht.*

»Ich kann Ihnen sagen, was ich sehe!« Eules Augen funkeln hinter glasbausteindicken Brillengläsern. Plötzlich und unerwartet schlägt er mit der flachen Hand so heftig auf den Tisch, dass ich erschrocken zusammenfahre.

»Ich sehe einen meiner Lehrer in eindeutiger Umarmung mit einer seiner Schülerinnen", kreischt er hysterisch.

»Aber ...« Ich will klarstellen, komme aber nicht zu Wort.

»Das ist ein Skandal!«, tobt Nachtigall. »Die sozialen Netzwerke sind voll davon! Sie ruinieren den Ruf unserer Schule. Ist Ihnen das eigentlich klar, Herr Peters?«

Das Foto zeigt Lizzy und mich. Im Hintergrund erkennt man Heiners Kiosk. Es ist der Abend, an dem Sie mich unaufgefordert besuchte. Es ist entstanden, nachdem ich sie aus der Wohnung hinauskomplimentiert hatte. In dem Moment, als ich ihr die Tasche hinterhergetragen und sie tröstend in die Arme genommen habe. Irgendwer muss uns aufgelauert haben. Vielleicht ein eifersüchtiger Mitschüler? Am Ende Jimmy Meister?

»Ich kann Ihnen das erklären«, stocke ich und suche nach Worten. »Die Schülerin Lopez bedrängt mich bereits eine ganze Weile. Sie stand vor meiner Tür, an dem Abend, als dieses Foto entstanden sein muss.«

»Sie sind also das bedauernswerte Opfer, Herr Peters?«

»Hmmm ...«

»Das soll ich Ihnen abkaufen?«

»Ich ...«

»ICH sage Ihnen etwas! Sie haben ihre SM-Fantasien an ihr befriedigt!«

»Was?«

»Zuckerbrot und Peitsche! Das hätte ich Ihnen nicht zugetraut Herr Peters!«

Ohne Umschweife fischt Eule einen Zettel aus einer schwarzen Aktenmappe. Er beginnt zu lesen:

»Liebe Lizzy,

es tut mir leid, dich so leiden zu sehen.

So wie du dort gestern Abend verloren

auf dem Gehweg standst, berührst du
mein Herz. Und Lizzy, Achtung, ich bin
auch nur ein Mann. Denkst du, ich könnte
die Bilder vergessen, wie du dort entblößt
vor mir auf dem Mattenwagen in der Halle lagst?«

Okay, diesen Part habe ich zugegebenermaßen bislang verschwiegen. Ich weiß auch nicht, was über mich kam, als ich ihr diese Mail schrieb. Ja, sie tat mir leid, wie sie dort - einem Häufchen Elend gleich - auf dem Trottoir vor Heiners Kiosk in einem Heulkrampf zitterte. Ich erinnerte mich ihres Briefes, so voller Unschuld, Leidenschaft und Liebe. Was soll ich sagen, ich wollte ihr nur ein paar nette Worte zukommen lassen. Und nun wurde mir ein Verhältnis, wurden mir Sadomaso-Absichten unterstellt ...

»Es tut mir leid, dich so leiden zu
sehen.« Eule las unbeirrt weiter:
»Du bist eine heißblütige, junge Frau
(es hat sich gut angefühlt, als ich dich
im Arm hielt) und du solltest dir einen
gleichaltrigen Mann suchen.
Doch wenn du irgendwelche Probleme
haben solltest, so kannst du jederzeit
zu mir kommen!
Dein Lehrer, der dich mag und dich versteht.
P.P.«

Ich werfe einen unbeholfenen Blick auf meine Turnschuhe. Der graue Flokatiteppich zu meinen Füßen strotzt mit kreisrunden Flecken. Von der gegenüberliegenden Wand wirft mir unser Bundespräsident, wirft mir Frank-Walter Steinmeier, einen aufmunternden Blick zu. Was hat das zu bedeuten? Weshalb hat Lizzy dem Direktor des Gymnasiums meine persönliche Botschaft zugespielt? Was für ein Spiel spielt sie, frage ich mich zunehmend beunruhigt.

»Wie soll ich das lesen? Hmmm ... Wasch mich, aber mach mich nicht nass? WIE VERDAMMT NOCH MAL KÖNNEN SIE EINER SCHÜLERIN SOLCH PRIVATEN KRAM SCHREIBEN? Finden Sie, so liest sich eine Abfuhr?«

»Ich ...«

»Es ist eine Frage der Zeit, bis auch dieser Brief in den sozialen Netzwerken viral geht!«

»Aber ..« Ich komme nicht zu Wort.

»Es hat sich gut angefühlt, als ich dich im Arm hielt.« Eule zitiert aus meiner Mail. »Sind Sie total plemplem?«

»So war es nicht gemeint!«

»Wie denn?« Eule war mittlerweile puterrot. Er öffnete die Tür zu seinem Rollschrank, nahm eine Flasche Grappa und goss sich einen Schnaps ein. Ich schaute auf die Uhr: 7:55! Und dann beginnt er tatsächlich zu singen: »You Can't Always Get What You Want«.

Soweit ist es also schon gekommen, schüttle ich den Kopf. Ein Spießer rezitiert Rocktexte (hier: *The Rolling*

Stones). Doch, ohne dieses Thema zu vertiefen, frage ich:
»Wo haben Sie den Brief her?«
»Lag gestern in meinem Postfach. Eine ausgedruckte Mail.«
»Hmmm...«
Sie geben also zu, dass dieser Brief, diese Mail von Ihnen stammt.«
»Ja«, antworte ich kleinlaut.
»Und jetzt machen Sie sich auch noch an die neue Kollegin ran. Wohlwissend, dass sie psychisch angeschlagen ist?!«
»Aber Emma...«
»Emma! Emma! Emma«, äfft Eule. »Sind Sie ein Sex-Maniac, Herr Peters?«

Ich betrachte ihn mit seiner schlecht sitzenden Krawatte. Mit dem Resthaar, einer Handvoll langer Strähnen, die er sich mit Gel um den Schädel gewickelt hat. Mit seiner ausgebeulten braunen Cordhose und dem blauen Sakko aus gleichem Material. Mit seinen Schweinsaugen, die durch massive Brillengläser blinzeln.

»Wenn ich Sie so anschaue, bin ich in der Tat ein Sexgott«, rutscht es mir über die Lippen.

»Was bilden Sie sich ein, Peters?« Dr. Konstantin Nachtigall wedelt drohend mit dem Zeigefinger der rechten Hand vor meinem Gesicht hin und her.

»Ach...«

»Ach?«, wiederholt Eule und setzt plötzlich ein zynisches Grinsen auf.

»Was glauben Sie, was Ihre *Emma* wohl von Ihrer heißen Affäre mit einer exotischen Schülerin hält? Hmmm?«

»Sie haben ihr doch wohl nicht ...« Mir wird übel beim Gedanken daran, dass Emma von diesem Vorfall Wind bekommen hat. Dass sie einen falschen Eindruck von mir erhält, sich am Ende von mir abwendet. Panik ergreift mich. »Sie beenden auf der Stelle ihr Techtelmechtel mit der labilen Kollegin! Ist das klar? Ich will nicht noch mehr Unruhe in das Lehrerkollegium bringen.«

»Oder?« Langsam aber sicher, werde ich sauer. Richtig sauer!

»Weshalb glauben Sie, dass Frau Bach - oder Emma, wie Sie sie vertrauensvoll nennen - sich heute früh nicht im Lehrerzimmer aufgehalten hat?«

»Das könne Sie nicht machen!« Jetzt bin ich es, der mit der flachen Hand wutentbrannt auf den Tisch schlägt.

»Ach kann ich nicht? Frau Bach hat die Fotos im Netz entdeckt. Ich habe ihr Ihren Brief zu lesen gegeben. Sie soll wissen, mit wem sie es zu tun hat.«

»Das dürfen Sie nicht!«, poltere ich. »Was fällt Ihnen ein?!«

»Sie müssen mir nicht sagen, was legal und was gesetzeswidrig ist, Herr Peters! Sie lassen ab heute ihre schmutzigen Griffel von der Kollegin! Anderenfalls ...«

»Anderenfalls?« Meine Stimme klingt bedrohlich. Ich

erhebe mich und wanke angeschlagen zum Fenster. Der Park liegt friedlich in der Morgensonne. Die Vögel zwitschern. Es könnte der perfekte Tag sein: Friedlich, voller Harmonie und Glück.

»Anderenfalls schmeiße ich Sie raus!« Für einen kurzen Moment, kommt mir der Verdacht, dass Eule selbst ernsthaft scharf auf Emma ist, und mit mir einen Widersacher aus dem Feld zu räumen beabsichtigt.

»Weißt du was, du ekelhafter, alter, schmieriger Stinkefinger – leck mich!« Mit diesen Worten schmeiße ich die Tür hinter mir ins Schloss. Endgültig!

Mit diesem Loch, mit diesem Dreckhaufen, mit dieser Penne, bist du fertig, schießt es mir durch den Kopf. *Nie mehr! Nie mehr Pauker!* Unter anderen Umständen wäre mir vielleicht leicht ums Herz bei diesem Gedanken geworden. Doch nun fühlte ich mich getrieben. Voller Panik! Emma weiß Bescheid! Wird sie mir verzeihen? Wird sie mich verlassen?

Mein Gott, du hast sie verletzt! Hoffentlich hat sie sich nichts angetan! Wegen dir? Mach dich nicht lächerlich! Ich brabbel in Panik vor mir her, schwinge mich aufs Rad und mache mich mit einem mulmigen Gefühl zu ihrer Wohnung auf. Wir schreiben den 21. April 2018!

EPILOG

SCRATCHES

Emma scheint nicht zuhause zu sein. Jedenfalls öffnet sie nicht die Tür. *Mein Gott, du hast alles versaut!* Mir wird übel. Warum nistet sich ausgerechnet jetzt der Ohrwurm »Morning Train (Nine To Five)« in mein Herz ein. Ich kann die Tränen nicht zurückhalten. Es zerreißt mich!

Benommen wanke ich nach Hause. Ich habe soeben meinen Job verloren. Ich kann die Konsequenzen noch nicht ermessen. Schätze, sie werden herb und einschneidend sein. Doch das ist belanglos. Emma ist wichtig!

30 Minuten später: Ich drehe gerade den Schlüssel im Türschloss, als ich einen lauten Pfiff in meinem Rücken vernehme. Ich drehe den Kopf über die Schulter und erblicke Mehmet. Er winkt mir zu: *Komm rüber!*

Als ich den Dönerladen >Yakamoz< betrete, steigen mir innerhalb einer Stunde erneut Tränen in die Augen. Dort sitzt Emma und wirft mir einen verstörten Blick zu. Sekunden vergehen - gefühlte Ewigkeiten - bevor sie sich zeitlupengleich erhebt und auf mich zubewegt. Sie schließt mich in die Arme. Sagt nichts. Hält mich fest.

»Emma, es ist alles anders!«

»Ich weiß, My Love, ich weiß!«

»Ich habe gekündigt«, verkünde ich schließlich, als Mehmet mir einen Tee reicht.

»Was hast du?« Emma schaut mich überrascht an.

»Alter, wie krass bist du?« Mehmet schüttelt den Kopf »Mann, Beamter – und du kündigst? Bist du verrückt geworden?«

»Duuuh, Herr Peters...«

Ich hatte nicht bemerkt, dass Chantal den Laden betreten hatte, um ihr Mittagessen zu bestellen: »Döner mit Ohne, hätt isch gärnä.«

»Duuuh, Herr Peters«, wiederholt sie, und ich frage mich, was nun schon wieder kommt.

»Duuuh hattest sooo Recht, mit den Tieren und dem Müll. Und den Fischen, die die Netze fressen. Die armen Robben, Flipper und Schildkröten, die darin tot gehen.«

Ich horche auf.

»Freut mich, dass du das so siehst!«

»Und weißt duuuuh waaaas?«

»Nein«, antworte ich und schmeiße Emma einen verunsicherten Blick zu.

»Isch verkauf keine Bäscha mehr. Isch hab gekündigt!«

»Was hast du?«

»Ja, isch hab jrade gekündigt. Ich will keine Bäscha mehr verkaufen!«

»Und jetzt?«, frage ich, zugegebenermaßen ein wenig schockiert.

»Isch hol die mittlere Reife nach. Dann studier ich Meeresbiologe. Mal gucken. Vielleicht arbeit ich aber auch im Zoo. Oda so: Der Freund meiner Kusine beschützt Meerschildkröten irgendwo in der Türkei. Kennst du bestimmt, Tayfun.« Sie klimpert mit ihren langen Wimpern und wirft den Jungs hinter der Theke einen erwartungsvollen Blick zu. »Jedenfalls da kann ich Praktikum machen. Gut, oda?«

»Gratuliere!«

»Na, da habt ihr ja was gemeinsam«, grinst Emma.

»Echt? Willst du auch Meeresbiologe machen?« Chantal wirft mir einen neugierigen Blick zu.

»Nein! Aber auch ich habe heute meinen Job gekündigt!«

»Krass! Echt?!« Sie mustert mich. »Abba Pauka ist auch echt kein cooler Job. Hast'e gut gemacht. Manchma muss man neue Sachen machen, ne? Hat Phillip auch jesacht, das ist der Freund meiner Kusine, der mit den Schildkröten!«

Als ich später mit Emma auf meinem Balkon sitze, wir den dritten Joint geraucht und die zweite Flasche Wein geöffnet haben, stellt meine neue Liebe die alles entscheidende Frage, während im Hintergrund das Radio läuft: *Alice Murton* »Last Out«, ich mag sie. Und auch *Die Toten Hosen* haben einen neuen Hit: »Alles passiert« – wie treffend! Es folgen die *Fantas* mit »Zusammen«. *Nicht schlecht,* denke ich. Einen eigenen Song zur Fußballweltmeisterschaft, das schafft nicht jede Band! Außerdem bin auch ich jetzt so alt, dass ich meinen Freunden sagen möchte: lasst uns den Weg zusammen gehen. Wir haben Spaß! Lasst uns zusammen bleiben und nicht aus den Augen verlieren!

Emma: »Was hast du nun vor Paul?«
»Zusammen bleiben! Ich möchte mit dir zusammen bleiben«, flüstere ich. »Das ist das Wichtigste!«
»Ja«, haucht sie und legt sich in meine Arme.
»Weißt du, ich bin alt genug, meine eigenen Entscheidung zu treffen! Wenn Chantal das kann, kann ich es auch«, grinse ich, ein bisschen stolz darauf, dass ich ihr den entscheidenden Impuls geben konnte.
»Ich habe erst kürzlich das Ratgeberbuch >Antizyklisch zum Erfolg< gelesen. Ich allein, muss die Konsequenzen tragen. Doch ich fühle mich plötzlich auf wundersame Weise leicht. Ich erfülle mir jetzt meinen Traum. Ja! Ich eröffne einen Plattenladen auf Ibiza! Also, natürlich nicht nur Platten – auch CDs und Bücher – alles, was Spaß macht!«

Drei Monate später! Manchmal muss man sein Glück zwingen: Es bedurfte einer Menge Telefonate und einer Menge Gespräche. Doch ich habe einen guten Steuerberater und einen noch besseren Anwalt. Ja, Peter und Martin, der eine mit dem schwarzen Opel Kadett und der andere mit dem roten Ford Escort – meine Abi-Kumpel, mit denen ich, vor mehr als 35 Jahren, Spanien unsicher machte, unterstützten mich in juristischen und steuerrechtlichen Fragen.
Ich flog mit Emma (sie hatte ebenfalls gekündigt) nach Ibiza und zeigte ihr meine Insel. Die Jahrzehnte hatten

mich dort unten gut vernetzt – und dort, wo es klemmte, halfen meine britischen Freunde.

The Whip hatte die besten Zeiten hinter sich. Cristobal, der Besitzer, suchte nach neuen Ideen. Schnell wurden wir uns einig. Die Bar im Eingangsbereich wurde zum Plattenladen und Café (Emmas Part) umgestaltet. Die dahinterliegenden Räume weiter als Tanztempel genutzt. Glückliche Klubbesucher konnten nun ihren ganz persönlichen Urlaubs-Sampler unmittelbar am Ausgang der Diskothek (in meinem Laden) erwerben. Alles ganz legal bei der SGAE (spanische GEMA) angemeldet und verrechnet. So sieht mein Business-Case von Mai bis Oktober aus.

Von November bis April, gehe ich nur wenige Schritte, um meinen Laden aufzusperren. Ich habe mit meinem alten Kumpel Gil einen Deal gefunden: Von Mai bis Oktober Eisdiele, von November bis April Plattenladen. Einige Tische und Stühle lassen wir stehen und die Kaffeemaschine auch, sodass wir die Verweildauer der Kunden verlängern. Selbstredend, dass ich das Repertoire um türkischen Sound ergänzte. Als dort in einer Übergangszeit (Eisdiele und Plattenladen vereint), die erste Autogrammstunde von *Ebru Gündeş* stattfand, wurde ich überrannt. Seitdem ist der Laden überregional bekannt!

Ich weiß nicht, was kommt. Doch wer weiß das schon?

Ich fühle mich voller Lebensfreunde und schaue mit Hoffnung in die Zukunft. Ich habe eine neue Liebe gefunden. Emma und ich sind zusammengezogen (meine Bude ist groß genug). Wir arbeiten zusammen. Emma führt den gastronomischen Teil und schreibt parallel an Kinderbüchern, ich kümmere mich um die Läden.

Egal, was passiert. Immer wenn ich vor einer Plattenwand stehe, weiß ich, dass Musik die Kraft besitzt, Menschen Flügel zu verleihen. Die Erkenntnis macht das Leben auf wundersame Weise leicht: Solange es Musik gibt, muss ich nichts fürchten. Musik war mein erste – und sie wird meine letzte Liebe sein!

Ich lächle Emma zu. Wir werden den Weg gemeinsam gehen! Ich werfe ihr einen wissenden Blick zu und grinse. Sie hat »Passenger« *von Iggy Pop* aufgelegt und tanzt mich an. Nach wenigen Takten wird unser erster gemeinsamer Kratzer deutlich hörbar durch die Lautsprecher knacken:

SCRATCH!

ENDE

ANREGUNG

Ich freue mich, auf lebhafte Diskussionen und Austausch. Denn die Geschmäcker sind bekanntlich verschieden. Erinnerungen an Lebensphasen sind so individuell wie das Leben selbst – und dies gilt insbesondere für den Soundtrack unseres Lebens.

Bands, Interpreten und Songs, die in „Scratches" erwähnt wurden, sind im Folgenden gelistet. Mir ist durchaus bewusst, dass nur ein Bruchteil der Bands und Songs genannt werden, die in den letzten fünf Jahrzehnten unser Leben prägten.

Wahrscheinlich würdet ihr ganz andere Acts und Songs auflisten, die euer Leben geprägt und begleitet haben.

Nur zu: Ich rege hiermit ein neues Event-Thema an: *SCRATCH!*-Partys! Lasst uns gemeinsam Musik hören, austauschen, Geschichten erzählen, tanzen und feiern! Denn Musik verbindet. Solange uns die Dancefloors dieser Welt vereinen, so lange herrscht Frieden!

Zur Erinnerung: Begleitendender Soundtrack zum Roman:

Spotify-Playlists! Auf der Facebook-Seite »Signale« führen Links zur *Compilation >SCRATCHES<*, zu den Samplern *>MARIE LOVE I. - III.<* sowie zu weiteren, Roman begleitenden Soundtracks!

GESCRATCHTE SONGS

(gefettet: empfohlene Lyrics)

GENESIS	»The Carpet Crawlers«
LYS ASSIA	»Oh mein Papa«
HEINTJE	»Mama«
URIAH HEEP	»Lady in Black«
T. REX	»Hot Love«
THE PRETENDERS	»Brass in Pocket«
THE DOORS »	**»Riders On The Storm«**
THE ROLLING STONES	»Hot Stuff«
PATTY SMITH	»Because The Night«
TON STEINE SCHERBEN	**»Macht kaputt,** was euch kaputt macht«
THE CURE	**»A Forrest«**
HERWIG MITTEREGGER	**»Rudi«**
MARTHA AND THE MUFFINS	»Echo Beach«
LOU REED	**»Walk On The Wild Side«**
JOY DIVISION	**»Love Will Tear Us Apart«**
LOU REED	**»Magician«**
PRINCE	**»Sometimes It Snows in April«**
THE SPECIALS	»A Message To You, Rudy«
ERIC CLAPTON	**»Tears In Heaven«**
THE PRETENDERS	»Night in My Veins«
BLUR	»Song 2«
LENNY KRAVITZ	»Fly Away«
IGGY POP	»Passenger«
EDWYN COLLINS	»A Girl Like You«
SHANTEL	»Disko Partizani«
SHEENA EASTON	»Morning Train (Nine To Five)«

BANDS, SÄNGER & INTERPRETEN
In alphabetischer Reihenfolge. SCRATCHES! (gefettet)

10CC	»Dreadlocks Holidays«, »I'm Not in Love«
Abba	»Mamma Mia«
ABC	»The look of Love«, »The Lexicon of Love«
Abwärts	
AC/DC	
Ace Of Base	»All That She Wants«
Adele ……….	»Someone like You«, »Hello«
A-Ha	»TakeOn Me«
Al Bano & Romina Power	»Felicita«
Al Green:	»Let's Stay Together«
Alan Vega (Suicide)	
Albert Hammond	
Alice Cooper	»Schools Out«
Alice In Chains	
Alice Murton	»Last Out«
Aloe Blacc	»I Need A Dollar«
Alphaville	»Big in Japan«
Amanda Lear	
Amon Düül	
Amy Winehouse	»Back To Black«
Andy Borg	»Adios Amor«
Aqua	»Barbie Girl«
Areosmith	
Aretha Franklin	»I Say a Little Prayer«
Art Garfunkle	»Bright Eyes«
B52's	
Backstreet Boys	
Bap »	Do kanns zaubere«
Barclay James Harvest	»Gone To Earth«
Barry White	»You're The First, The Last, My Everything«, »Whatever We Had, We Had«
Bata Illic	
Bauhaus	
Bay City Rollers	»Bye Bye Baby«

Beasty Boys	
Bee Gees	»How Deep Is Your Love«
Ben E. King	»Stand By Me«
Bernd Clüver	»Der Junge mit der Mundharmonika«
Billie Swan	»Let me help«
Billy Idol	»Flash For Fantasy«
Billy Joel	»Just The Way You Are«
Billy Ocean	»Love Really Hurts Without You«
Birthcontrol	»Gamma Ray«
Björk	»Dancer In The Dark«
Black Sabbath	
Blondie	»Heart of Glass«, »Denise«
Blur	**»Song 2«**
Blurt	
Bob Dylan	»Desire«, »Like A Rolling Stone«, »The Man in Me«, »Blowin' in the Wind«
Bob Marley & The Wailers	»Babylon By Bus« (»Is his Love«, »Postive Vibration«), »Uprising« (»Could You Be Loved«).
Bob Seger	»Old Time Rock and Roll«
Böhsen Onkelz	
Bon Jovi	»Runaway«
Boney M.	»Daddy Cool«
Bonnie Tyler	»It's A Heartache«
Boy George	»Do You Really Want To Hurt Me«
Brian Eno	
Brian Ferry	
Brian Jones	
Britney Spears	
Bronski Beat	
Bruce Springsteen	»Born To Run«.
Bryan Adams	»Summer of 69«
Burning Spear	
Buzzcocks	
Cameo	»Word Up«
Camila Cabello	»Havana«
Can	»She Brings The Rain«
Carla Bruni	»Quelqu'un m'a dit«
Carter USM	

Cat Stevens	»Morning has broken«, »Father and Son«
Celine Dione	»My Heart Will Go On«
Chris Roberts	
Cindy & Bert	»Aber am Abend da spielt der Zigeuner«
Cindy Lauper	»Time After Time«, »True Colors«
Coldplay	»Viva La Vida«
Commodores	»Nightshift«
Cook da Books	»Your Eyes«
Cool And The Gang	»Jungle Boogie«
Costa Cordalis	
Cramps	
Culture Beat	»Mr. Vain«, »Do You Really Want To Hurt Me«
Culture Club	
Daft Punk	»Get Lucky«
Daniel Boone	»Beautiful Sunday«
David Bowie	»Black Star«, »Heroes«, »Scary Monsters«
David Bowie (Ziggy Stardust)	
David Cassidy	
David Guetta	
Dead Kennedys	
Deep Purple	»Smoke on the Water«
Depeche Mode	»Leaves in Silence«
Derek & The Dominos	»Layla and other assorted love Songs« , (»Litte Wing«, »Layla«)
Desmond Dekker	
Devo	
Die Alliierten	
Die Ärzte	
Die fantastischen Vier	»Tagam Meer«, »Zusammen«
Die Straßenjungs	
Die Toten Hosen	»Alles passiert«
Dire Straits	»Brothers in Arms«, »Sultans of Swing«
DJ Ötzi	»Ein Stern«, »Anton aus Tirol«
Dianna Ross	»Upside Down«
Dorothe	»Wärst du doch in Düsseldorf geblieben«
Dr. Alban	»It's My Life«, »Sing Hallelujah«
Duran Duran	»The Wild Boys«, »Notorious«
Eagels	»Hotel Calofornia«

Earth Wind and Fire	
Eartha Kitt	
East 17	
Ed Sheeran	»Shape Of You«
Edwyn Collins	**»A Girl like You**
Eels	»Beautiful Freak«
Einstürzenden Neubauten	
Elton John	»Candle in The Wind«, »Your Song«
Elvis Costello	»She«
Elvis Preasley	»Can't Help Fall in in Love«
Eminem	»Revival«, »Lose Yourself«, »8 Mile«
Engelbert	
Eric Clapton	**»Tears In Heaven«,** »Nobody Knows You When You'ReDown And Out«, »Slowhand« (»Wonderful Tonight«)
Eric Silvester	
Eurythmics	»Sweet Dreams«
Exile	»Kiss You All Over«
Faces	
Faithless	»Insommia«
Falco	»Der Kommissar«, »Rock Me Amadeus«
Fatboy Slim	»The Rockafeller Skank«
Fehlfarben	»Monarchy und Alltag« (»Ein Jahr - Es geht voran«)
Fettes Brot.	
Fleetwood Mac	»Rumours«
Flip Da Scrip	»Throw Ya Hands In The Air«
Flo Rida Fet. Ke$ha	»Right Round«
Foreigner	
France Gall	»Ella, Elle L'A«
Frank Zappas	»Joe's Garage«, »Over-Nite Sensation«, »Over-Nite Sensation«, »Sheik Yerbouti« (»Bobby Brown«)
Freddy Breck	»Bianca«
Freundeskreis	
Gang of Four	
Garry Glitter	
Generatin X	

Genesis	»The Lamb lies down On Broadway« (**»The Carpet Crawlers«**, »The Grand Parade of Lifeless Packaging«, »Back in N.Y.C.«), »Wind & Wuthering«, »Foxtrot«, »Nursery Cryme«, »Trespass«, »A Trick of the Tail«,
George McCrae	»Rock You Baby«
George Michael	»Careless Whisper«
Gerd Köster	
Gilbert O'Sullivan	
Gloria Gaynor	»I Will Survive«
Gong	»Floating Anarchy«
Goombay Dance Band	»Sun of Jamaica«
Gossip/Beth Ditto	
Grace Jones	
Green Day	
Grobschnitt	»Solar Music - LIVE«
Guru Guru	
Guns'n' Roses	»November Rain«
Haddaway	»What Is Love?«
Hans-A-Plast	
Harold Melvin	»If You Don't Know Me By Now«
Harpo	»Movie Star«.
Heino	
Heinrich Heine	»Ich weiß nicht, was soll es bedeuten«
Heintje	»Ich bau dir ein Schloss, »Heidschi, Bumbeidschi«, »Liebe Sonne lach doch wieder«, Mama«, »Mamatschi«, »Oma so lieb«
Helge Scheider	»Katzenklo«
Henry Valentino & Uschi.	»Im Wagen vor mir fährt ein junges Mädchen«
Herman Brood	»Shpritsz«
Herwig Mitteregger	»Kein Mut, Kein Mädchen« (**»Rudi«**)
Hot Chocolate	»You sexy Thing«
Ian Dury	
Ideal	
Iggy Pop	**»Passenger«**, »Brick by Brick«
Indila	»Dernière Danse«
Inner Circle	
Insterburg & Co	»Ich liebte ein Mädchen«

Intermission	
Iron Maiden	
Jah Wobble	»Erzulie«
James Brown	»Sex Maschine«
Jan Delay	
Jane Birkin	»Je t'aime… moi non plus«
Janis Joplin	
Jason Parker	
Jax Jones	
Jethro Tull	»Livin In The Past«, »Aqualung«
Jimi Hendrix	»All Along The Watchtower«
Joan Amatrading	»Rosie«
Joe Cocker	»With A litte Help From My Friends«, »You Can leave your hat on«
Joe Jackson	»Night and Day«
John Cale	»Halleluja«
John Cooper Clarke	
John Lennon	»Imagine«
John Miles	»Music«
John Travolta	»Saturday Night Fever«
John Travolta/Bee Gees	»Saturday Night Fever« (»Stayin' Alive«, »Night Fever«, »How Deep Is Your Love«, »If I Can't Have You« oder »You Should Be Dancing«)
Johnny Cash	»American III: Solitary Man«, »American IV: The Man Comes Around«, »American V: A Hundred Highways«, American VI: »Ain't No Grave«, »One«
Joy Division	»Unknown Pleasure« (**»Love Will Tear Us apart«**)
Judas Priest	
Jürgen Drews	»Ein Bett im Kornfeld«
Jürgen Marcus	
Juli	
Kate Bush	»Wuthering Heights«
Katja Ebstein	»Ein Indiojunge aus Peru«
Katy Perry	
Kid Rock	»All Summer Long«
Kool & The Gang	»Get down On It«

Kraftwerk	
Kylie Minogue	»I Should be so Lucky«
La Bionada	»One for you, one for me«
Lady Gaga	
Lana Del Rey	»Summertime Sadness«, »Video Games«
Joe Cocker	»*You Can* Leave Your hat On«
Las Ketschup	»The Ketschup Song«
Led Zeppelin	»Stairway To Heaven«
Lenny Kravitz	»**Fly Away**« »American Woman«, »Can't get You Out of My Mind«, »I Belong to you«
Leonard Cohen	»Suzanne«
Limp Bizkit	
Linkin Park	
Lionel Richi	»Endless Love«
Lou Bega	»Mambo No.5 - A litte Bit of«
Lou Reed	»Transformer« (»Perfect Day«, Walk On The Wild Side«), »Magic and Loss« von *Lou Reed* »Magician«, »Pale Blue Eyes«
Louana	»Avenir«
LP	»Lost On You«
Luis Fonsi	
Lys Assia.	»**Oh Mein Papa**«
Madness	»Night Boat On Cairo«
Madonna	»Like A Virgin«, »Stay«, »Like A Virgin«, »La Isla Bonita«
Malcom McLaren	»Duck Rock«
Manu Chao,	»Clandestino« (»Bongo Bong«), »Próxima Estación: Esperanz«
Marilyn Manson	
Mark Ronson (feat Bruno Mars)	»Uptown Funk«
Markus	»Ich will Spaß«
Martha and the Muffins	»Echo Beach«
Marusha	
Marvin Gaye	»Sexual Healing«
Massive Attack.	
Materia	
MC Hammer	»You Can't Touch This«
Metallica	

Metro Station	
Michael Holm	
Michael Jackson	
Michael Zager Band	»Let's All Chant«
Mick Jagger	»Hard Woman«
Middle of The Road	
Milli Vanilli	»Girl You Know Its True«
Mike Oldfield	»Tubular Bells«
Missy Elliot	
Moby Tone-Loc	»Funky Cold Medina«
Mötley Crüe	
Motörhead	
Mr. President	»Coco Jamboo«
Mustafa Sandal	»Gögede Ayni« (»Araba«), »Aya Benzer«
*NSYNK	
Nektar	
Neil Young	»After The Gold Rush«, »Like A Hurricane«, »Harvest«
Nena	»99 Luftballons«, »Nur geträumt«
New Order	»Blue Monday«
New York Dolls	
Nick Cave & Kylie	»Where The Wild Roses Grow«
Nick Kershaw	»Would't It Be Good«,
Nico Haak	»Schmidtchen Schleicher«
Nina Hagen Band	»TV Glotzer«
Nirvana	»Smells like Teen Spirit«
No Doubt	»Don't Speak«
Oasis	»Definitely Maybe«, »(What's the Story) Morning Glory«, »Be Here Now«, »Standing On The Shoulder of Giants«, »Familiar to Million«, »Supersonic«, »Wonderwall«, »Don't Look Back in Anger«, »Champagne Supervoa«, »Don't Go Away«, »Shakermaker« »Go Let It Out«, »Don't Believe The Truth«. (»Lyla«, »Important of Being Idle«, »Let There Be Love«), »Dig Out Your Soul«
Opus	»Life Is Life«
Otis Redding	

Otto	»Otifanten«
O-Zone	»Dragostea Din Tei«
Palais Schaumburg	
Passport	»Ataraxia«
Patricia Kaas	»Mademoiselle chante les blues«
Patty Smith	»Easter« (**»Because The Night«**)
Paul Young	»Everytime You Go Away«
Pearl Jam	
Penny Mclean	»Lady Bump«
Percy Sledge	»When A Man Loves A Woman«
Pet Shop Boy	
Peter Alexander	
Peter And The Test Tube Babies	
Peter Fox	»Stadtaffe«
Peter Frampton	
Peter Schilling	»Major Tom«
Peter Tosh	
Peter Tosh und Mick Jagger	»Don't Look Back«
Pharrell Williams	»Happy«.
Pinegrove	
Pink	
Pink Floyd	»Relics«, »Ummagumma«, »Meddle«, »The Dark Side of The Moon« (»Money«), »Animals«,»Wish You Were Here«, (»Shine On You crazy Diamond«), »Atom Heart Mother«, »The Wall«
Placebo	
Polarkreis	»Allein, allein«
Police	»Regatta de blanc« (»So Lonely«, »Can't Stand Losing You«, »Message in A Bottle«)
Primal Scream	
Prince	»Purple Rain«, »Parade« (**»Sometimes It Snows in April«**,m»Christopher Tracy' Parade«, »New Position«, »Kiss«, »Mountains«)
Psy	»Gangnam Style«
Psychodelic Furs	»Love My Way«, »Pretty In Pink«
Public Image (Ltd)	»Live In Tokyo«(»This Is Not A Love Song«)

Puff Daddy	
Pulp	
Pur	
Pussycat	»Mississippi«
PVC	
Queen	»A Night at the Opera« (»Bohemian Rhapsody«), »News of The Work« (»We will Rock You«, »We Are The Champions«),
R.E.M.	»Eveybody Hurts«, »Losing My Religion«
Rage Against The Maschine	
Ram Jam	»Black Betty«
Ramones	»Sheena Is A Punk Rocker«
Red hot Chilli Peppers	»Blood Sugar Sex Magik« (»Under The Bridge«), »Californication«
Revolverheld	
Rex Guildo	»Fiesta Mexicana«
Rhianna	
Richard Claydermann	
Richard Sanderson	»Reality«
Ricky Martin	
Rio Reiser	
Rita Ora	»Anywhere
Rod Stewart:	»Foot Loose & Fancy Free« (»If Loving You Is Wrong«, »Hot Legs«, »A Night on the Town«, »I Don't Want To Talk About It«
Roger Cicero	
Roland Kaiser	»Santa Maria«
Rose Royce	»Car Wash«
Roxy Music	»Let's Stick Together«, »Jealous Guy«, »Dance Away«
Roy Black Engelbert	
Roy Orbinson	»Pretty Woman
Rufus & Chaka Khan	»Ain't Nobody«
Run DMC	
Sade	»Smoot Operator«
Saga	
Sailor	»Girls, Girls, Girls«
Salt'n'Pepa	
Santa Esmeralda	»Don't Let Me Be Misunderstood«

Santana	»Moonflower«, "Samba Pa Ti"
Santo California	»Tornero«
Sarah Brightman	
Schroeder Roadshow	
Scooter	»Hyper, Hyper«
Scorpions	»Wind of Change«
Seeed	
Severija	»Zu Asche zu Staub«
Sexpistols	»Never Mind The Bollocks, Here's The Sex Pistols«
Shakira	»Hips Don't Lie«
Shantel	»Disko Partizani«
Sheena Easton	»Take My Time«, (»**Morning Train (Nine To Five)**«
SIA	»Clap Your Hands«
Sid Vicious	»*God shave the Queen*«
Sido	
Silbermond	
Simon & Garfunkel	»Bridge over Troubled Water«, »The Boxer«
Simple Minds	»Don't You«
Sinead O'Conor	»Nothing Compares 2 U«
Siouxsie And The Banshees	
Skunk Anansie	
Slade	
Slime	
Smokie	
Snap	»Rhythm Is A Dancer«
Soft Cell	
Soundgarden	
Spandau Ballet	»Gold«
Specials	
Status Quo	»Rockin` All Over the World«
Steppenwolf	»Born To Be Wild«
Stereo MC's	»Connected«
Steve Miller Band	»Fly like an Eagel«
Stevie Wonder	»I just Called To Say I Love You«
Sting	»Fields of Gold«
Strech	»Why Did You Do It«

Stromae	»Tou Les Mêmes«, »Papaoutai«
Supertramp	»Dreamer«
Suzanne Vega	»Night Vision«
Suzi Quatro	»48 Crash«
T. Rex	**»Get It On«**
TangerineDream	
Take That	»Babe«
Talk Talk	»The Colour Of Spring«, »Such a Shame«, »The Colour Of Spring«
Talking Heads	»Stop Making Sense« (»Psycho Killer«)
Tarkan	
Tears For Fears	»Shout«
Television	
Terence Trend D'arby	»Sign Your Name«
The Alan Parsons Project	»Tales of Mystery And Imagination« (»The Fall Of The Houses of Usher«)
The Animals	»House of The Rising Sun«
The B-52's	
The Bangles	»Eternal Flame«
The Beach Boys	
The Beatles	»Sgt. Pepper's Lonely Hearts Club Band« (»Lucy in the Sky with Diamonds«), »White Album« (»Back in the U.S.S.R«), »All You Need Is Love«
The Black Eyed Peas	
The Bloodhound Gang,	
The Cars	»Drive«
The Clash	»Combat Rock« (»Should I Stay Or Should I Go«), »London Calling«, »Give 'Em Enough Rope«
The Cure	»Three Imaginary Boys«, »Seventeen Seconds«, »Faith«, »The Head On The Door« »Japanese Whispers« »The Cure Live«: (The walk«, »Charlotte Sometimes«, **»A Forest«**, »10:15 Saturday Night«), »Boys Don't Cry«, »Pornography«
The Doors	**»Riders On The Storm«,** »Light My Fire«
The Element of Crime	

The Fall	»Shift-Work«
The Fall Umbrella Jumpers	
The Gun Club	»Sex Beat«
The Jam	
The Kelly Family	»Over The Hump«
The Killers	»Human«
The Leather Nun	»I Can smell Your Thoughts«
The Manhattans	»Kiss And Say goodbye«
The Offspring	
The Police	»Outlandos d'Amour«, »Every Breath You Take«, »Zenyattá Mondatta«
The Pretenders	»The Pretenders« (»Brass In Pocket«, »Kid«, (**»Brass In Pocket«**)»Last of The Indepen Dent« (**»Night In My Vains«**, »Love Colours«, »I'll Stand By You«)
The Prodigy	
The Psychedelic Furs	
The Ramones	»Road to Ruins«, »Sheena Is A Punk Rocker«
The Rolling Stones	»(I Can't Get No) Satisfaction«, »Black an Blue« (»Memory Motel«, »Fool To Cry«, »Melody«, **»Hot Stuff«**), »Exile On Main St.«, »Paint it Black«, »Some Girls« (»Miss You«, Far Away Eyes«, »Beast of Burden«), »Sticky Fingers«, »Angie«
The Rubbets	»Sugar Baby Love«
The Sex Pistols	»Anarchy in The U.K.«
The Sisters of Mercy	
The Slackers	
The Slits	
The Smiths	»I won't Share You«, »Suedhead«
The Specials	»A Message to You Rudy«
The Spliff	»Déjà Vu«
The Stone Roses	
The Stooges	
The Stranglers	
The Strokes	»Is This It«
The Subways	»Rock & Roll Queen«
The Sweet	»Hell Raiser«
The Temptations	»Papa Was A Rollin' Stone«

The Unknown Cases	
The Velvet Undergrund (mit Nico),	»Venus in Furs«, »I'M Waiting For My Man«, »All Tomorrow Parties«, »Here She Comes Now«, »Sunday Morning«, »Stephanie Says«, »Venus in Furs«, »I'M Waiting For My Man«, »All Tomorrow Parties«, »Here She Comes Now«, »Sunday Morning«
The Verve	
The White Stripes	»Elephant« (»Seven Nation Army)
The Who	»My Generation«
Third World »	»Now That We Found Love«
Thin Lizzy	»The Boys Are Back in Town«
Tic Tac Toe	»Ich find dich scheiße«
Tina Turner	»Private Dancer«
Tödliche Doris	
Tom Tom Club,	
Tom Waits	»Downtown Train«
Ton Steine Scherben	»Warum geht es mir so dreckig« (»Macht kaputt was euch kaputt macht«), »Keine Macht für Niemand«
Tony Marshall	
Tracy Chapman	»Baby Can I hold You«
Tuxedomoon	
U2	»Beautiful Day«
Udo Jürgens	
Udo Lindenberg	»Bodo Ballermann«, »Daumen im Wind«, »Alles klar auf der Andrea Doria«
Underworld	
Urge Overkill	»Girl You'll Be A Woman Soon«
Uriah Heep	**»Lady in Black«**
Vanessa Paradis	»Joe le Taxi«
Vicky Leandros	
Visage	»Fade To Grey«,
Vortex	
Westernhagen	»Affentheater«
Wham! George Michel	»Last Christmas«
Whitesnake	
Whitney Houston.	»I Will Always Love You«
Wir sind Helden	

Wolf Maahn
Wolfgang Niedecken
Wolfgang Petry »Wahnsinn«
Xavier Naidoo
XTC
Yellow »Oh Yeah«
Zaz »Je Veux«
ZZ Top

Weitere Veröffentlichungen:

Eins, zwei, drei, vier spielt in der Musikerszene der achtziger Jahre. Es ist die Zeit des New Wave und der Punk-Musik. Der soziale Hintergrund ist geprägt von „No Future". Tom und seine Freunde lieben das Leben der Subkultur: In versifften Proberäumen, in heruntergekommenen Kneipen und chaotischen WGs. Ihr Alltag ist geprägt von Verweigerung, Hassliebe zum Konsum und der verzweifelten Suche nach einem Halt. Träume zerplatzen. Der Abgrund ist oft zum Greifen nah – für einige zu nah.

Die Band scheitert am Kommerz und an den eigenen Ansprüchen. Sie konsumieren zu hart, sie leben zu exzessiv. Zerrissen in einer Welt aus Leidenschaft, Isolation und Hoffnungslosigkeit suchen sie ihren Weg. Doch sie stehen immer wieder auf, mit Hilfe der Musik.

Und so ist der Roman auch voller Hoffnung, geprägt von der Liebe zum Leben, von der Liebe zur Bühne und von der Liebe zur Musik.

Anfang der Achtziger: Es ist die Zeit, in der es noch keinen Computer, kein Handy und erst recht kein Internet gibt. Es existieren keine Mails, keine SMS, MMS, Bluetooth oder sonstige, unverzichtbaren Errungenschaften der heutigen Zivilisation. Geräte wie Discman, I-Pod, Mp3-Player oder Digicam müssen noch erfunden werden. Heute - 25 Jahre später – unvorstellbar!

Stattdessen coverten wir unsere eigenen Tapes – Freundschafts- und Liebeserklärungen, mit viel Liebe und Fantasie zusammengestellt. *Video hatte noch nicht den Radiostar gekillt –* nicht wirklich. Musik wurde von Hand gemacht – und sie hatte auch noch eine Bedeutung: Sie war unser Leben! Es existierte kein Netz! Keine elektronischen Communitys! Und doch fanden wir zusammen. Jede Nacht! Und wir konnten ohne Angst vor Aids und ohne Gummi lieben – wo und wann immer uns die Lust dazu überkam. Ist das etwa Nichts?
Reichardt Verlag 2010,
Amazon: Juli 2018

Medienmanager Tom wird aus seiner Umlaufbahn katapultiert. Ein einschneidendes Erlebnis signalisiert ihm, die Brücken hinter sich abzubrechen. Tom scheint sich zu verlieren. Der Zyniker wird zum Suchenden. Es verschlägt ihn in eine vollkommen andere Welt. Der Gehetzte wird zum Chiller am Mittelmeer. Doch kann er die Signale deuten? Wird der Suchende seine Liebe finden?

Express: »Ein spannender Blick hinter die Kulissen der Medien(schein)welt.« 11/07

dpa: «Signale»: »Wenn Medienmanager die Krise bekommen = Hamburg (dpa)10/07 Promi-Partys, Pressekonferenzen und wechselnde Partner: Das Leben eines Medienmanagers ist gepflastert mit vielen Ereignissen und Verführungen. Die Folgen sind gravierend. Wer nicht auf sich aufpasst, kommt unter die Räder ...«Signale», der dritte Roman des Kölner Autoren Georg Vetten, setzt sich vor dem Hintergrund der bunten Welt mit dem Leben von Männer auseinander, die die 40 überschritten haben und plötzlich feststellen: >Wir haben nur noch zehn bis 15 gute Jahre<. Tom ist einer von ihnen. Er lebt in Saus und Braus... Da begegnet er auf einer Party Valerie ... Sie kokettiert nur mit ihm, er verliert sie aus den Augen und versucht sie mit aller Macht, wiederzufinden. Die Suche ... wird für Tom zu einer Reise durch sein eigenes Ich. Autobiografische Züge streitet der Autor ab. Vetten ist selbst aktiv im Medienmanagement und PR-Geschäft, er kennt die Wesenszüge seiner Kollegen bestens ... dpa cr yyzz n1 kh«

W+V: » ... schon der Vorgänger mit Agenturchef Tom ‚Eins. Zwei. Drei. Vier' erhielt durch die Bank gute Lesekritiken.« 39/07

Roadmovies mit Tiefgang: Packend! Temporeich! Erotisch!
Amazon: Juli 2018

Tom, Agenturchef Anfang 40, steht am Scheideweg. Kehrt er dem oberflächlichen Schickmickigeschäft den Rücken oder bleibt er weiterhin Propagandist dieser von ihm zunehmend verhassten Sex-Sells-Mischpocke?

Zu allem Überfluss bläst ihm der Wind des Konkurrenten Medienkontor Fest er, immer heftiger ist Gesicht.

Doch ist es nicht in Wahrheit das prachtvolle Hinterteil seiner neuen Assistentin Annabelle, das ihn nicht mehr zur Ruhe kommen lässt und seinen Blick verstellt? Sieht er deshalb die Katastrophe(n) nicht herannahen? Ohne zu wissen, wie ihm geschieht, steht Tom eines Tages vor den Trümmern seiner Existenz und im Mittelpunkt von Intrigen, Skandalen und einem Mord!

Kriminalisiert und verfolgt bleibt ihm nur die Flucht und ein hauchdünner Vorsprung...

Eine wahnwitzige Verfolgungsjagd um den halben Erdball, neue Freunde, exotische Affären und permanente Nackenschläge sind dabei seine ständigen Wegbegleiter.

Mit viel Biss, Humor und dem nötigen Augenzwinkern nimmt Georg Vetten das Medienbusiness kräftig auf die Schippe. Im Stil des klassischen Roadmovies treibt er seinen durch (Midlife)Krisen gebeutelten und sinnsuchende Romanhelden auf die Straße und stürzt sie von einer Katastrophe in die nächste ...

Nach
„EINS. ZWEI. DREI. VIER – die Achtziger"
„SIGNALE – die Scheinwelt und der Fluss«
Die dritte Geschichte rund um den „liebevollen Chaoten" Tom v.K.!

Marlon Verlag 2011, ISBN: 978-3-943172-01-0

Der 22-jährige Dachdeckergeselle Winni, ist ein einfach gestrickter Geist, dessen Leben in langweiligen Bahnen verläuft. Als er sich unter Drogeneinfluss und nichtwissentlich mit einer minderjährigen Schülerin des brandgefährlichen Matriarchats „Zustra" einlässt, verändert sich sein Leben radikal.

Von jetzt auf gleich, geht es auf Leben und Tod. Um das nackte Leben zu retten, flieht er mit der 15-jährigen Vici vor den Todesschwadronen des brutalen und illegalen Bundes, Hals über Kopf aus der Stadt. Das ist das Ende seiner bürgerlichen Existenz, der Einstieg in die Kriminalität aber auch der Anfang einer großen Liebe. Die Brutalität und Finesse ihrer Verfolger scheint das ungleiche Paar allerdings nirgendwo auf der Welt zur Ruhe kommen zu lassen ... Und da ist auch noch die Geschichte von Winnis bestem Kumpel Mac, die des kanadischen Trappers Jeffrey, die der Kölner Kommissare Held und Rittmaier, die des Führers Mustafa aus Istanbul, die der Kellnerin Nancy, die des Dandys Bobby aus Tucson Arizona, die der neuseeländischen Schönheit Sheila sowie die von Zustra, Hexe und Anführerin des Geheimbundes. Kreuzen sich die Wege dieser Schicksals geplagten Figuren – nehmen sie am Ende sogar Einfluss auf Vicis und Winnis Leben?

SPANNUNGSROMAN: Parallele Handlungsstränge verweben den Roman zu einem packenden, unterhaltsamen und erotischen Lesevergnügen:

„*Playboy*" *(04/2006):* „Winni verfällt der minderjährigen Vici und gerät in den Fokus eines brutalen Geheimbundes ... Verschärfter Lolita-Thriller..."

Die Originalausgabe: VICI – Direkt ins Blut (2005) ist vergriffen.

Mit **VIVI - Auf der Flucht!** liegt nun eine leicht überarbeitete, limitierte Fassung vor (epubli 2016).

Dieser Spannungsroman findet seine Fortsetzung in
DIEZ HERMANAS ...

Einem Drehbuch gleich aufgezogen, rückt DIEZ HERMANAS die aktuellen Themen Datenspionage, Medienmanipulation und internationalen Organhandel ins Zentrum einer packenden Verfolgungsgeschichte.

Durch das Anzapfen der transatlantischen und pazifischen Kommunikationsstränge scheinen sie ihren Gegnern immer einen Schritt voraus zu sein. Aira, Femme fatale und Anführerin des Matriarchats, für ihre Brutalität und ihren Sadismus gefürchtet, geht über Leichen. Die zeitlich und örtlich wechselnden Ebenen des Romans - einerseits die Perspektive von „Diez Hermanas" (Jäger), andererseits die, der Gejagten - verleihen dem Roman die treibende Kraft. Ein perfides Katz- und Mausspiel entwickelt sich zu einem echten Thriller – mit immer wieder überraschenden Wendungen ...

Inhalt: Sibel (24) Krankenschwester im Royal Nurse Hospital (London) ist Verschwörungs-Theoretikerin. Seit vielen Jahren klopft sie weltweite Nachrichten nach Ungereimtheiten und auf Manipulation ab. Einschneidende Erlebnisse in ihrer Vergangenheit haben sie in diesen fast krankhaften Wahn getrieben.

Als es in der Klinik zu krimineller Gehirnmanipulation mithilfe von Lobotomie kommt, stellt Sibel Zusammenhänge mit einem Matriarchat her. Kommt Sibel der Wahrheit eine Spur zu nahe?

Adriana, eine vermögende 28-jährige Griechin, die es aufgrund ihrer entführten Zwillinge nach London verschlagen hat, lernt dort die beiden 22-jährigen Musiker Mikel und Steve kennen. Adrianas Onkel Sirius (Chef des griechischen NIC) liefert schließlich den entscheidenden Tipp: Die Opfer wurden nach Südamerika verschleppt.

Gemeinsam besteigen Adriana, Mikel und Steve die nächste Maschine nach Bolivien ...

Actiongeladener Roadmovie, Thriller und Liebesgeschichte zugleich!
(Edition Octupus im MV-Verlag Original erschienen 2014. ISBN: 978-3-95645-288-8). Dezember 2016: aktuelle Ausgabe im Verlag *epubli*.

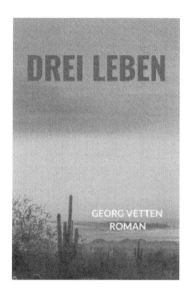

Ben, erfolgreicher Talentscout und Manager bei einem Berliner Plattenlabels, bricht eines Tages zusammen: Burnout!
Ich scanne den südamerikanischen Markt. Ich entdecke eine neue Rihanna, so verabschiedet sich Ben, in der festen Absicht, nach einem Sabbatjahr wieder an seinen Schreibtisch zurückzukehren. Doch es kommt anders.
Es verschlägt ihn nach Mittelamerika, nach Mexiko. Er findet neue Freunde und neue Liebschaften. Sein neues Leben in Tijuana scheint perfekt. Doch dann, aus heiterem Himmel, am Tag X, kommt es zur Katastrophe.
Welchen Verlauf sein Leben nach dieser schicksalhaften Nacht hätte nehmen können, erzählen drei Geschichten: »Drei Leben!«
Drei packende Roadmovies. Aussteigergeschichte, Psychothriller und Liebesgeschichte zugleich - unter der heißen Sonne Mexikos!
Das für gewöhnlich ausgetrocknete Flussbett, lag dunkel und feucht in der Nacht. Stunden zuvor musste ein heftiger Regenschauer über dieses Gebiet gezogen sein. Der Typ beteuerte seine Unschuld. Zwei Unbekannte hatten ihn eingekesselt. Er hielt ein blutiges und mit Erde beschmutztes Messer in der Linken.
Ein leichter Nebel hing dicht über dem Boden. Die Erde dampfte. Ben überkam ein ungutes Gefühl. Panik stieg in ihm auf. Er rannte das vertrocknete Flussbett hoch und stampfte durch vereinzelte Pfützen. An der Gabelung orientierte er sich nach rechts. Da lag etwas auf dem Boden! Unweit, etwa einhundert Meter von der Stelle entfernt, an der sich drei Männer in lauter Diskussion befanden. Ben eilte auf das Knäuel zu. *Nein! Nicht Madeena!* Er ließ ein Stoßgebet gen Himmel. Dort lag eine Frau. Ein Mädchen ...

Amazon 2018/07

EINS. ZWEI. DREI. VIER ... Die Achtziger sowie **SIGNALE - Die Scheinwelt und der Fluss** wurden vertont und veröffentlicht unter dem Titel: **EINS. ZWEI ... EINS. ZWEI. DREI. VIER ... Sex Sells**
Teil 1 und 2 der Trilogie werden gelesen von **Michael Hansonis**

VICI - Direkt ins Blut
Gelesen v. **Carsten Spengemann**

PROPAGANDA - Der Verrat
Dritter Teil der Trilogie
Gelesen v. **Carsten Spengemann**

HÖRBÜCHER - RANDOM HOUSE:
www. audible.de

Erfahren Sie mehr über den Autor und seine Werke - und halten Sie sich auf dem Laufenden bei

YOUTUBE

Kanal: »George EV«

FACEBOOK

Seite
»SIGNALE« www.facebook.com/Signale-150955268257509/

Gruppe »PROPAGANDA« www.facebook.com/groups/106986512673859/?fref=ts

AUDIBLE

www.audible.de/search/
ref=a_mn_mt_ano_tseft__galileo?advsearchKeywords=Georg+vetten&x=0&y=0

AMAZON

Www.amazon.de/GeorgVetten/e/B00G6HI17A/ref=sr_ntt_srch_lnk_2?qid=1488881884&sr=8-2
www.amazon.de/s/ref=nb_sb_noss_1?__mk_de_DE=%C3%85M%C3%85%C5%BD%C3%95%C3%91&url=search-alias%3Daps&field-keywords=georg+vetten

FOOLPROOFED

www.foolproofed.de

DER AUTOR

Georg Vetten (57)
Ist geschäftsführender Gesellschafter der PR-Agentur FOOLPROOFED und setzt mit dieser bundesweite PR-Kampagnen für Entertainmentmarken und Künstler um. Vetten arbeitet zudem als Medien- und Kameracoach und unterrichtet als Dozent an der Hochschule. Zuvor fungierte er u.a. als Leiter der Pressestellen und Pressesprecher von RTL Television sowie VIVA Fernsehen.

DANKSAGUNG

Mein herzlichster Dank gilt natürlich meiner wunderbaren Frau Elke sowie meiner Tochter Gianna und meinem Sohn Lou, für ein wunderbares zu Hause.

Für die Geduld, die ihr mit mir aufbringt, wenn ich in meine fiktionale Welt abtauche.

Elke, dir natürlich vielen Dank, für die Rolle der Erstleserin von neuen Ideen - für Anregung, Kritik, Zuspruch und Liebe.

Mein Dank gilt aber auch den Erstlesern Britta Geisenheimer sowie Michael Blum.

Printed in Poland
by Amazon Fulfillment
Poland Sp. z o.o., Wrocław